夜が明けたら、いちばんに君に会いにいく

汐見夏衛

STARTS
スターツ出版株式会社

無彩色に沈んだ息苦しい世界から、
私を救い出してくれたのは、
大嫌いな君の絵だった。

その手が描き出す色鮮やかな世界は、
あまりにも綺麗で、
そしてあまりにも優しくて。

いつの間にか、
君の隣にいるときだけは、
全てがきらきらと輝いて見えたんだ。

目次

夜が明けたら、いちばんに君に会いにいく

だいきらい

高校二年になって三回目の席替え。

くじ引きが終わって、少しわくわくしながら新しい席に移動する。その瞬間、だるそうなしぐさで隣の席に腰を下ろす男子を視界の端にとらえて、私は思わず心の中で『げ、最悪』と顔をしかめた。

本当に最悪だ。ついてない。まさかこいつが隣になるなんて。

私はげんなりしながら右手でマスクをつまんで引き上げた。

そんな私の絶望など知るはずもなく、彼はいつもの飄々(ひょうひょう)とした表情で窓の外を見ている。

「おっ、後ろ青磁(せいじ)か」

彼の前の席になった男子が、振り向いて嬉しそうに言うのが聞こえた。

こんな最低人間なんかと近くになってなにが嬉しいんだか、と私は肩をすくめる。

「おー、よろしくな、亮太(りょうた)」

にやにやしながら答えた彼の名前は、深川(ふかがわ)青磁。

私が世界でいちばん大嫌いな人間だ。

これからしばらくの間、一日中こいつの顔を見たり声を聞いたりしながら学校生活を送らなきゃいけないなんて、考えただけで気が重い。自然とため息が出そうになるのを、私は必死に堪えた。

この先の日々に思いを馳せて暗い気分になっていると、青磁とは反対側の右隣に人が立つ気配を感じた。

「わあ、茜の近くだ。嬉しいな」

人懐っこい笑顔で私に声をかけてきたのは、仲良しの沙耶香だ。

私はマスクの紐をいじりながら笑顔を浮かべ、

「ね、嬉しい。よろしくね」

と答えた。不織布の中で自分の声がくぐもって消えていく。

「あ、茜のお隣、青磁なんだ。うるさくなりそうだねー」

私の左側に青磁が座っていることに気づいた彼女が、そう声を上げた。うるさくなりそう、なんて言いながらも、どこか嬉しそうな声の色は隠せていない。

沙耶香までこいつに騙されてる、と私は不愉快になったけれど、そんな気持ちはおくびにも出さず、私は「ほんと、それ」と笑ってみせた。

「あ？　なに、俺の話してる？」

ふいに左から声がした。

こちらに向けられたその声を聞いただけで、心臓がばくばくと早鐘を打ち始める。

私はマスクの中でひっそりと深呼吸をして、それからゆっくり振り向いた。もちろん、笑顔を貼りつけたまま。

でも、この場合どんな言葉を出すのが適切かわからなくて、固まってしまう。

「あっ、聞こえちゃったー？」

と沙耶香が笑いを含んだ声で言うと、青磁が軽く肩をすくめた。

「聞こえるわ、バーカ」

私もなにか言わなきゃ。じゃないと、変に思われる。

焦りに急かされ、反射的に口を開く。

「……青磁が隣だと、うるさくなりそうだね、って言ってたの」

なんとか言葉を絞り出したけれど、不自然な言い方に聞こえていないか不安だった。

紗耶香に向いていた彼の視線がすっと流れて、切れ長の瞳が私を見る。まっすぐに目が合った。

なんの感情も感じられない、静かな瞳。硝子玉(がらすだま)みたいに透明な瞳。それなのに、なぜだか責められているような気がするのだ。

居心地の悪さに、笑みを形づくっていた口もとが歪む(ゆが)のを自覚する。マスクをしていてよかったと心底思った。

思わず逃げるように視線を逸らすと、

「うるせえ」

と不機嫌を隠さない冷たい声が追いかけてきた。

「俺だって茜の横なんか嫌だっつうの。視界に入ってくると不愉快だ」

しん、と空気が凍った。

青磁の言葉は遠慮のかけらもない声量で吐かれたから、新しい席にはしゃいでいる教室の中でも、嫌というほどはっきりと聞き取れた。ほとんどの人にはその内容まで確実に聞こえているはずだ。

どくっ、と心臓が嫌な音を立てる。

急激に上がる体感温度、激しく脈打つ音、額にじわりと汗がにじむ感覚。

私はそれらを表情にも態度にも決して出さないように、全力で気を張りつめた。

彼の言葉を聞いて一瞬沈黙した沙耶香が、唐突に「もう！」と明るい声を上げた。

「まーた青磁ってばそんなこと言って！　ほんとは茜の隣で嬉しいくせに。照れてるんでしょー、どうせ」

あはは、とおかしそうに笑いながら沙耶香が言うと、彼女が作った空気を引き継ぐように、亮太も笑い声を上げた。

「青磁はガキだからなー、女子の隣とか恥ずかしいんだよな」

亮太がからかうような口調で言い、青磁の肩を叩く。すると彼はむっとしたように顔をしかめた。

「は？　んなわけねえだろ。照れてるとか恥ずかしいとか、あるわけねえじゃん」

沙耶香と亮太が作ってくれた空気が、一瞬にしてさっきの張りつめたものに戻り、みんなが動きを止めた。

それに気づいているのかいないのか、青磁はただまっすぐに私に目を向ける。

窓から射し込む正午過ぎの明るい光を背に受けながら、ぎろりとこちらを見ている彼は、私に威圧感を感じさせた。

マスクを引き上げて、これからやって来るであろう衝撃に備える。

「俺は本気で嫌なんだよ」

真顔でそう言いながら、青磁は人差し指を立てて私に向けた。

「茜の顔見るのが」

心の準備をいくらしていても、その言葉は私にぐさりと突き刺さった。

でも、私はマスクから出た目を細め、笑みを作る。

「あははっ。なにそれ、ひどー。むかつくー、冗談きつーい」

なんとか思い通りに笑いを声ににじませながら、私は青磁に言葉を返した。

どこかぎこちない顔つきでこちらの様子を窺っていたクラスメイトたちは、私が笑って言い返したのを見て、ほっとしたように自分たちの会話へ戻っていった。

青磁は眉を寄せて私を見ている。それから小さく舌打ちをして、

「うぜえ」

と吐き捨てると、唐突に席を立った。

そのまま教室から出ていこうとするので、担任が気づいて、

「おい、深川。勝手に出るなよー、まだ授業中」

と声をかける。青磁は振り向きもせずに、

「便所！」

と叫び返して、荒っぽいしぐさでドアを開けて廊下へと出ていった。

教室の空気がふっと緩む。さりげなさを装った視線が再び集まってくるのがわかった。私はみんなからの注目を全身の肌で感じながら、マスクを押さえて、

「ほんと青磁って口悪いよねー、最悪」

と沙耶香に笑いかけた。

すると彼女は小さく微笑み、私の肩をぽんっと叩くと、無言のまま自分の席についた。亮太からは「気にすんなよ、茜」と声をかけられた。

その瞬間、かっと頭に血が昇った。

なんなのよ、むかつく。

そんな、慰めるようなことしないでよ。私が傷ついたみたいになるじゃない。青磁に傷つけられたみたいになるじゃない。私がみじめなやつみたいになるじゃない。やめてよね、本当。さらっと笑って流してくれればいいのに。

不満と怒りが一気に溢(あふ)れ出したけれど、そんな感情を吐き出す出口など私の体にはついていない。

だから私は俯(うつむ)いた。

胸元に当たったマスクがずり上がり、下瞼まで覆(おお)い隠す。

＊

青磁とは今年から同じクラスになり、四月に初めて言葉を交わした。と言っても去年は隣のクラスで、体育の授業は合同だったし、数学の能力別授業では同じクラスだったので、話したことはなくてもなんとなく顔見知りではあった。

でもたとえそれがなくても、あれほど目立つ人間なのだから、当然その存在は知っていただろう。

彼は、同学年の全員に、そしてたぶん他学年のほとんどの生徒にも、顔と名前を知られているはずだ。

その理由は、三つ。

まず、見た目だ。彼はとても人目を引く容姿をしている。

中性的な印象の、綺麗に整った顔立ち。すらりとした細身で背が高いので、ただそこに立っているだけでも目立つ。

そしてなにより、その髪の色。脱色でもしているのか、ほとんど白といってもいい銀髪をしているのだ。真っ黒な頭ばかりの中で、その髪は異様なほど目を引いた。

うちの高校は進学校で、もともと真面目な生徒が多いので、生徒指導はあまり厳しくはない。そのせいか青磁は、他校ならきっと即アウトの、やたらと派手な髪色をしているのに、特に先生たちから注意されたりはしていないらしい。別に羨ましいとかではないけれど、なんだか腑に落ちない。

二つ目は、その性格と振る舞い。

彼はかなり変わった性格をしていて、やることなすこと常識からかけ離れている。

私はそれをひそかに『感情と行動が直結している』と評しているのだけれど、彼はとにかく、思ったことはすぐに言葉にするし、行動に移す。たとえそれが人に不愉快な思いをさせるようなものであっても。

大人しい生徒が多いこの学校で、青磁の自由奔放な言動は、常にみんなの注目を集めていた。

そして三つ目。青磁はどうやら、見た目に似合わず、絵が上手いらしい。

中学のころからいくつもの絵画コンクールで受賞していると聞いている。ついこの間も、市だか県だかの美術展でけっこう上位の賞をもらったとかで、全校集会で表彰されていた。

そういうわけで、彼はなにもしていなくても目立つ上に、さらに人目にさらされる機会も多くて、とにかく有名だった。

そのせいだろう、クラスでも青磁はどこか特別扱いをされていて、みんなから一目置かれていて、誰もが彼の言動に注目しているのだ。あんなに嫌味なやつなのに。みんな、どうかしている。

私はあんな傍若無人で無神経なやつ、大嫌いだ。それなのにどうしてみんな、あいつを普通に受け入れているんだか。

忌々しさに舌打ちでもしてやりたい気分だけれど、私はそれを決して顔に出すことはない。

――だって、私は、〝優等生〟だから。

「丹羽、これ頼むな。六限のやつ」

昼休憩の時間、呼び出されて職員室へ行くと、担任からプリントを渡された。私はいつものように笑顔で「はい」と答える。

この先生が、学級委員長としての私に大きな信頼を寄せているのは、言葉の端々から伝わってきた。それはこれまでの努力の賜物だろうと思う。

私は真面目な生徒で、勉強は抜かりなくきちんとやるし、だからといってガリ勉な一匹狼でもなく、他の生徒とのコミュニケーションも欠かさない。行事にも積極的に参加して、みんなと交流を深めている。

我ながら絵に描いたような優等生だ。だから、クラスのみんなからの信頼も厚いし、どんな生徒でも私の話はよく聞いてくれる。

……ただひとりを除いては。


六時間目、ホームルームの時間。

「今日は、文化祭の出し物について詳細を決めていきます」

私は担任と入れかわって教壇に立ち、クラスを見回した。

夏休みが明けたらすぐに文化祭だ。

うちのクラスは劇をやることになっている。脚本作りからセリフの暗記、立ち回りの練習、大道具や小道具の制作、衣装の準備など、かなりの時間がかかる。一学期のうちに細かい役割分担をして、夏休みを有効活用できるようにそれぞれ動き出さなければいけない。

私は先生から預かったプリントを見ながら、黒板に係を書いていく。

みんながざわざわと話し始めた。

久しぶりの学校行事だし、文化祭が楽しみだからかもしれない。いつになく興奮しているようだ。

「ええと、まずは配役を決めたいんだけど」

必死に声を張り上げても、騒ぎ出したクラスメイトたちにはなかなか通らない。

「ごめーん、みんな、ちょっと聞いて」

ほとんど叫びといっていい声も、マスクの中にこもってしまう。指先でつまんで少しだけ浮かして、もう一度繰り返すと、なんとかみんなが話をやめてこちらを向いてくれた。

「最初に、主役のお姫様と王子様を演(や)ってくれる人を決めたいんだけど、誰か立候補(りっこうほ)してくれる人、いない？」

当たり前だけれど、主役のふたりというのは重要な役割だ。セリフの量も多いし、その演技で劇の良し悪しが決まってしまう。

その重圧(じゅうあつ)があるせいか、それとも恥ずかしいからか、誰も手を挙げなかった。

「誰かいない？　他の子を推薦(すいせん)してくれてもいいんだけど」

すると、何人かがちらちらと視線を青磁に送り始めた。

「王子役は青磁がいいんじゃね？」

男子のひとりが声を上げると、周りもうなずいた。

「だよね。うちのクラスでいちばん王子っぽい顔してるもん」

「あー、王子様の格好、似合いそう！」

なんとなく素直に認めたくはないけれど、たしかに青磁は色白で整った顔立ちをしていて、ほっそりしているし、王子の役にはまりそうだ。

他にもかっこいいと騒がれている男子はいるけれど、彼らはたいてい運動部で、日に焼けて筋肉質な体型をしているので、あまり王子様というイメージではない。

「お姫様は友里亜だよね、やっぱり」

「だよな」

友里亜というのは、ふわふわの髪に甘い笑顔の、誰が見ても可愛らしい女の子だ。

やってくれる？と私が訊ねると、少し困ったような顔で恥ずかしそうに笑いながら、「うん」と答えてくれた。

「じゃあ、青磁」

私は大嫌いな名前を口にして、窓際の席に目を向けた。頬杖をついて窓ガラスの向こうの空を見ていた彼が、険しい表情で振り向いた。

「……なんだよ？」

「聞こえてたでしょ。王子様役は青磁がいいってみんなが言ってるんだけど、どう？やってくれる？」

どう、と訊いてはみたけれど、もちろんやってくれるものだと思っていた。クラスの行事だし、みんなからの推薦なのだから。

でも、青磁は眉をきつく寄せて、「はあ？」と首を傾げた。

「嫌だよ、なんで俺が。誰か他のやつにしろよ」

照れ隠しでも冗談でもなく、本気で言っているのだということがその声音から伝わってきて、私は驚きに一瞬、動きを止めた。

顔に浮かべていたはずの微笑みが消えてしまっていることに気がついて、慌てて笑顔をつくる。

「それはそうだけど、みんなは青磁がいいって……」

「うるさい、黙れよ」

きつい口調で遮られた。

今度はなんとか笑みを崩さないように細心の注意を払いつつ、青磁を見つめ返す。

彼は苛々したように銀色の髪をかき回した。

「ふざけんな。なんだよ、みんなが言うからって。みんなってなんだよ、それがなんなんだよ」

聞きながら、どうしようもなく苛立ちが込み上げてくる。

なに、その言い方、と怒鳴りたくなった。こいつは、ちょっとくらいみんなに合わせることができないのだろうか。

張りつめた空気でクラスがしいんと静かになる。みんなの視線が私と青磁の間を行き来するのを感じた。

「……あはは」

なんとか笑い声を上げることができた。

「ごめんごめん。たしかに、私の言い方が悪かったよね」

空気を和らげるために言ったのに、青磁は「うるせえって」と声を荒らげる。

「黙れよ。ご機嫌とりなんかすんじゃねえ、胸くそ悪い」

きっぱりと言いきって、彼は横を向いた。それきり、ちらりともこちらを見ない。

私は少し俯いて息を吐き、それから顔を上げた。

「……ってことで。青磁は乗り気じゃないみたいだから、他に誰かいない？」

なにごともなかったかのように言うと、みんながまた元のように周囲と会話し始める。そのうち、元気のいいグループの中心の男子が周りに言われて王子役を買って出てくれて、なんとか役決めを終えることができた。

＊

「青磁、ちょっといい？」

帰りの挨拶が終わると同時に、私は青磁のほうへ顔を向けた。

彼は教科書など一冊も入っていなそうなぺたんこのリュックを肩にかけ、教室の出口へ向かおうとしている。

自分を奮い立たせて笑顔で声をかけると、案の定、青磁は嫌そうな顔で「なんだよ」と振り向いた。

私だって、大嫌いなあんたなんかに声かけるの嫌だよ。でも、クラスのために仕方なくやってるの。

内心で毒づきながらも、笑顔は崩さない。

「帰りがけにごめんね。あの、ちょっとひと言だけ、いい？」

青磁は険しい表情のまま私をじっと見つめ返す。居心地の悪さに、目を逸らしたくてたまらなくなったけれど、なんとか我慢した。

「さっきの役決めのときね……。王子役は他の子がやってくれることになったからいいけど、あの態度はちょっと、みんなの空気が悪くなるっていうか……だから、なんていうか、もう少しクラスのことに協力的になってくれたら嬉しいんだけど」

下手に出たつもりだった。クラスの出し物なんだから協力するのは当然でしょう、と思っていたけれど、顔には出さなかった。

それなのに、青磁はやっぱり苦虫でも噛みつぶしたような表情だった。

「はあ？　なんだそれ。みんな？　空気？　じゃあなんだよ、お前はあれか、みんなが『お前死ね』って空気出したら死ぬのか」

小学生みたいな屁理屈に、私は舌打ちしたくなる。

どうしてわかってくれないの？と突っかかってやりたい。もちろんそんなわざわざ空気を悪くするようなことはしないけれど。

苛立つ気持ちを抑えて、極力穏やかに話を続ける。

「青磁の言いたいこともわかるんだけど、でも、クラスみんなでやらないと上手くいかないことだし……。それに青磁にはまた別の仕事やってもらわないといけないから、そのときはちゃんと引き受けてくれないと困るなあ、なんて……思ったり……」

青磁の神経を逆撫でしないように最大限の注意をしながら言ったけれど、彼は苛立ちを隠さずに大きな舌打ちをした。私は我慢したのに。

「俺の言いたいこともわかる、だって？　わかってねえだろ。っていうか、わかりたいとも思ってないくせに、その場しのぎの都合いいことばっかり言いやがって。気に入らねえ」

うぜえ、と吐き捨てるように青磁は言った。

どく、どく、と心臓が嫌な音を立てる。

どうして青磁は、こんなにもひどい言葉を次々と口に出せるのだろう。私が傷つかないとでも思っているのだろうか。それとも、わざと？

私はマスクを手のひらで押さえながら返す。

「私のことが気に入らないのは知ってるけど、でも、これは文化祭の話だから、理解してほしいな。私のことは置いといて、クラスのために、これからはちゃんと協力してほしいんだけど、それでもだめ？」

顔色を窺うと、青磁は忌々しげに顔をしかめた。

「別にクラスの仕事やるのが嫌なわけじゃねえよ。ただ、主役なんてやったら、放課後に練習やらなんやらで時間とられるだろ。それが嫌だったんだ」

私に言い聞かせるようにはっきりとゆっくりと、彼は言う。

「絵を描く時間をとられるのは我慢できない。俺にとって部活の時間は、他のなによりも大事な時間なんだ。その時間を邪魔されないんだったら、いくらでもやるよ」

それだけ言うと、青磁は迷いなくすたすたと教室を出ていった。

ゆるせない

心がぐらぐらと揺れている。

学校を出てからも胸のあたりが妙に落ち着かなくて、それを忘れたくて、私は俯いたまま駅に向かってずんずんと歩いた。

青磁のせいだ。むかつく。

あいつが私のことを嫌いなのはわかっている。それは別にいい。人間同士なんだから、合う合わないはあって当然だ。

私だって青磁なんか大嫌いだし、話したくないし、できれば視界にも入れたくない。でも、あからさまに仲の悪いそぶりを見せたら、周りが気を遣う。だから、嫌な気分を飲み込んで、あえて普通に声をかけているのだ。

それなのに青磁は、私が話しかけるたびに不愉快そうな顔で冷たい対応をする。それで私の努力は全て水の泡になってしまう。

いくら私がクラスの雰囲気を悪くしないように気を回しても、あいつのせいでなにもかもが台無しになってしまう。

本当にむかつく。あんなやつ、大嫌いだ。

ぐるぐるとそんなことを考えているうちに、いつの間にか駅に着いていた。改札を通ってホームに降りる。

地下鉄の駅の構内は、夏になるといつもむっとした湿気に満ちていて、歩いているだけで肌がべとついた。湿気がマスクの中にまで入ってくるようで、気が滅入る。

電車に乗り込むと、ぎゅうぎゅう詰めの乗客がまとう熱気に体を包まれる。

息苦しい。マスクに覆われている部分が暑くて、じわりと汗ばんできた。

ひどく心地が悪いけれど、マスクは外さない。この駅を使う生徒は多いし、同じ方面の電車に乗る子がたくさんいるから、いつ知り合いに会ってしまうかわからない。

ちょうど夕方のラッシュ時間で座席にも吊り革にも空きはなく、私はつかまる場所もないままに電車に揺られる。電車通学を始めたばかりのころはバランスを崩してよろけてしまうことも多かったけれど、一年以上も乗っていればさすがに慣れてきた。

スマホを出して、耳にイヤホンを差し込む。特に聴きたい音楽もないけれど、少し前に流行ったバンドのアルバムを適当に選択して、スマホを鞄の中に戻した。ありきたりな歌詞をのせた、どこにでもありそうなメロディーが、私の中を通過していく。

次の駅でさらにたくさんの人が乗り込んできて、押し寄せる人波に流された。横にいるＯＬと後ろに立っていたサラリーマンの体が密着してくる。不快だけれど仕方がない。私は俯いて、胸の前に回した自分の右手をじっと見つめる。

やっとのことで降りる駅に着いたころには、首筋やマスクの中がじっとりと湿っていた。

最寄り駅から家までは、徒歩で十分ちょっと。その途中のコンビニが見えてくるあたりで、私はマスクを外した。このコンビニにはときどき家族が買い物をしに来るから、マスク姿を見られる心配があるのだ。

本当は、外で素顔をさらすのは嫌なので、家に着くまでつけたままでいたい。でも、家族には見られたくないし、知り合いでなければ顔を見られるのもなんとか我慢できるから、いつもここで外している。

耳にかかっていたマスクの紐を外すと、長時間圧迫されて半分麻痺したようになっていた耳のつけ根が、摩擦から解放されて喜んでいるのがわかった。すっぽりとマスクに覆われていた頬が突然外の空気にさらされて、そわそわと落ち着かない気分になる。

前から歩いてくる人影に気づいて、私は反射的に顔を背けた。たとえ知らない人でも、やっぱり顔を正面から直視されるのはつらかった。

何時間もマスクに覆われていた皮膚は、ふやけてたるんでいるような気がする。俯いて少しおおげさに首を傾けると、伸ばした髪が顔を隠してくれるから、とりあえずは安心できた。

できれば前髪ももっと伸ばしたいのだけれど、少し伸びてくるとお母さんに『そろそろ切りなさい』と言われるから、なかなか思い通りにならないのだ。

「ただいま」

玄関のドアを開けながら、廊下の奥に声をかける。リビングから「おかえりー」と声が聞こえてきた。

自分の部屋に直行して荷物を置き、洗面所で手洗いうがいをすると、私はいつものようにそのままの足でリビングに顔を出した。

「茜、お帰り。遅かったね」

キッチンに立っていたお母さんがそう声をかけてきた。

「うん、文化祭のことでちょっと」

「そう。ごめん、こっち頼んでいい？」

「はあい」

流し台の前のお母さんと入れかわる。お母さんは今から、保育園に妹を迎えに行くのだ。

「お母さん、これ、サラダでいいの？」

「うん、よろしくね。行ってきます」

「行ってらっしゃい、気をつけて」

野菜をさっと洗って一口サイズに切りわけ、皿に盛りつけてラップをかけて冷蔵庫にしまう。

横に視線をすべらせると、調理台に食材が並んでいた。
合挽(あいび)き肉に玉ねぎ、卵、パン粉と牛乳。ハンバーグか、と思う。こっちは頼まれてはいないけれど、見てしまったので無視はできない。ため息をついてから、玉ねぎと包丁を手に取った。

お母さんは朝から夕方までパートで働いているし、妹の送り迎えと世話もあって、いつも疲れた顔をしている。だから、なるべく私が手伝わないといけないのだ。

玉ねぎをみじん切りにしてフライパンで炒め、あら熱をとってから挽き肉と混ぜ合わせる。調味料と卵を加えて、パン粉をふりかけ、牛乳を少し垂らしてさらに捏(こ)ねていく。

熱したフライパンに油を引いたところで、みしっという足音が聞こえて私は顔を上げた。

リビングのドアからのっそりと入ってくる人影。お兄ちゃんだ。

寝癖だらけのぼさぼさ頭と、よれよれの上下スウェットという格好から、今日も学校に行かなかったのだとわかった。

「お兄ちゃん、晩ごはん、ハンバーグだよ」

笑って声をかけたけれど、お兄ちゃんはちらりと見て「ああ、そうか」と小さく呟いただけだった。

ハンバーグはお兄ちゃんの大好物で、昔はお母さんがこうやって種を捏ねていると嬉しそうに覗き込んでいたのに。最近は夕飯の献立になど全く関心がないようだ。

お兄ちゃんはぼんやりとした顔でキッチンに入ってきて、冷蔵庫からコーラのペットボトルを取り出すと、そのままリビングを出ていってしまった。

丸めたハンバーグの種をフライパンにのせながら、お兄ちゃんは不登校の引きこもりってやつなんだろうな、と思う。

高校に入ってしばらくしてから、お兄ちゃんは学校に行かなくなった。理由はわからない。お兄ちゃんが通っていたのは難関の進学校だから勉強がきつかったのかもしれないし、朝早くから夜遅くまで、平日も土日もなく練習があった部活が大変だったのかもしれない。

でも、成績はそれほど悪くなかったらしいし、サッカー部の仲間としょっちゅう遊びに行ったりして楽しそうにしていたのに。

とにかくお兄ちゃんは学校に行かず高一で休学扱いのまま、もうすぐ十八歳になろうとしていた。

「ただいまー！」

ハンバーグを焼いていると、玄関から舌足らずな声が聞こえてきた。妹の玲奈だ。

「わあ、いいにおいするー！」

手も洗わずにキッチンに入ってきたので、

「こら、手洗いうがいは？」

ととがめると、玲奈は不満げに唇を尖らせて私の腰のあたりをぺしんと叩いた。

「玲奈、そんなことしちゃだめでしょ。お姉ちゃん痛かったよ」

「おねーちゃんのいじわる！」

謝りもせずに駆け出した小さな背中に、ため息が出てしまう。

最近、玲奈は言うことを聞かなくなってきた。乱暴な仕草をすることも多い。保育園の友達の影響だろうか。これからもっと大変になるのかな、と思うと憂鬱だった。

生まれたばかりのころは本当に可愛くて、妹ができたのも嬉しかったから、お母さんに頼まれなくてもよく世話を焼いていた。でも、三歳になったころからわがままを言ったり、私に当たったりして、手を焼くようになった。

お母さんが「こらー、玲奈！」と叫ぶ。

「手洗いうがいとお着替えするよ！」

「やだー！」

玲奈を追いかけるお母さんの足音と、玲奈がきゃあきゃあと騒ぐ声。それがうるさかったのか、お兄ちゃんの部屋からどんっと物を叩くような音がする。

また、ため息が出た。ため息をつくと幸せが逃げると言うけれど、私はたぶん、すでに一生分の幸せを逃がしてしまっていると思う。

四人で晩ごはんを食べ終えて、洗い物をしようと流しの前に立ったところで、玄関の鍵を開ける音がした。

「お帰りなさい」

リビングに入ってきたお父さんに声をかけると、優しげな笑顔で、

「ただいま、茜ちゃん」

と返ってきた。

「先にごはんにする？」

お父さん、とつけくわえることはできなかった。

私はまだこの人を、面と向かって〝お父さん〟と呼べたことがない。

「ああ、頼むよ」

お父さんはそう言って洗面所の方へ歩いていった。

お母さんは今から玲奈をお風呂に入れるところだ。だから、食事の用意は私がするしかない。

ラップをかけておいたハンバーグを温め直して皿に盛りつけ、ごはんとサラダ、スープも持っていく。

「いただきます。おいしそうだなあ」

お父さんはいつも礼儀正しく手を合わせて挨拶をする。背筋を伸ばしてしゃんとした姿勢で食事をする横顔を、私は洗い物をしながらちらりと見た。

当たり前だけれど、お父さんと私は似ていない。

お母さんがこの人と再婚したのは五年前、私が十二歳のときだった。一年半後、玲奈が生まれた。

お父さんはとても穏やかな人で、お母さんの連れ子である私とお兄ちゃんに対しても、実の娘である玲奈と同じように優しく接してくれる。

いい人だと思う。でも、やっぱり、〝お父さん〟と呼びかけるのは難しい。

食事を終えたお父さんが「ごちそうさまでした」と食器を持ってきてくれたので、それも洗って、私はやっとひと息つける状態になった。

リビングはこれから、お母さんとお父さんと玲奈の団欒の時間になる。

私はテレビを見たい気持ちを飲み込んで自分の部屋に入った。そのまま倒れ込むようにごろんとベッドの上に寝転ぶ。

しばらく、なにもない天井をぼんやりと眺めていた。でも、英語の長文読解と古典の予習をしなければならないことを思い出し、重い体をなんとか起き上がらせる。数学の課題もあるから、早く取りかからないとまた寝るのが遅くなってしまう。

やっと学習机の前に座ったところで、いきなりドアが開いた。

「おねーちゃん！」

飛び込んできた玲奈が腰に抱きついてくる。びしょ濡れの髪に、真っ裸。

「もう、また服着てない」

「あっついもーん」

暑くても着ないと風邪ひいちゃうの。髪も拭いてないし、だめでしょ」

「めんどくさいもーん」

「もう、しょうがないなあ……。髪拭きタオルは？」

「えー？」

玲奈は首を傾げるだけだった。

お風呂上がりにはタオルを持ってきなさいと何度も言っているのに、わからないのか、わざとなのか、いつも濡れ髪のまま脱衣所から出てきてしまう。お母さんはいつも、玲奈を先に上がらせてからゆっくりスキンケアやヘアケアをするので、お風呂上がりの玲奈の世話は私がすることになる。

手をつないで脱衣所に連れていき、タオルで手早く髪を拭いてやってからパジャマを着せて、ドライヤーで髪を乾かす。

機嫌がよくてにこにこしている玲奈は、天使のように可愛かった。

乾かし終わったころにお母さんが浴室から出てきて、「あ、そうだ、茜」と声を上げた。

「明日、玲奈のお迎えよろしくね」

「ああ、そっか、明日は遅番だよね」

お母さんのパートが遅番のときは、私が玲奈のお迎えに行くことになっていた。学校帰りに保育園に行くのは回り道だし、玲奈を連れて歩くのは大変なので、正直なところ気が重いのだけれど、仕方がない。

「そうそう。最近ね、バイトの大学生が何人も辞めちゃったから、夜入れる人が少なくて」

「……ふうん。大変だね」

お母さんだって小さい子どもがいるんだから、他の人に代わってもらえばいいのに。

頭の片隅にそんな考えが浮かんだけれど、すぐに打ち消した。

お父さんがお風呂に入り、お母さんが髪を乾かし出すと、かまってもらえない玲奈が私にしがみついてくる。

「おねえちゃん、絵本、読んで」

ああ、勉強しないといけないのに、と少し思ったけれど、読み聞かせは私の役割だと玲奈は思っているようなので、拒否するわけにもいかない。

私は「はいはい、ベッドの部屋行こうか」と微笑みかけた。

もともと本を読むのは好きなので、絵本の読み聞かせは苦ではない。玲奈が眠るまで読まないといけないことと、気分に合わない話だとぐずられることがあるのは大変だけれど。

三冊目を開いたところで玲奈がうとうとし始め、読み終えたときには寝息を立てていたので、布団を掛け直してやってから、私は部屋を出た。

鏡の前で肌の手入れをしていたお母さんが「玲奈、寝た？」と声をかけてくる。

「うん、寝たよ」

「そう。今日は早かったわね、よかった」

「うん」

「茜もう寝る？」

「ううん、もうちょっと起きてる」

「あんまり夜更かししたらだめよ」

「……うん」

うなずきながらも、もやもやとした思いが湧き上がってきた。

夜更かししたいわけじゃないし。玲奈の世話をしてたから、やるべき課題がまだ終わってないだけ。好きで遅くまで起きてるわけじゃないのに。

でも、そんなことは言えない。

お母さんだって、朝早くから起きて掃除と洗濯をして、家族全員の朝食とお弁当を作って、玲奈を送って仕事に行って、買い物をして帰ってきて食事を作って、玲奈を迎えに行って世話をして、朝から晩まで大忙しなのだ。

お母さんの大変さはわかってる。わかってるんだけど。

そんなことを考えてぼんやり立っていると、お風呂から上がってきたお父さんと目が合った。

「茜ちゃん、どうしたの？　なんだか元気がないね」

「えっ？」

「学校でなにかあった？」

学校じゃなくて、家のことを考えてたんだけど。いや、学校でも色々あったけど。

不意に青磁の顔が頭をよぎって、胃がむかむかするような感覚になる。

「……ううん、なにもないよ」

私は微笑みを作りながらそう答えた。

お父さんは「そうか」と小さくうなずいて、首にかけたタオルで髪を拭く。

「それならいいけど。もし困ったことがあったら、遠慮しないで相談していいからね」

「うん、ありがとう」

そうは言ったものの、そんなことができる日が来るとは思えなかった。

「あ、もう寝ちゃったか。可愛い寝顔だなー」

玲奈が眠っている寝室を覗いたお父さんが、へらりと顔を崩して笑った。

そりゃそうだよね、と心の中で思う。

いくら一緒に住んでいる家族でも、血がつながっているのといないのとでは、大きな隔たりがある。

お父さんは、玲奈のことは厳しく叱ったり、思いきり甘やかしたりするけれど、私やお兄ちゃんに対してはそうはいかない。

私だってそうだ。お父さんはすごく優しいし、いい人だなと思うけれど、だからといって学校であった嫌なことや、家族への不満を打ち明けることは絶対にない。

玲奈の寝顔を飽きることなく眺めているお父さんの背中に「おやすみなさい」と声をかけて、私はリビングをあとにした。

自分の部屋に入ると、ほっと全身の力が抜けるのを感じた。

ふうっと息を吐き出す。

ベッドに横になりたかったけれど、そのまま寝てしまいそうな気がしたので、素通りして机に向かう。

その途中で、何気なくスタンドミラーを見た。

瞬間、どきりとする。

私ってこんな顔だったっけ。そんな奇妙な感覚に包まれた。

鏡の中の人物は、ネジが緩んだような、全体的にピントがずれたような印象の顔をしている。

胸のあたりがざわざわとして気持ちが悪い。

思わず鏡から目を背けて、すぐ横の棚の引き出しを開ける。その中に、マスクの箱が入れてあった。五十枚入りの安売りのマスクが二箱。

いちばん枚数がたくさん入っているものを選んでいるけれど、それでも一日に二、三枚は使うので、一ヶ月もしないうちに無くなってしまう。

マスクをつけておかないと落ち着かないなんて、家族の誰にも知られたくなくて、学校帰りにドラッグストアに寄って自分のお小遣い(こづか)で買ってきている。

箱の中から十枚ほどを取り出して、机の上に置いた。あとで忘れないように鞄に入れておかないと。もしも学校でマスクを切らしてしまったら大変だ。

一枚を手に取ってマスクの紐を両耳にかけると、顔を覆われる感覚に、痺(しび)れがくるほどの心地よさと安堵(あんど)を感じた。

鏡に向き直る。

マスクをつけた顔を見ると、「ああ、これが私の顔だ」という実感が湧き上がってきた。むしろ最近は、素顔のほうが居心地の悪さを感じるくらいだ。

マスクに頬まですっぽり覆われて、私の顔の中で姿を現しているパーツは目だけだ。前髪が長めなので、眉毛すら見えない。

さっき鏡に映った自分の顔を思い出す。

高さの足りない鼻、厚みと形のバランスが悪い唇、丸っこい顎。嫌いな部分ばかりだ。目だって奥二重で、せめてもう少し大きければいいのにと今まで何度も思った。

でも、不思議なことにマスクをつけていると、華やかさのかけらもないはずの自分の目が、少し綺麗に見える気がする。他の醜い部分は隠されているせいか、マスクをつけているときの自分の顔は、そこまで絶望的に悪いわけではないな、と少しだけ気分が良くなるのだ。

私はマスクをつけたままで机に座り、勉強を再開した。

自分でもなにをしているんだろう、と呆れたけれど、外そうとは思わなかった。

予習と課題が終わり、苦手な数学の復習も終わらせた。

意外と早く済んで、まだ十一時台だったので、ベッドに寝転んで昨日本屋で買ってきた文庫本を開く。

表紙の雰囲気が好みで衝動買いをした『夜明けを待つひと』という小説だ。読んだことのない作家の作品だったけれど、最初の数ページを読んで、透明感のある美しい表現に心を惹(ひ)かれた。

夢中になって読んでいたのに、ある瞬間、一気に不愉快な気持ちになる。〝青山(あおやま)〟という人物が出てきたからだ。

〝青〟という文字を見たとたんに青磁の顔が浮かんで、思わず本を閉じる。

なんなのよ、と心の中で叫びたくなった。

せっかくの貴重な癒(いや)しの時間なのに、あいつのせいで純粋に楽しめなくなってしまった。学校だけならまだしも、家に帰ってきてまで不快な思いをさせられることになるなんて。

私は本を枕元に置いて仰向(あおむ)けになり、両腕を額にのせて目を閉じた。ふう、とため息をつく。

嫌いだ。大嫌いだ、青磁なんか。

こんなに人のことを嫌いになったのは初めてだった。

今までは、人を嫌いになるのはだめなことだと思っていたし、苦手な性格の子がいても、良いところを見つけて好きになろうと努力してきた。

でも、青磁だけはだめだ。生理的に、本能的に、嫌いだ。

あの硝子玉みたいな瞳を見ると、反射的に視線を逸らしたくなってしまう。彼に見られているだけで、息苦しくなって、いたたまれなくて、すぐにでも逃げ出したくなってしまう。

ああ、だめだ、と私は深く呼吸をした。

青磁のことを考えていると、どんどん心が荒(すさ)んで、ぼろぼろに毛羽立って、しまいには暗く沈み込んでしまう。

あんなやつのことなんて、考えないことにしよう。そう思った。

でもそれから、そう思うのはこれで何度目かな、とふと疑問が浮かんで、自分で笑えてきた。

この数ヶ月、彼と同じクラスになってから、私は何度も何度も、同じことを思ったのだ。数えきれないほどたくさん、「もう青磁のことを考えるのはやめよう、嫌な気分になるだけだ」と考えて、それでも彼の〝あの言葉〟を忘れることはできなかったのだ。

忘れられないなら、耐えるしかない。

彼と同じクラスになってしまったのは変えられない運命だし、しかも隣の席になってしまったのなんて不幸としか言いようがないけれど、自分ではどうしようもないことなんだから、我慢するしかない。

私は自分にそう言いきかせて、本を閉じて枕に突っ伏した。

ありえない

三時間目の終わりを告げるチャイムが鳴り、みんなが一斉に動き出す。四時間目は音楽なので教室を移動するのだ。

私も教科書と縦笛を持って立ち上がった。

沙耶香のほうをちらりと見ると、他の女子とスマホで動画を見ながら笑っていた。教室移動のときは彼女と行動することが多いけれど、別に絶対そうしようと約束をしているわけでもない。私はひとりで教室を出た。

音楽室は最上階の東側にあるので、みんなは東階段を上っていくけれど、私はその流れに乗る気になれなくて、あえて遠回りになる西階段を選んだ。

西側は授業に使われる教室がほとんどないので、人はあまりいない。休み時間の喧騒が遠ざかるにつれて、ほっと肩の力が抜ける感じがした。

階段に足をかけたとき、ふと、上のほうから細く甲高い音が聴こえてきた。

なんだろう、と首を傾げながら上っていき、踊り場で折り返したとたんに、マスクの中で顔が歪んだ。

あの後ろ姿を見間違えるわけがない。

ほっそりとした猫背、色の無い髪。青磁だ。

最悪、と心の中で毒づいた。でも、今さら東階段に戻ったら授業に遅れかねない。仕方がないので、気づかれないように距離を置いて、私はそろそろと階段を上った。

そのときまた、空気を裂くような高音が踊り場に響いた。見ると、青磁が縦笛を吹きながら階段を上っている。

うるさい。しかも、下手。何度も音が裏返っている。そのくせ、本人はやけに楽しそうにピーヒャララ、と吹いているのだ。

こういうところも嫌いだ。非常識で、奔放で、マナーが悪い。自分のことしか考えていないし、周りへの迷惑なんて思いもよらないらしい。

苛立って緊張がほどけてしまった私は、ついうっかり足音を立ててしまった。

やばい、と思った時にはもう、青磁の視線が降ってきていた。

「…………」

「…………」

沈黙が流れる。

ピー、と彼がまた笛を吹いた。

苛々する。空気読めよ、と思ってしまう。

私は青磁を無視することに決めた。

クラスのみんなの目があるときは、彼と私の間に確執があるのを見せるわけにいかないので、他の子と同じように接している。でも、誰も見ていない場所でなら、取りつくろう必要もない。

私は青磁の横を素通りしようと、手すりに身を寄せながら階段を上った。

まっすぐな視線が追いかけてくるのを感じる。

マスクをつまんで目の下ぎりぎりまで上げた。

そうしながら、なんで見るのよ、と内心で突っ込む。

青磁は私のことが気に入らないくせに、いつも遠慮も容赦もなくまっすぐに私を見るのだ。無視してくれればいいのに。そしたら私だって楽なのに。

「おい」

突然、声をかけられて、思わず振り向いてしまった。その瞬間、硝子玉のような瞳が私をとらえる。

どくっ、と全身が嫌な音を立てて脈打った。見ないで、と叫んでしまいたくなる。

その瞳で見ないで。

思い出してしまうから。今も忘れられない、私の胸に深く突き刺さったあの言葉を。

――俺はお前が嫌いだ。

青磁はあのとき、はっきりとそう言ったのだ。

硝子玉の瞳で、今みたいにまっすぐに私をとらえながら。

あれは、二年生になったばかりの四月だった。

今日と同じように私たちは、誰もいない廊下で鉢合わせた。

青磁はそのとき、中庭の満開の桜を見つめていた。開け放たれた窓から、風に運ばれた薄桃色(うすももいろ)の花びらが舞い込んできて、彼の周りで蝶のようにひらひらと踊っていた。

その光景をぼんやりと眺めていたら、ふいに青磁がこちらを向いて、視線が絡み合った。

私は彼に笑いかけた。あのときはまだマスクをしていなかったから、普通に笑った。クラスメイトになったし、これから仲良くしたいと思って。

一年生のころから有名だった青磁のことを、私はもちろん顔と名前くらいは知っていたけれど、話をしたことはなかったのでどんな人間かは知らなかった。

青磁も同じだったはずだ。私は全校集会で表彰されるような特技はなにもないので、むしろ彼は私の存在さえ知らなかったかもしれない。

それなのに、私の足音に振り返った彼はいきなり、廊下のど真ん中でこちらをじっと見つめながら言ったのだ。

『俺はお前が嫌いだ』と。

驚きで言葉を失って硬直した私に、彼はさらに追い打ちをかけるように言った。

『お前のこと、大嫌い』

あのときのことを思い出すと、今でも吐きそうなくらい気分が悪くなる。

ありえない。信じられない。最低、最悪だ。

いくら頭と口が直結してるからって、思ったことはなんでも口にする性格だからって、あんなのは最低だ。

誰かに向かって、しかもほとんど面識のない相手に向かって、お前が嫌いだと告げるなんて、どうかしている。ひどすぎる。人間としてどうなの。

子どもじゃないんだから、たとえ好きになれない人がいても、わざわざそれを口に出すべきじゃない。そんなに気に入らないならただ距離を置けばいいだけの話。

言われたほうがどんな気持ちになるか、青磁にはわからないのだろうか。相手の気持ちを考えなさいって小学校で習わなかったのか。

あの日のことを思い出したせいで、私の心の中では、暗い感情が激流のように荒れ狂い、渦巻いていた。

まさか、またこんなシチュエーションが訪れるなんて。

嫌だ、嫌だ。

手すりをつかむ指に力が入らなくて、足もとさえ危うく、よろけそうだった。

必死に堪える私の横で、青磁はまた、ピーヒャラ、と笛を吹く。

ふざけんな。どうかしてる、ありえない。もう嫌だ、こんなやつと同じ空気なんか吸いたくない。

「おい、茜」

もう一度声をかけられたけれど、私は彼を押しのけるようにして階段を一気に駆け上がった。

大嫌いだ、あんたなんか、と心の中で叫びながら。

＊

それから数日後。午後いちばんの体育の授業のとき、私は体調不良に襲われた。

前日から始まった生理痛がいつになくひどくて、だるいし、頭がずきずきするし、下腹部は重苦しく痛むし、いつもならそんなことはないのに腰まで痛いし、正直、休みたかった。

でも、「生理痛がひどいので見学させてください」なんて、男の先生に言えるわけがない。それに、もしも甘えだとかずる休みだとか思われたら嫌だ。

着替えを終えた私は、重い体を引きずるようにして体育館に入った。

女子の授業はバレーボールなので、自分が試合に出ない間は休める。それだけが救いだった。

「ねえねえ、茜」

後ろから呼ばれて振り向く。他のチームの子たちが困ったような顔で立っていた。

「どうしたの?」

「あのね、うちのチーム、今日ひとり足りなくて」

「あ、そうか、美保(みほ)が欠席だもんね」

「それでね、先生が代わりを探せって」

ああ、そういうこと、と心の中で納得する。

こういうときのピンチヒッター役を頼まれることはとても多い。運動はそれほど苦手ではないし、委員長という役割上、断りにくくてなんでも引き受けていたら、そうなった。

正直、今日は本当にお腹が痛くてきついけれど、やっぱり断れるわけもなく、私は「わかった、任せて」と笑顔でボールを受け取った。

三ゲーム連続で試合に出て、終わったときには頭がぼうっとするほどに具合が悪くなっていた。マスクをつけたまま動いたせいで息切れもすごくて、苦しい。

とりあえず一ゲーム分は休めるので少し安心して、出入り口の風通しがいい場所に陣取(じんど)り、ぼんやりと外を眺めた。

グラウンドでは男子がサッカーをしている。見るともなく見ていると、数人、あきらかに動きの違う子がいた。経験者だろう。

なんとなく目をこらして顔を確認し、やっぱりみんなサッカー部か、と思っていたとき、中学時代に県選抜にも選ばれたというサッカー部のエースから、素早い動きでボールをカットした男子がいた。

上手いな、誰だろう、と思った瞬間、人垣から抜け出したその男子の髪が、真上からの陽射しで銀色にきらめいた。

うわっと叫びそうになる。青磁だ。

彼は水を得た魚のように巧みなドリブルでディフェンスの網をくぐり抜け、風のような速さでコートを駆け抜ける。そして、あっという間にゴールを射程圏内に入れると、相手チームが追いつく前に空気を切り裂くような鋭いシュートを放った。ゴールネットが揺れる。

おおっとどよめきが上がり、同じゼッケンの男子たちが一斉に青磁に抱きつく。彼は「お前ら、暑苦しい！」と叫びながらも、嬉しそうに笑っていた。

私の身勝手なのは自覚しているけれど、その弾けるような笑顔に苛立ちが湧いてくる。私はこんなに気分が悪いのに、なんであんたはそんなに清々しい顔してるわけ。

これはさすがに八つ当たりだな、と内心反省しつつ、しばらく試合を観戦した。

スポーツにはあまり詳しくないけれど、お兄ちゃんがサッカー少年でクラブチームに入っていたので、小学生のころはたまに練習や試合を見にいったりしていて、サッカーだけは多少ルールを知っていた。なので、見ているとわりと楽しい。

青磁は縦横無尽(じゅうおうむじん)にコートの中を走り回り、敵の裏をついたパスを繰り出し、チャンスが来るとここぞとばかりにシュートを打つ。性格通りの勝気なプレイだ。

ただ、悔しいけれど、上手いと思う。美術部のくせに、と言ったら他の美術部員に失礼だろうけれど。

もともとの運動神経の良さに加えて、ちゃんとした技術も伴っている。中学ではサッカー部だったのかもしれない。でも協調性がなくて仲間と揉めて退部し、高校では文化部に、ってところか。

やけに生き生きとプレイしていた青磁だったけれど、しばらくすると、急に動きが悪くなった。

普段運動していないから体力不足で疲れたのか、はたまたやる気をなくしたのか。気まぐれでマイペースな青磁のことだから、きっと後者だろう。

結局彼は最後までやる気を失ったまま、だるそうに小走りをするだけで終わった。

「茜ー、始まるよー」

手招きされて、私は億劫(おっくう)さをひた隠しにしながら立ち上がった。

やばいなあ、と頭の片隅で思った。

体育が終わったあとの六時間目。明らかに体調が悪化していた。

ただの生理痛だと思っていたけれど、それだけではなさそうだ。もしかしたら風邪かもしれない。頭痛はひどくなる一方で、体が熱っぽい。

でも、あと一時間だし、なんとか頑張りたい。去年に続いて欠課なしの皆勤賞をとりたいから、保健室で休むのも早退するのも嫌だった。

現代文の授業だし、とにかく座っていればいいのだから、なんとかなるだろう。

そう思っていたのに。

「えー、今日はですねえ、ちょっといつもとは趣向を変えて、表現の授業をしようと思います」

先生の言葉を聞いた瞬間、嫌な予感がよぎった。

普通の授業なら黙って座っていればいいけれど、表現ということは演習や実技形式の授業になるだろう。そうなれば、静かに体を休めることなどできるわけがない。

「はい、それではグループを作って……」

先生の指示に従って班を作る。

当たり前だけれど、青磁と向かい合わせになって、それだけでさらに具合が悪くなった気がした。

「今日やるのは、〝自己紹介〟ならぬ〝他者紹介〟です」

先生が黒板に大きく文字を書いた。ああ、いかにもめんどくさそうだ。

「グループのメンバーひとりひとりについて、どんな人か、いいところはなにか、カードに書いていきましょう。それを最後に本人に渡します」

みんなが「難しい」「でも楽しそう」と口々に声を上げる。いつもと違う授業というのは、妙にわくわくするものだ。体調さえよければ。

教室を満たしている高揚感の中で、私はげんなりとうなだれた。

だって、同じグループに青磁がいる。青磁のいいところなんて、書けないし書きたくもない。それに、青磁が私のことを書くなんて、嫌な予感しかしない。ただでさえ調子が悪いのに、二重苦だ。

回ってきた六枚のカードに、メンバーの名前をひとつずつ書き込んでいく。そして、それぞれについての紹介文を書く。

【Aさん。いつも元気で笑顔が可愛くて、誰とでも仲良くできる女の子です】

【Bくん。勉強ができて真面目で、思いやりもあって、頼れる人です】

他の人のことはいくらでも書ける。でも、青磁のことはどうしよう。

少しだけ顔を上げて、目の前に座っている彼をちらりと見た。

私を悩ませている張本人は、もう作業を終えたのか、ペンを投げ出して窓の外を見ていた。

私はため息をついて、

【絵が上手くて、誰にでも好かれる魅力(みりょく)があります】

と書いた。私は大嫌いだけれど、他のみんなには好かれているようなので、嘘をついているわけではない。

「はい、それでは、だいたい終わったみたいなので、書いたカードを裏返しにして、本人に渡しましょう」

なんなんだろう、この授業、なんの意味があるわけ？　苛立ちながらも私はカードを手渡していく。私のもとにも六枚のカードが集まった。

なにが書かれているんだろう、と思うと、急にどきどきしてきた。不安が急速に胸の中で膨(ふく)れ上がって、動悸(どうき)がする。

私は細く深呼吸をしてから、紹介文を確かめていった。

【しっかり者で周りに気を遣えて、勉強できるのに気取ってなくて、本当にいい人】

【いつもにこにこしてて人当たりがいい。怒ることとかなさそう】

【誰にでも平等に接するところがすごいと思う。嫌いな人とかいないの？　いないんだろうな】

ほっとした。〈私の求める私〉がそこにいた。

私はちゃんとみんなの前で〝私〟を演じることができているのだとわかって、安心する。

でも、安堵感に包まれながら次のカードをめくった瞬間、冷水を浴びせられたような気分になった。

【いつもマスクで本心を隠している】

え、と声を上げてしまいそうになった。

誰が、こんなこと。

激しい動悸を感じながら、私はもう一度カードを見る。

手が微かに震えているせいで、カードは小刻みに揺れていた。

マスクで本心を隠している、という言葉に、自分でも驚くくらいに動揺した。

私のことをそういうふうに見ている人がいる。そのことが、とてつもなくショックだった。

はっ、と息を吐いて、なんとか自分を落ち着かせようとする。

そのとき、視線に気がついた。反射的に顔を上げると、青磁と目が合った。

硝子玉の瞳。

まさか、青磁が？

青磁がこれを書いたのか。彼が私の本性を見破っているのか。

視線を逸らせなくて微動だにできずにいると、青磁がおもむろに動いた。細長い指で自分の前に置かれたカードの一枚を手にとり、私に向けて見せる。

それは私が書いたカードだった。

「これ、お前の字だろ」

「……そうだけど、それがなに？」

微笑みを作ってそう返すと、青磁が眉をひそめる。

「ふざけたことばっか書きやがって。お前、俺の絵なんか見たことないだろ。それに、俺のこと好きじゃないだろ。なのに、絵が上手いだとか、誰にでも好かれるとか、適当なこと書いてんなよ」

マスクの中で顔が歪むのを感じた。は？と言い返してしまいそうになる。

適当なこと？　ふざけたこと？　なに言ってんのよ。こっちが気を遣って、いいこと書いてやったってのに、なんでそんなに不機嫌な顔してるのよ。素直に喜べばいいじゃない。

私はマスクを上げて感情の高ぶりを抑え、俯く。そこにはさっきのカードがあって、また心臓が凍ったような気がした。

青磁への苛立ちと、彼に見破られているかもしれないという恐怖がごちゃまぜになって、息が苦しい。

吐き気がする。早く、授業、終われ。

それから一度も青磁のほうは見ないようにして、私はなんとかその時間を乗り切った。

家に着いたころには、だるさがさらに増して、体の芯から疲れきっていた。食事の片づけと玲奈の世話もそこそこに、夜九時過ぎには自分の部屋に引きこもった。

お母さんがなんとなく不満そうだったので、なにかを言われる前に「ちょっと疲れてるから早く寝るね」と言っておいた。

でも、お母さんも疲れてるのに申し訳ない、という思いもあって、うだうだと考えていると、結局はなかなか寝つけなかった。

わからない

期末テストが終わった。結果は悲惨(ひさん)なものだった。

どの教科もかろうじて平均点は超えたものの、得意の文系科目が伸び悩み、苦手な数学ではただでさえ点数が取れない上にケアレスミスまで目立った。

今まででいちばん悪い成績だった。

親はあまり勉強のことには口出しをしてこないけれど、先生には「成績が少し落ちたみたいだけど、どうした？」と声をかけられた。

それがなくても、自分の行きたい大学の偏差値(へんさち)を考えたら、こんな点数を取っていていいわけがなかった。もう受験まで一年半だし、推薦を希望する生徒は二年の成績がとても大事だと先生たちは口を酸っぱくして言っている。

なんとかしなきゃと焦りが生まれて、お母さんに「夏期講習(かきこうしゅう)に行きたい」と言ってみたものの、あまり良い顔はされなかった。お金のこともちろんあるし、なにより、家事の手伝いができなくなってしまうのがお母さんからしたら困るのだろう。

それならば、と今からでも自宅学習の時間を増やそうと思ったけれど、家にいたらなにかと頼みごとをされてしまって、なかなか集中できない。

このままではいけないけれど、どうすればいいかわからない。

そんな八方塞(はっぽうふさ)がりの状態で、私はどんどん不安と焦りと不満ばかりが膨れ上がるのを感じていた。

そのせいか、眠れないし、食欲はないし、無理に食べても全然おいしくなくて吐きそうになる。

学校で笑顔を浮かべるのがしんどくなってきた。

好きなテレビ番組を見ても面白くないし、好きな本を読もうとしても文字をうまく目で追えなくて、なかなかページが進まない。かといって勉強も手につかない。

どこにいても息苦しい。なにをしていても息苦しい。

＊

そんな中で、終業式を翌週に控えたある日のことだった。

その朝は、少し寝坊してしまったお母さんに頼まれて、玲奈を保育園へ送っていった。そのまま学校に向かおうと思っていたけれど、園を出たところで、マスクを忘れてきたことに気がついた。

「……うそ、最悪」

思わず呟きが洩れた。朝ばたばたしていたせいで、いつものリズムが崩れてしまったからだ。

「取りに帰らなきゃ……」

家に戻ろうとしたけれど、腕時計を見たら、そんな余裕はなかった。このまますぐに電車に乗らないと、遅れてしまう。

仕方がない、とマスクのことは諦めて、ハンカチを口もとに押し当てながら駅に向かった。

でも、歩いているうちにどんどん足が重くなってきた。まるで何十キロもある石を足首にくくりつけて引きずっているかのように、一歩を踏み出すことが難しい。

歩き始めて五分もしないうちに、とうとう足が止まってしまった。

たくさんの人が駅に向かって流れていく中に、ただひとり立ちすくむ。

なぜ歩けないのか自分でもわからなくて、私は呆然(ぼうぜん)と前を見た。

早く行かなきゃ。遅刻してしまう。皆勤賞がかかっているんだから、たとえ一分でも遅れるわけにはいかないのだ。

頭ではわかっているのに、どうしても体が動かない。

どうしよう、どうしよう、どうしよう。その言葉だけが頭の中でぐるぐると回る。

私の両側をどんどん人が通り過ぎていく。それでも、私だけは動けない。まるで自分だけが違う次元にいるかのようだった。

どれくらい時間が過ぎたかもわからなくなったとき、ふいに、

「おい」

と背後から声をかけられた。

軋む首をゆっくりと巡らせて、声の主を見る。

「……青磁」

怪訝そうな顔をした青磁がそこに立っていた。

口もとに押し当てていたハンカチを持つ手に力が入る。

「茜。こんなとこで、なにぼうっとしてんだよ」

「……え、あ」

うまく答えられない。青磁がぐっと眉を寄せた。

「遅刻するぞ」

そんなの、言われなくてもわかってる。でも動けないんだから、仕方ないじゃない。

体は動かないのに、声も出せないのに、心の中では反発した。

しばらく不審そうに私を見ていた青磁が、唐突にこちらに手を伸ばしてくる。何事かと思ったら、手首をつかまれた。

「……っ」

やめてよ、触らないで、と言いたかったのに、突然のことに驚きすぎてなにも言えない。

「行くぞ」

戸惑う私にはかまわずに、青磁は私の手を引いて歩き出した。

私はハンカチを当てたまま、引きずられるように彼の背中を追う。

駅の改札口が見えてきた。同じ制服の生徒たちがちらほらと視界に入ってくる。

とたんに、また足が動かなくなった。そして、ぐっと胃のあたりが苦しくなって、それがそのまま軽い吐き気になった。

私が止まったことに気づいた青磁が、不機嫌そうな顔で振り向く。

なにか言おうと思ったけれど、吐き気が強まってきて、気持ちが悪くて声が出せない。私は彼の手を振り払い、口もとを押さえて俯いた。立っていられなくて、地面にしゃがみ込む。

「おい、茜？」

青磁も私の前に腰を落とした。

「どうした」

訊ねられても答えられない。

胸の奥からぐっとなにかがせり上がってくる感覚に、私は口を開いた。うえ、と声が洩れる。

「吐くのか」

青磁の手が私の背中に置かれる。でも、吐き気で過敏になった体には、他人から触れられる感覚は不快感でしかなくて、思わず勢いよく振り払った。

彼はすっと手を引っ込め、じっと私を見ている。

やめて、見ないで、ほっといて。そう言いたいけれど、言えない。

内臓が口から出てきそうな感覚が何度も繰り返しやってきて、私はぐうっと呻いた。

地面を見つめる視界の端を、たくさんの革靴やスニーカーが通り過ぎていく。

でも、その真ん中にある青いスニーカーだけは動かない。

もうだめだ、吐く、と思ったとき、

「これに吐け」

と囁く青磁の声がした。

目を上げると、コンビニのレジ袋が目の前に差し出されている。なにかを考える余裕もなく反射的にそれを手に取り、うえっと呻きながら胃の中のものを一気に吐き出した。

吐き気が治まるまで何度も嘔吐し、やっとのことで落ち着いたときには、全身を倦怠感が包んでいた。

「……ごめん」

私が吐いている間、ずっとそこにいた青磁に、とりあえず謝る。

気持ち悪いとか、汚いとか、言われると思った。

でも、彼はなにも言わずに黙ったままだった。

私はよろりと立ち上がった。青磁も同じように腰を上げる。

「……ごめん、行こう。青磁まで遅刻しちゃったら、ごめんね」

そう言って振り向くと、青磁は顔をしかめる。

「行けるのか？」

「……行けるよ。もう吐き気は治まったし。汚いもの見せてごめん。袋、助かった」

「まだ顔、青いぞ」

「大丈夫。すぐ良くなるから」

まだなにかを言いたそうな青磁を置いて、私は駅に向かって歩き出した。

吐いてしまったらすっきりしたので、これなら行ける、と思った。でも、駅に入ろうとした瞬間、また吐き気が込み上げてきた。口もとを押さえて下を向く。

追いついた青磁は、私の隣に立って「やっぱりな」と呆れたように呟いた。

もう胃の中は空っぽなので、吐き気はあるのに吐けない。苦しさと気持ちの悪さだけだ。

「こっち来い」

どうしようもない吐き気と戦っていると、青磁が私の手を再びつかんでゆっくりと歩き出した。私は右手を彼につかまれ、左手で握りしめたハンカチを口もとに押し当てながら、のろのろと歩いた。

駅に背を向けて、通学路から外れ、細い道へと入っていく。

両側に背の高い木が植えられており、日光が遮られて涼しかった。

こんな道があったんだ、と驚く。

私はいつも駅と家を往復するだけなので、この道には足を踏み入れたこともなかった。

少し歩いたところで、青磁が方向を変えた。

彼が私を連れて入ったのは、小さな公園だった。壊れかけの遊具がぽつぽつ立っているだけの、妙に寂しい感じのする古びた公園だ。

うちの近くに大きな新しい公園があって、このあたりの子どもたちはみんなそこで遊ぶので、この公園はきっと夕方になっても寂れているんだろう、と思った。

青磁は私をベンチに座らせ、自分はその隣にあるブランコに座った。

後ろに枝葉の多い木があって、その木陰に入った私は、首筋に涼しい風を感じながら目を閉じた。

きい、きい、と金属が擦れ合う音がする。

薄目を開けると、青磁がブランコを立ち漕ぎしていた。

相変わらず自由なやつ。

無意識に腕時計に目を落とす。

「……そろそろ行かなきゃ、本当に遅刻だ」

朝礼はもう諦めるしかないとして、一時間目の授業が始まる時間まではあと三十分ある。駅まで猛ダッシュで行って、運よくすぐに電車が来たらそれに飛び乗り、学校まで全速力で走り続ければ、ぎりぎりで滑り込めるかもしれない。

でも、考えただけでうんざりした。吐き気は治まったもののまだ胃がぐねぐねとうねっているような不快感があったし、嘔吐の余韻で全身がだるいし、走れるような状態ではない。

ぼんやりしていると、青磁がいきなり「別に」と声を上げた。

「いいじゃん。別に遅刻くらいしたって死ぬわけじゃねえんだし」

そりゃそうだけど。死にはしないけど、でも、学校には遅れちゃいけないし、皆勤賞が。

そこまで考えて、ふと気がついた。このままでは青磁まで授業に遅刻してしまう。というか、私のせいで遅刻させてしまう。

「青磁、ごめん。もう本当に大丈夫だから、学校行って。私に付き合うことないよ」

声をかけると、彼は勢いをつけてブランコを大きく漕ぎながら私を見た。私は彼を見上げる形になる。

夏の朝の色鮮やかな空にくっきりと浮かび上がる彼の姿が、なんだか眩しかった。

「お前、なに勘違いしてんの」

青空を背負った青磁が、眉をひそめて言う。それから、ぐんっと後ろへ下がる。

「俺は別にお前に付き添ってるわけじゃない」

そして押し出されるように前に出て、空へと昇っていく。

「ただ学校行くのがめんどいから、さぼってるだけだ」

大きく漕いで、高く、もっと高く。真っ白な髪がさらりと風に踊る。

青磁がなにを考えているのか、想像を巡らせるのもめんどくさくて、私は思考を停止する。

あっそ、と答えて、空を見上げる。

空は、笑えてくるほど綺麗な青だった。

「なんか、喉渇いたな」

いつの間にかブランコを漕ぐのをやめて、私と同じように空を見上げていた青磁が、ひとり言のように言った。

「近くにコンビニあるから行ってくるわ」

あっそ、と私はまた答えた。

「お前は？」

唐突に訊かれて、すぐには反応できない。

「お前もなんかいる？　ついでに買ってきてやるけど」

「マスク」

気がついたら口が勝手に答えていた。青磁の顔がぐっと歪む。

私はハンカチを当てたままもごもごと続けた。

「お願い、マスク、買ってきて。お金は払うから」

さっきまではさっぱりとした顔をしていた青磁が、今は不機嫌そうに私を軽く睨んでいる。

「は？　なんなの、お前。ふざけてんの？」

「ふざけてない。本気」

「ああ？」

「マスクがないと、学校、行けない」

青磁はますます顔を歪めた。

「……なんだよ、それ。やっぱお前、あれか、マスク依存症とかいうやつか？」

私は俯いて、「……たぶん」と小さく答える。やっぱりあのカードを書いたのは青磁だったんだ、と思った。

スニーカーの足を動かすと、砂とこすれてざりっと音が鳴った。淡い色の砂粒が、光を浴びてきらきらと輝いている。

「……くっだらねえ。知るか」

吐き捨てるように言って、青磁はブランコから飛び降り、公園を出ていった。

帰ろうかな、と思った。家に帰ればマスクがある。

でも、この時間だと、お母さんがもしかしたらまだ家にいるかもしれない。戻った理由を訊かれるのは嫌だった。

頭に靄がかかったようにぼんやりしていて、うまく思考がまとまらない。

ぼうっとしていたら、足音が聞こえてきた。

誰か来たと思って、慌ててハンカチを口もとに当てる。見ると、コンビニの袋をぶら下げた青磁だった。

「……戻ってきたの？」

思わず呟くと、彼は「は？」と眉を上げて、そのまま近づいてくる。

「コンビニ行くだけっていっただろ」

「いや、でも、怒ってたから、てっきり学校行ったのかと……」

んなわけねえじゃん、と呟いて、彼は袋からミネラルウォーターのペットボトルを取り出し、私の横にことんと置いた。

「口ゆすげば」

驚いて少し口ごもってから、「ありがと」と私は呟いた。たしかにさっき吐いたせいで口の中が気持ち悪かった。

言われた通りに口をすすいでいると、青磁が「あと」と声を上げる。

「ほら。買ってきたぞ」

彼が袋から取り出してこちらに投げて寄こしたのは、意外にもマスクだった。あんなに嫌そうな顔をしていたのに。

驚きすぎてなにも言えず、手にしたマスクの袋をじっと眺める。

「……なんだよ。なにぼうっとしてんだよ。そのマスクは気に入らないとかふざけたこと抜かすんじゃないだろうな」

私はふるふると首を横に振った。それから再び「ありがとう」と頭を下げる。

青磁は、ふん、と鼻を鳴らして再びブランコに座った。

少し横を向いて顔を見られないようにしてから、ハンカチを外し、パッケージを開いてマスクを取り出す。

マスクをつけると同時に、言葉にできないほどの安堵感に包まれた。たとえるなら、下着一枚で他人の目に晒されていて、やっと服を着ることができた、というような、圧倒的な安心感だった。

全身から力が抜けるような感じがして、今までひどく緊張した状態だったのだと気がついた。

ふう、と息を吐いて顔を上げると、青磁がじっとこちらを見つめている。

「いつから？　なんで？」

え？と首を傾げると、「それ」と彼が私に指先を向けた。

「マスク。なんで？」

少し考えてから、

「……わからない」

と答えた。本当はわかっていたけれど、言えない。言いたくない。

青磁は眉根を寄せると、「あっそ」と言った。それから興味を失ったようにそっぽを向き、ブランコの鎖を握って立ち上がって、大きく漕ぎ始めた。

私だって、自分でも驚いているのだ。マスクをつけていないと落ち着かなくなっていることはわかっていたけれど、まさか、マスクがないだけで吐いてしまうほどに悪化しているとは、思ってもみなかった。

私はもしかしたら、マスクがないと、もうまともに生活することさえできないのかもしれない。これは立派な依存症だ。自分で思っていたよりも危ない状態なのかもしれない。

青磁の漕ぐブランコの音だけが、きいきいと響く。

私はベンチに座ったまま空を見上げて、目を閉じる。

じっと耳を澄ますと、そよ風が梢を揺らす音が聞こえてきた。蝉が鳴く声や、どこかの学校のチャイムの音、向こうの国道を走る車の音も。

世界にはたくさんの音が溢れているのだと、当たり前のことに今さら気がつく。私が聞こうとしていなかっただけなんだ。

そんなことを考えていたとき、ポケットの中のスマホが震え出した。瞬間、現実に引き戻される。

慌てて取り出し、画面を確認すると、お母さんからの電話だった。

「……もしもし」

『茜⁉ 今どこにいるの、なにしてるの！』

お母さんの声で、全身の血の気が一気に引いた気がした。

声が震えた。

「……公園に、いる」

『なに、どういうこと？』

うまく答えられない。マスクを忘れたせいで電車に乗れなくて、学校に行けなかった、なんて言えるわけがない。

『担任の先生からお母さんの携帯に電話が来たのよ。茜がまだ学校に来てないって』

「……うん。ごめん」

『どういうこと？　まさか、さぼり？　連絡なしで欠席したら特別指導になるかもって先生がおっしゃってたわよ。どうするのよ、そんなことになったら！』

「………………」

『推薦に響くわよ、きっと。どういうつもりなの、全く……』

言い訳さえ思いつかなくて、私は馬鹿のひとつ覚えみたいに「ごめんなさい」を繰り返した。

『とにかく、今すぐ学校に向かいなさい。いいわね？　先生にはそう伝えとくから』

「わかった」

『全く……。茜はそんなことしない子だと思って安心してたのに。玲奈とお兄ちゃんのことでお母さん大変なんだから、せめて茜だけは心配かけないでちょうだい』

「……うん、本当、ごめん」

お母さんが電話の向こうで深くため息をついたのがわかった。

『じゃあ、切るわよ。続きはまた茜が帰ってきてから家で話すから』

「うん……あ、お母さん、ちょっと待って」

『なによ』

「あのね、今、クラスの深川って子と一緒にいるの。先生に電話するなら、伝えといてくれない？」

そう言った瞬間、お母さんは黙り込んだ。

どうしたんだろう、と思っていると、唐突に『それって、男の子？』と訊かれた。

少し迷ったけれど、嘘をつきたくはないし、ごまかす必要もないと思ったので、うん、と正直に答えた。

『……そういうこと。男の子とふたりでさぼり？　はあ……なにを考えてるんだか、全く』

この言葉でお母さんの勘違いに気づき、すぐに「違うよ」と声を上げた。

「そんなんじゃなくて、ただ……たまたま会ったクラスメイトだよ」

でも、ただの言い訳だと思われたようで、呆れたように『もういいから、早く行きなさい』とだけ言われてすぐに電話は切れた。

スマホを耳に当てたまま、呆然とする。

ブランコをやめて、地面に転がっていた野球のボールを空へ放り投げて遊んでいた青磁が、怪訝そうな顔で振り向いた。

「なに？　どうした？」

「……なんでもない」

「なんでもないって顔じゃねえけど」

「なんでもないの！」

苛立って、思わず強い声で返した。青磁は肩をすくめて黙った。

「……学校、行く」

「は？　平気なのかよ」

「平気」

「まだ顔青いぞ」

たしかに気分はまだ少し悪かった。胸の奥のほうがむかむかしている。

でも、行かないわけにはいかない。

「……ほっといて」

ぽつりと言うと、青磁は「へいへい」とまた肩をすくめた。

私がベンチから立ち上がり、荷物を持って歩き出すと、彼も少し離れてぶらぶらとついてきた。

急いだところで遅刻には変わりない。風を感じながら、ゆっくりと歩く。

ぼんやりと空を見ていて、ふいに気がついた。振り向いて後ろに声をかける。

「ねえ、青磁」

「あ？」

「どうしてあんなところにいたの？」

私の勘違いでなければ、彼はたしか三つ先の駅を使っているはずだ。誰かと話しているのを聞いたことがあるし、朝の通学のときにその駅で彼が電車に乗り込んでくるのを何度か見たことがあった。それなのに、どうして今日はあの駅前にいたんだろう。

じっと見つめ返していると、青磁は唐突に「散歩」と言った。

「え？　散歩？」

「悪いか」

なぜか睨み返されて、私は首を横に振った。

「別に悪いなんて言ってないじゃない」

「そういう顔してただろ」

むっとしたように青磁が言う。

私は呆れてしまった。まるで小学生と会話しているみたいだ。疲れる。

「学校行く前に、毎朝散歩してるんだよ」

「ふうん……この辺を？」

「いや、色んなところ。あっちとか、こっちとか、適当に思いついたところ」

「はあ」

変なやつだ。知ってたけど。毎日早朝から散歩しているなんて、年寄りみたいだ。

「いちばん綺麗だと思わん？」

駅に向かってしばらく歩いたところで、いきなり青磁がそんなことを言ったので、意味がわからなくて私は「なにが？」と訊き返した。

彼が空を見ながら答える。

「朝の街が、いちばん静かで、綺麗な気がするんだよな」

そんなことは考えたこともなかった。どの時間の街がいちばん綺麗か、なんて。

そもそも私は、街を見て綺麗だと思ったことなんかない。街はただそこにあって、これまでもこれからもそこにあって、私はそこに住んでいる。それだけ。

「なあ、本当に学校行くのか？」

またもや唐突に青磁が言った。話がころころ変わるので、私はいちいち対応するのに苦労する。

「行くよ。当たり前でしょ」

「なんで」

「なんでって……どういう意味？」

すると彼は足を止め、硝子玉の瞳を私に向けた。

「お前は、なんで学校に行くんだ？」

そんなことも、考えたことはなかった。

「……行かなきゃいけないから。だから、行くの」

彼の顔が一気に不機嫌なものになる。

「なんだ、そりゃ。行きたいから行くんじゃないのかよ」

行きたいから行く？　学校に行きたいかどうかなんて、なんの関係があるんだろう。

「行きたいとかじゃなくて、学校は行くものでしょ。行かなきゃだめでしょ」

青磁が小馬鹿にするように、はん、と笑った。

「行かなきゃだめって？　じゃあ、戦争に行かなきゃいけないって言われたら、お前はなにも考えずに行くのかよ」

だからどうしてそういつもいつも極端な話にもっていくわけ？

むっとして黙っていたら、彼が小さく舌打ちをして、苦々しげに顔を背けた。

「くだらねえ。つまんねえやつ」

は？と私は眉をひそめる。

青磁は硝子玉の瞳に澄んだ青空を映しながら、吐き捨てるように言った。

「行きたいから行くんなら、わかるよ。でも、お前は、行かなきゃいけないから行くのか。誰かに行けって言われたから行くのか。なんだよ、それ」

どうして彼がこんなに怒っているのかわからない。

私はなにか変なことを言っただろうか。私が言ったことはおかしいだろうか。

くだらないとかつまらないとか、そんなひどい言葉をかけられるようなことを言っただろうか。

誰もがきっと、行かなきゃいけないから学校に通っている。青磁は違うのか。

訊いてみたかったけれど、私への苛立ちを隠さない彼の顔を見ていたら、なんだかこっちまで腹が立ってきて、もう口をききたくも顔を見たくもなくなった。

「知らない」

私は会話を切り上げるように強く言い、青磁を置いて早足で歩き出した。

彼は相変わらずマイペースな足取りで、周りを見渡しながら私の後ろを歩いていた。

「俺、やっぱ、お前のこと嫌いだわー」

そんなむかつくことを、しみじみと言ってくるので、もう慣れたとはいえやっぱり腹が立って、私はそこから学校に着くまで二度と振り返らなかった。

いられない

「あつ……」

朝だというのに、家を出て駅まで歩くほんの十分ほどの間で、首筋や背中に汗が流れるほどの暑さだった。

マスクの縁のあたりに、こめかみから垂れた汗がたまって、じっとりと湿っている。不快なことこの上ないけれど、マスクは外せない。

夏休みになったけれど、私はあまり変化のない生活をしていた。学校の進学補習に参加しているからだ。

午前中の国語・数学・英語の補習はクラスで十人ほどの生徒が申し込んで受講しているけれど、午後の理科・社会は数人しか受けていない。

せっかくの夏休みなのに一日中学校にいて勉強するなんて、と沙耶香は私を変わり者扱いしていたけれど、正直なところ、家にいたら勉強に集中できないから学校にいたほうがまし、という気持ちもあった。

それでもやっぱり、毎日主要五教科の授業を受け続けるというのは、かなりしんどかった。

普段の学校なら、間に体育や芸術、家庭科などの実技教科が入るので、良い意味で息抜きができる。でも五教科だけだと、ずっと神経を張りつめっぱなしで話を聞き、手を動かしてノートをとらなくてはいけないので、思った以上に負担が大きい。しかも、夏休みの特別時間割で、一コマ六十五分。いつもの五十分授業に比べると、とんでもなく長く感じた。

疲れきって帰宅しても、あれこれと家事の手伝いを頼まれる。毎日たくさんの予習と復習が必要で、しかも夏休みの課題も大量に出されている。土日にまとめてやろうと思っても、家にいると玲奈が「遊んで遊んで」とまとわりついてくるので、なかなか机に向かえない。

ときどき、無性に叫びたくなる。全てを投げ出してしまいたくなる。

まあ、そんなこと、しないけど。叫びたい衝動に襲われても、少しの間、俯いて目をつむって堪えていれば、落ち着くから。

駅に入って改札を通り抜け、ホームに降りて電車を待つ。地下鉄の構内はやっぱり蒸し暑くてうんざりする。

スマホを取り出して、メッセージアプリでクラスのグループを開くと、昨日の夜に私が送ったメッセージにいくつかの返信が来ていた。だけどひとつひとつ読むうちに、暗澹(あんたん)たる気分になる。

昨日、補習の最後に担任から呼ばれた。そして、『そろそろ文化祭の準備、本格的に始めないとな、よろしく頼むぞ』と言われた。つまり、学級委員長としてリーダーシップを発揮してみんなを動かしてほしいということだ。

たしかに、あっという間に時間が過ぎて、もう八月。文化祭まで約一ヶ月だ。お盆休みの一週間は使えないとなると、休み明けから始めたのでは明らかに遅すぎるので、今のうちに動き出さないと間に合わないだろう。

そう思ってゆうべ、クラスのみんなにメッセージを送った。

【そろそろ文化祭の準備を始めたいので、明日から毎日十三時に教室に集まりましょう！】

けれど、それに対する返信は、全く思わしいものではなかった。

【明日は用事があるから無理です！】

【行けないー、ごめん！】

【今週いっぱいは予定埋まってる】

だろうな、と思った。予想通りの反応だ。夏休みにわざわざ文化祭のためだけに学校に来るなんて、めんどくさいと思うのが当たり前だ。しかも、この暑さ。その中で昼から集合なんて、嫌に決まっている。でも、部活はたいてい午前中だし、補習もあるので、朝から文化祭準備を始めるわけにもいかない。

ふう、とため息が出た。

さすがに数人は来てくれそうだけれど、それでどれほど作業が進められるかを考えたら、憂鬱でしかなかった。各係の代表者が来てくれないと、どんな作業をすればいいか、なにをどれくらい買ってくればいいか、全くわからない。こんなことなら、夏休みの準備計画を書いてもらっておけばよかった。

午後の補習を受けるのは今週いっぱいにして、これからは文化祭の準備に専念したほうがいいかもしれない。教科担当の先生にお願いしてみよう。それから、係の代表の子たちに個別に連絡をして、なるべく毎日学校に来てみんなに指示を出してくれるように頼んでみよう。

そんなことを考えているうちに、学校に到着した。いつものように補習が始まる。ゆうべも予習が終わらなくて夜中の三時まで起きていたので、途中から眠くて仕方がなかった。芯を引っ込めたシャーペンの先で、人差し指の爪の周囲を刺しながら、なんとか眠気と闘う。

これは最近覚えた睡魔撃退法（すいまげきたいほう）だった。指先は神経が集まっていて痛みを感じやすいので刺激すると眠気覚ましになると知り、勉強中に眠くなったときや集中できないときに使っている。

ここのところ、夜遅くまで勉強して、朝にゆっくり寝ようと思っても玲奈の声で早くに目が覚めてしまうというのを繰り返していて、指を刺す頻度（ひんど）があきらかに増していた。あまり強く押しすぎないようにしているけれど、回数が多すぎるせいか赤く腫れ上がり、うっすらと血もにじんでいる。

家に帰ったら消毒しなきゃな、と考えていると、

「はい、じゃあ丹羽。この問題、答えて」

先生からいきなり指名された。

慌てて椅子から立ち上がり、黒板を見る。でも、どこをやっているのか、どの問題に答えればいいのか、話半分で聞いていたせいで全くわからなかった。

「……すみません、わかりません」

答えると、先生の顔が怪訝そうに歪む。

「ん？　そんなわけないだろ。基本問題だぞ。丹羽なら解けるだろ、これくらい」

仕方なく私は頭を下げ、

「すみません、聞いていませんでした」

と答えた。みんなの視線が控え目に、でも一斉に私に集まる。

私は無意識にマスクを引き上げ、目の下まで覆った。

先生が驚いたように目を丸くして、それから少し呆れたように肩をすくめる。

「おいおい、珍しいな、どうしたんだ？　しっかりしてくれよ、丹羽。お前がそんなんじゃ、みんなに示しがつかんだろ」

みんなに示しって。私はただの生徒なんだけど。

でも、学級委員長は授業中に居眠りしたりぼんやりしたりしてはいけない、という

先生の考えもなんとなく理解できた。小学生のころから委員長を任されることが多かったので、今までの経験からもそれは想像できる。

「すみません。集中します」

マスクの中で謝ると、「まあいい、座れ」と先生からお許しが出たので、小さなため息とともに腰を下ろした。

もう一度シャーペンの先を指先に強く押し当てて、気持ちを切り替える。

その日の補習はなんとか乗り切れたけれど、これがあと一ヶ月近くも続くのだと考えると、目の前が暗くなるような気がした。

午後の補習が終わってから教室に行くと、五、六人のクラスメイトが集まっていた。

「ごめんね、遅くなって。みんな、来てくれてありがとう」

笑顔で声をかけたものの、教室の中を見回して、内心がっかりしてしまった。

文化祭の準備をしている気配が全くない。

集まったメンバーは比較的真面目で大人しい子たちで、来てくれたのはいいものの、なにもせずにスマホをいじったり本を読んだりしている。

ひとりが私を見て、言い訳をするように言った。

「いや、なんかね、来てみたけど、なにやればいいかわからなくて。茜が来るの待ってたんだ。ごめん」

私は微笑み、「そうだよね」とうなずく。

「私のほうこそごめんね。呼んでおいて自分は補習でいないとか、みんなも困っちゃうよね。せっかく来てくれたのに無駄な時間にさせちゃって、ごめん」

と言いつつも、なんでなにもかも私が指示しなきゃいけないの、とも思う。

私はとりまとめをしているだけ。いくらなんでも、私が全てを把握して、ひとりひとりに仕事を指示していくなんて、無理だ。具体的な作業は、係ごとにそれぞれ進めてほしい。

言いたいことはたくさんあったけれど、来てくれた人たちに文句を言うのは違うだろうから、飲み込むしかない。

「とりあえず、それぞれの作業班で、まずやらなきゃいけないことを……」

「でも、うちらのとこリーダーが来てないから、なにやればいいかわからないんだよねー」

「……そっか」

私の顔すら見ずにスマホでゲームをしている姿に、呆れてしまう。せっかく来たんだから、自分で考えてなにかやれることだけでもやればいいのに。

教室の中の空気が重くなったところで、がらりとドアが開いた。

「おーい、やってるかー」

担任がにこにこしながら入ってくる。

「あれ、これだけ？」

はい、と私が答えると、先生は眉をひそめた。

「おいおい、大丈夫かあ？　というか、脚本はできたのか？」

「いえ、脚本係のふたりに聞いてみたら、まだ後半ができてないって言ってました。前半は貰ってます。あとで人数分コピーお願いします」

「それはいいけど、しかしまだ半分って……。あと一ヶ月だぞ。そろそろセリフ合わせとか、役の練習しないといかんだろ？」

「ですよね……」

「で？　主役のふたりは？」

「あ、今日は都合が悪くて来られないって」

「おいおい……劇なんだから、主役がいないと始まらんだろ。他の出番が多いやつも来ないと。丹羽からそう伝えといてくれ」

はい、とうなずいたものの、気が重くなる。

そういうことは先生から言ってほしい。私がクラスメイトに「練習があるから必ず来て」だなんて催促するのは、かなり難しい。

「じゃあ、丹羽、頼んだぞ」

はい、もう一度答えると、先生は教室から出ていった。

みんなは私と先生の話を聞いていたのかいなかったのか、素知らぬ顔をしていた。

なんだか息苦しくなってきて、マスクを外して思いきり息を吸い込みたくなる。

私はそっと教室から出た。他のクラスでも準備をしていて、でもうちのクラスよりずっと活気があった。見ているとつらくなる。

ひと気のないほうへと歩いていき、誰にも見られる心配のない階段の下まで来ると、マスクをつまんで少し浮かせた。

マスク越しではない空気は、新鮮でひやりと冷たいような気がする。

しばらくそうしていると、階段を下りてくる足音が聞こえてきた。慌ててマスクをつけ直し、廊下へ戻ろうとする。

その前に、さっと影が落ちた。見上げると、誰かが踊り場の大きな窓から射し込む光を背に受けて、こちらを見下ろしている。

「おい」

逆光で顔は見えないけれど、呼びかけてくる声を聞けば、ぞんざいな口調を聞けば、すぐに誰かわかった。

「……青磁」

思わず呟くと、彼は軽い足取りで階段を下りてきた。最後の二段を飛ばしてとんっと私の目の前に着地する。

「こんなとこでなにしてんだよ、茜」

「……別に」

「ふうん？」

たいして興味もなさそうに首を傾げた青磁は、それきり黙り込んで、踊り場の窓を眩しそうに見上げた。真っ白な髪が光に溶ける。

彼は黒いだぼだぼのTシャツを着ていた。全面に色々な絵の具がこびりついた、ひどくカラフルなTシャツだ。

「……部活？」

沈黙に耐えかねて、私もたいして興味などないけれど、そう訊ねた。

「見りゃわかんだろ」

青磁は馬鹿にするような口調で答えた。むかっときたけれど、反論する気力もない。

「興味もないくせに聞くなよな」

「………」

自分だって、私になんか興味もないのに、なにしてるんだとか聞いてきたくせに。

「あれか、社交辞令(しゃこうじれい)ってやつか。つまんねえの」

どうしてこういちいち癪に障る言い方ができるのだろう。

腹が立ったけれど、まともにやりあったらこちらが疲れるだけだと思い、黙ってあらぬ方向に視線を投げた。

そのときふと、青磁はクラスのメッセージグループに入っていないことを思い出した。というか、彼はスマホどころか、携帯電話自体持っていないのだ。理由は〝いらないから〟というシンプルなものらしい。

「実は今、クラスで文化祭の準備してるんだ」

そう言おうかな、と思いつく。委員長としては、言うべきだと思った。そして、「人手不足だから手伝いに来て」とも言えたらいい。

でも私は、結局なにも言う気になれず、黙っていた。

彼が来たところで、どうせ手伝ってくれないだろうから空気が悪くなるだけだし、そもそも頼んでも来てくれるとは思えなかった。たぶん、「は？　めんどくせえな、行くわけないだろ」とでも返されて終わりだろう。これ以上、不愉快な思いをさせられるくらいなら、なにも言わないほうがいい。

「……じゃ、私、行くから」

顔も見ずにそう言って、私は教室のほうへと歩き出す。

視線が追いかけてくるような気がしたけれど、きっと気のせいだ。

＊

「ねえ、役者の人たち、ちょっと集まってくれる？」

お盆休み明けのその日、教室に入ると、いつもよりは多くの人が集まっていて、少しほっとした。

毎日のように、でもしつこくならないように慎重に言葉を選びながら必死に呼びかけた努力が報われた、と嬉しく思いながら私は役者陣に声をかけた。

「今後の動きについて確認しとけって、先生から言われてるから」

お姫様役の友里亜、王子様役の健斗がスマホ片手に近寄ってくる。他の役の子たちも、あまりやる気の見えない態度でだらだらと集まってきた。

なんで私だけがこんなに気を揉んでいるんだろう、と思いつつ、話を始める。

「台本はもうみんな持ってるよね」

「うん、持ってる」

「あ、俺まだだわ」

「じゃ、これ持っていって。それでね、もうそろそろ本格的に練習しなきゃやばいなって思ってて」

「あー、そうだよね、あと二週間？で本番だもんね」

「まじか。早いなあ」

「そうなの。だから、今日は軽くセリフ合わせして、家で台本覚えてきてもらって、明日からは動きの確認しながら演技の練習やりたいんだよね」

私が一気にそう言うと、健斗が困ったような顔になった。

「うわ、ちょっと待って、俺、明日は遊びの予定入れちゃったんだよなー」

「……そうなの。じゃ、仕方ないか。なら、明後日から……」

「茜、ごめーん、あたし明日から二泊三日で家族旅行！」

友里亜が手を合わせて謝ってきた。

は？という声が喉元まで上がってきたけれど、なんとか抑える。

「……そっか。家族旅行なら、どうしようもないよね」

顔が引きつっていないか心配だったけれど、笑顔が上手くいかないときはたいてい、口もとや頬がおかしくなるわけで、マスクをつけていれば大丈夫だ。

でも、それから役者陣の数人が、都合が悪いだの部活があるだのと言って、練習に参加できないと立て続けに言ってきたので、私の焦りと苛立ちはさらに募った。

どうしよう。このままだと本当に間に合わない。まともな練習は一度だってできていないのに、みんなの予定が合わなければ、全員揃っての通し練習ができないうちに新学期になり、そのまま本番を迎えることにもなりかねない。

先生に相談したい。でも先生はいつも「丹羽に任せたよ」と言うばかりで、まともに取り合ってもくれない。

心がぐらぐらと揺れるのを抑えるために、私は口を開いた。

「……とりあえず、今日はほとんど全員揃ってるから、セリフ合わせしよう。主役のふたりがいないとできないから」

「はーい」

「じゃあ、二時ちょうどに始めるから、それまでにセリフの確認して、できれば少しでも覚えるようにしてね」

「頑張りまーす」

彼らが台本を開き始めたのを確認して、私はその場を離れた。

見ないといけないのは役者陣だけではない。大道具や小道具、衣装係のほうの進捗状況がどうなっているのかも確認しておかないといけない。

彼らの様子を見にいくと、床に座り込んで作業をしていると思っていたのに、手を動かさずにおしゃべりをしたり、スマホで動画を見たりゲームをしたりしているだけだった。

「……どう？　進んでる？」

「あっ、茜。うーん、今ねえ、作業止まっちゃって」

「……え、なんで？」

「絵の具がなくなっちゃって」

「じゃあ、買いにいかなきゃね」

「それがさあ、買い出しって自転車いるじゃん？　うちらみんな電車通学だから、買いにいけないんだよね。宗平がチャリ通だから、あいつに頼むしかないんだ」

「ああ、そっか。宗平はどこ？」

「今お昼ごはん食べにいってる」

そう、と答えた声は小さすぎて、マスクの中で消えてしまった。

なにも言わずに、言えずに、私は教室を出る。全く進まない準備の様子を、これ以上見ているのはつらかった。

どうしよう。どうしたらみんな危機感と責任感を持って、本気で準備や練習に取り組んでくれる？　どうすればいい？

そのとき通知音が鳴ったので、私はポケットの中からスマホを取り出した。

【今日は早く帰ってきて、玲奈のお迎えよろしく】

お母さんからのメッセージ。笑顔とキスマークの絵文字つき。

学校が忙しいと何度も言っているのに、夏休みだから暇でしょ、といろいろなことを頼まれてしまう。お母さんだってたまには息抜きしたいのよ、と言って玲奈の世話などを頼んでくるけれど、それなら私はいつ息を抜けばいいのだろう。

感情の波に抗うように唇を噛んでいるうちに、息が苦しくなってきて、私は無意識に自分の指を見つめた。

いつの間にか、左手の指は全て、爪の回りが傷だらけになっている。

悪癖はここ一ヶ月ほどの間にすっかり定着し、しかも悪化の一途をたどっていた。

一日に何度もシャーペンの先で引っかいたり刺したりして、血が出るまで傷つける。初めはただの眠気覚ましだったのに、今はどんどん歯止めがきかなくなり、眠くなくても暇さえあればやってしまう。ほとんど無意識に。

人差し指が生々しい傷で埋まって刺すところがなくなると、次は中指、その次は薬指、というようにどんどん移っていき、先週末には左手の指が全滅したので、今は右手の人差し指も傷がつき始めていた。

廊下を少し進んで、教室から離れると、私はポケットに忍（しの）ばせていたシャーペンを取り出した。左手でつかみ、右手の人差し指の爪の生え際ぎりぎりを刺す。

利き手ではないので力の加減がうまくできなくて、思ったよりも深く刺さってしまった。

びりっと電流が走るような痛みが、指先から腕を駆け抜けて、首から脳へと伝わった。同時にぷちっと皮膚（ひふ）が弾ける感じがして、小さな血の玉がぷくりと浮いた。

痛い。ものすごく痛い。

でも、その痛みのおかげで、波立っていた心が少しずつ落ち着いていくのがわかる。どろどろと渦巻いていた、どうしようもない汚なくて暗い感情も、少しは治まった。

もっと、もっと、という気持ちが生まれて、衝動を抑えられず、私はさらにペンを持つ手に力を込める。

ぐさりと音がしそうなほどに強く刺すと、全身にびりびりっと痺れが走った。痛い。他のことなんかどうでもよくなるくらい、痛みだけに頭が支配される。それが心地よかった。

自分でも、あまり良くない状態だというのはわかっていた。でも、頭で考えることと、心で感じることは違う。頭では危険だとわかっていても、心では勝手に痛みを求めてしまう。そして体は、理性的な判断よりも感情からの要求に忠実だった。

壁際にかがみ込んで無心に指を傷つけていると、ふいに左手が宙に浮いた。

え、と目を見張って小さく顔を上げると、手首を誰かにつかまれている。その先へと視線を上げていくと、そこには険しい表情をした青磁がいた。

「……ちょ、っと。なにするの」

反射的に手を振り払おうとするけれど、つかむ力が思った以上に強くて、びくともしなかった。

「……お前こそ、なにしてんだよ」

青磁が低く呟く。

なぜだか背筋が寒くなって、私は右手を使って必死に彼の手から逃れようとする。でも、振り上げた右手も一瞬にして捕らえられてしまった。

「やめ……っ、なに、やめて、なにすんのよ！」

両手をつかまれたせいで、ぐっと距離が近づいてしまう。

嗅ぎなれない香りが、ふっと鼻先をくすぐった。少しずらしていたマスクの隙間から忍び込んできた、柑橘と若葉の混じったような青い香り。

心臓がどくんと跳ねた。家族以外の人間のにおいを感じたのは久しぶりだった。

睫毛の長さまでわかるほど間近に、青磁の顔がある。切れ長の綺麗な形をした瞳がじっと私を見つめている。

すっと通った鼻筋も、形のいい薄い唇も、滑らかな肌も尖った顎も、むかつくくらい綺麗だ。見ていたくなくて、私は両手をつかまれたまま顔を背けた。

「……血まみれ」

シャーペンを握った私の左手の指先を食い入るように見ていた青磁が、小さく呟いた。

「自分でやったんだよな」

答える義理なんかないので、私は黙っている。

それを肯定と受け取ったらしく、彼は呆れたように息を吐いた。

「お前、馬鹿じゃねえの」

私の左手首をつかむ彼の右手に、ぐっと力が込められた。ぎりぎりと締め上げられて、思わず拳を開いてしまう。

握りしめていたシャーペンが、床に落ちてかしゃんと軽い音を立てた。

「…………」

なにも言えずに視線を落とし、廊下に転がったまま死んだように動かないシャーペンを見つめる。

青磁が舌打ちをした。

「お前見てると、本当に苛々する」

「……じゃあ見なければいいでしょ」

そんなに私が嫌いなら、視界に入れなければいい。ましてや、話しかけてなんかこなければいい。

私だって青磁なんか見たくないし、青磁の視界にも入りたくない。もちろん口もききたくない。それなのに近づいてくるのはあんたのほうでしょ。

「なんでこんなことするんだよ」

「……別に」

「文化祭の準備か」

驚いて私は目を上げた。

青磁が、やっぱりな、というように眉を上げる。

「どうせあれだろ、文化祭の準備が進まなくて、このままじゃ間に合わないどうしよう、とか考えてんだろ」

なにも返せない。

「くだらない、準備なんてどうでもいい」とか、「間に合わなくても死ぬわけじゃないだろ」とか、いつものように横暴なことを言い返されるような気がした。

でも、彼が続けたのは意外な言葉だった。

「ていうかさあ、俺、全然知らなかったんだけど。教室で準備やってるとか」

「……え」

「さっき通りかかって初めて知ったよ。なんで言わねえんだよ？　この前そこで会ったときにでも言えばよかっただろ、手伝いに来いって。お前が自分で言ったんじゃねえか、協力しろってさあ」

そういえば、そんなことを言った気もした。クラスで文化祭の話し合いをした日の放課後だったか。もう二ヶ月近くも前のことだ。まさか青磁がそんなことを覚えているなんて思ってもいなくて、驚きを隠せない。

「なんでお前はそうなんだよ」

呆れ返った声で彼は言った。

どういう意味かわからず首を傾げていると、彼が舌打ちをして床のシャーペンを拾い上げ、それから私の手をぐっと引いた。

「行くぞ」

「えっ」

どこに、という声を上げる前に、私は引きずられて前のめりに歩き出した。

迷いのない足取りですたすたと歩く青磁の背中。白銀の髪がさらさら揺れている。

離して、と唇だけで呟き、くっと手を後ろへ引いてみたけれど、やっぱりびくともしなかった。

教室の前に辿(たど)りつく。

入りたくない、という気持ちが込み上げてきた。みんなの顔も、進まない準備の様子も、見たくない。

思わず足が止まり、勢いをそがれた青磁が眉を上げて振り向いた。

「おい、茜」

「………」

「入るぞ」

嫌、という私の言葉を、彼が聞いてくれるわけもなかった。

私は俯く。薄汚れた廊下と、色褪せた上履きを睨みつける。

がらりとドアを開け放つ音がした。

「えっ、あれ、青磁？」

「青磁だ！」

「うお、マジで？」

とたんに教室の中からいくつもの声が上がる。今まで一度も顔を出していなかった彼がいきなり姿を現したのだから、当然だろう。

「よう、久しぶり」

青磁が私の手をつかんだまま中に入った。

「あれっ、茜？」

「どこ行ったのかと思ったら、青磁つかまえて来たんだ」

私が曖昧に笑っていると、彼は私をつかんでいた手を離して教室の中を回り始めた。それから不機嫌そうに「おい、マジかよ」と肩をすくめる。

「なんだよ、これは。ぜんっぜん進んでねえじゃねえか。てかお前ら、なんもやってねえじゃん。スマホいじってるだけかよ」

青磁の言葉に、みんなが気まずそうな表情になる。私は思わず「ちょっと」と口を開いた。

「そんな言い方……」

「あ? そんな言い方ってどんな言い方だよ。俺は本当のこと言っただけだ」

「……でも」

「うっせえな、黙れ」

じろりと私を見てから、青磁はみんなに向き直った。

「なあお前ら、どうなってんだよ、本当に。なーんもできてねえじゃん。毎日集まってたんじゃねえの? って俺が言うのもあれだけどさあ、来てなかったわけだし」

その言葉を受けて、ひとりの女子が「だってさあ」と唇を尖らせる。

「リーダーの子が来てないんだもん、なにやればいいかわからないし」

「じゃ、そいつが来るまでなにもしないのか。もし本番までずっと来なくても、なにもしないのか」

「それは……、別に、そういうつもりじゃ……」

もごもごと言いながら俯いてしまったその子を見下ろしてため息をついた青磁は、唐突に「しゃあねえな」と声を上げた。

「お前らが自分で考えて動けない馬鹿だってんなら、俺が指示してやる」

私は「は？」と言いかけたのを必死で飲み込み、彼を見つめた。

みんなの視線が青磁に集まる。もう誰もスマホは触っていない。

「今まで準備に参加してなかったから、その分働いてやるって言ってんだよ。なんか文句あるか？」

腕組みをして偉そうに言い放つ。

なんであんたが、と言いたかったけれど、みんながうなずくのを見ると、私はなにも言えない。

「よし。じゃあ、さっそくやるか。劇だからまずは役者が大事だよな。さあ、やってみろ」

青磁は近くにあった椅子にどすっと腰を落とし、役者陣に顎で指示をする。主役のふたりが顔を見合わせ、気まずそうに彼を見た。

「やってみろって、急に言われても……」

「まだセリフも全然覚えてないし」

「は？　マジかよ。まあ、台本見ながらでいいからやってみろ」

そう言われて彼らは渋々演技を始めたけれど、案の定、台本に釘付けになりながら立ちすくんでセリフを読むだけだった。立ち位置さえ把握できていないのを見て、マスクの中にため息が充満する。

本当になにもわかってないんだ、私以外の人は。

私の横で見ていた青磁は、途中から苛々したように顎を上げながら顔をしかめていた。そして、彼らのたどたどしい演技を途中で遮り、間に入っていく。

「おいおいおい、マジかよ。ひでえな！　こんなん全校生徒の前でやるつもりか？　いくらなんでもあんまりだろ」

いつものように歯に衣着せぬ物言いで罵倒する。

みんなが傷つき怒り出すのではないかと、私は気が気ではなかったけれど、意外にも役者陣は「だよねー」と照れたような笑みを浮かべた。

「しゃあねえ、俺が監督・演出してやる。さっさとそこに並べ、下手くそども！」

そんなひどい言葉にも、彼らは笑いながら素直に従った。

うそ、と目を剥きながら周りを見ると、役者以外の人たちも、いつの間にかそれぞれに話し合いや準備を始めていた。

いかにも文化祭前らしい、賑やかな雰囲気の教室。

その真ん中で私は呆然として、なんで、と呟く。

なんでみんな青磁の言うことは聞くの？　私があんなに頑張って頼んでも、全然動いてくれなかったのに。こんな横暴で口の悪い青磁にはどうして従うの？

湧き上がる感情が全身を支配して、息もできないくらいに苦しくなった。誰にも気づかれないようにそっと移動し、教室を出る。そしてポケットに手を突っ込む。でも、探していたものは見つからなかった。そういえば青磁に取り上げられたのだ。

仕方なく、右手の親指の爪を左手の指先に立てて、ぐっと食い込ませる。びりりと痛みが走って、血が出てきて、その鮮やかな色を見ると、やっと呼吸が少しだけ楽になった。

壁にもたれて、ぼんやりと天井の染みを見つめる。それからずるずるとしゃがみ込み、廊下にうずくまった。

膝の間に顔を埋めて、心の波が引いていくのを待つ。でも、なかなか感情の渦はおさまらない。

荒ぶる気持ちが溢れて、胸の奥から込み上げて、嗚咽と涙になろうとする。それを必死に抑える。

うぅ、と小さく呻いて私は頭を抱えた。目頭がじん、と熱くなる。ぎゅっと目をつむって、溢れそうな涙を堪えた。

ドアの向こうの教室からは、さっきまでとは打って変わって、生き生きとした活気が伝わってくる。青磁を呼ぶ声がいろいろなところから上がっている。

でも、私を呼ぶ声はない。

私は誰にも求められていない。あんなに頑張っていたのに。

握った拳に力を込めると、伸びた爪が手のひらに刺さって痛かった。

苦しい。どこかに行きたい。ここではないどこかに。でも、私はどこにも行けない。

ここにいなければいけないから。

だけど、もう嫌だ。苦しい、つらい。

「おい」

頭上から降ってくる声。

「茜」

顔は上げられない。

こいつにだけは、涙なんか、弱みなんか、見せたくない。

「……みんなのこと、動かしてくれて、ありがと」

なんとかそれだけは口にした。青磁の返事はない。

「助かった、すごく……本当に」

声が詰まってしまい、言葉を飲み込む。喉の奥がきゅうっと鳴った。

「……じゃ、私はこれで」

もうこれ以上ここにはいたくなくて、青磁の気配を感じたくなくて、俯いたまま
ゆっくりと立ち上がった。

そのまま踵を返して、廊下の奥へ向かおうとする。

でも、ふいに後ろから手を引かれてバランスを崩し、足を止めるしかなくなった。

「……なに？」

振り向かずに声だけで訊ねる。彼は黙ったまま、私の腕をつかむ手に力を込めた。

「なんなのよ、やめて」

少し声を尖らせたら、彼が「言えよ」と言った。

わけがわからず、私はちらりと目を上げて「は？」と返した。

「言え」

「……は？　なに」

「言えって」

「だから、なにを？」

「言え、全部」

あまりにも不可解なので、今度はしっかりと顔を上げて青磁を見た。

底が見えないほど深い泉のような、でも奇妙に澄んだ硝子玉の瞳。光を受けて銀色に輝く前髪の隙間から、私をまっすぐに、怖いくらいまっすぐに見つめている。

薄い唇が開く。その隙間から洩れ出した言葉は、私に向かって鋭く飛んできた。

「言いたいことは、言えよ。思ってることは、口に出せよ」

私は「え？」と息をのんだ。驚きと混乱で言葉が出ない。

なにを言っているんだろう。どうして青磁はこんなことを言うんだろう。

黙り込んだ私を、彼は険しい面持ちで睨みつけた。

「馬鹿みたいに黙ってんじゃねぇよ。だからお前はだめなんだよ」

馬鹿？　だめ？　なんでそんなこと言われなきゃいけないの。

そう思って、眉を寄せて青磁を見る。すると彼は、忌々しげに舌打ちをした。

「なんで顔には出せて、口には出せねぇんだよ？」

呆れたように、苛々したように言う。私も負けないくらい苛々している。

当たり前でしょ。思ったことをなんでも口に出していいのは、ほんの小さな子どものときだけ。そんなの常識でしょ。少なくとも私は、絶対にそんなことはできない。

人を傷つけることでも不快にさせることでも平気で口にするあんたと、そうしても不思議とみんなに許されるあんたと、私は違うの。

そんな言葉をぶつけてやりたいけれど、ドアの向こうにいるクラスメイトたちのことを考えると、言えない。せっかくやる気になってくれているのに、ここで私と青磁が揉めたりしたら、水を差すことになってしまう。

激情を堪えている私を、彼は冷ややかに見つめていた。

「そうやって黙って耐えてたら——」

そう言った声もまた冷ややかだった。

「なにも言わずに我慢してたら、いつか誰かが気づいてくれると思ってるのか」

右の口角を少し上げて、小馬鹿にするように小さく笑って言う。

「いつか誰かが自分のつらさに気づいてくれて、協力したり助けたりしてくれるとでも思ってんのか」

冷たい言葉だった。その視線よりも、声よりも、なによりもその言葉の内容が、冷たく鋭く私の胸に突き刺さった。

青磁が私の手を引き寄せ、傷だらけの指をぐっと握りしめた。「痛っ」と小さく声が出てしまったけれど、容赦なく力を込められる。

彼は厳しい表情で私の手を見つめ、それからきつく眉根を寄せて私を睨みつけた。

「これは……」と唸るように言い、低く続ける。

「私ひとりで頑張ってる、偉いでしょ、ってアピールのつもりか？　でもこんなに頑張ってるのに誰も気づいてくれない、ひどい、私はこんなにつらいのに、ほらこの傷がその証拠……とでも言いたいのか」

頭にかっと血が昇り、次の瞬間には大量の氷水をかけられたような気分になった。

あまりにも残酷（ざんこく）な言葉。

「悲劇のヒロイン気取ってんじゃねえぞ」

追い打ちをかけるように、青磁は冷たく言い放った。

心の周りを囲んだ守りの壁が、がたがたと崩れていく気がした。

なんでこんなひどいこと言われなきゃいけないの。なんでここまで言われなきゃいけないの。いくら私のことが嫌いだからって、ここまで言うなんて、ひどすぎる。

私の傷つく言葉を選んで選んでぶつけてくる。

どうして青磁は、こんなにも私につらく当たるんだろう。

「お前になんか、お前の気持ちになんか、みんな興味ねえんだよ」

吐き捨てるように青磁が言った。

「誰だって自分のことしか考えてないんだ、他人のことなんか本気で考えてなんかいないんだよ。誰もお前のことなんかちゃんと見てないし、お前がいくら我慢したって苦しくたって、誰もお前のつらさになんか気づいてくれないんだよ。だから、黙って耐えてたって耐え損だ、耐え損」

だめだ、もう無理だ。

視界がにじみ、嗚咽が洩れる。

「だから、言いたいことがあるなら、言えよ。黙ってたって誰もわかってなんかくれねえんだよ」

そんなこと、知ってる。誰かにわかってほしいなんて思わないから、なにも言わないだけなの。

「ほら、言えよ。叫べ。言いたいことは叫べ！」

言いながら青磁が私の両肩をつかみ、教室に向かって立たせる。

「伝えたいことは口に出さなきゃ伝わらねえんだよ。黙ってたら一生伝わらねえままなんだよ。だから、言うべきことは言え！　叫べ！　ほら、今すぐここで、叫べ！」

青磁がどんっと私の背中を叩いた。叫べ、と何度も言いながら。

私は激しく首を横に振った。

言えない。言えるわけがない。

だって、思ったことを言ったら、言うべきことを言ったら、また、ああいうふうになるかもしれない。あのときみたいに、なるかもしれない。きっと、なる。

だから言えない。言いたくても、飲み込んで、我慢するしかない。

「……いて」

あえぐような吐息とともに私の唇から洩れた声は、かすれて震えていた。

青磁が「あ？」と不機嫌そうに聞き返してくる。

あんたみたいなやつに、私の気持ちがわかるわけない。

あんたみたいに好き勝手なことばっかりやってるやつに、好き勝手なことばっかりできるやつに、それでも許されるやつに、わかるわけない。

「……ほっといて!!」

叩きつけるように言って、私は青磁を押しのけて駆け出した。
もうこれ以上、ここにはいたくない。いられない。

とめどない

ステージ上で行われているリハーサルをぼんやりと眺めながら、もう明日が文化祭か、と思った。

こめかみを汗が伝う。九月になったとはいえ、まだまだ暑い日が続いていた。二階の窓と出入り口の扉を全開にしてもほとんど風が通らない体育館の中は、むっとした湿気がこもっている。

「動きはだいたいオッケーだな」

少し離れたところで私と同じようにリハーサルの様子を見ていた青磁が呟いた。それからステージ上の役者たちに向かって声を張り上げる。

「あとはセリフ！　声、小っさすぎて聞こえねえから腹から声出せ、お前ら！」

はーい、と口を揃えて答える彼らを見ていると、くらりとめまいがする気がした。クラスの出し物が、どんどん私の手から離れていく。私の存在が、どんどん希薄になっていく。

たぶん私は今ここにいなくてもいい。いなくてもクラスは成立するし、きっと劇は上手くいく。

自分がここにいる必要などないということが、誰にも求められていないということが、私にはわかっていた。

でも、すがるように私はここにいる。ただ、いるだけ。立っているだけ。

それでも、ここから立ち去ることができない。いなくなればたぶん、私は本当にクラスにおける存在意義も居場所も失ってしまう。

ポケットの中でスマホが震えた。見ると、【今日もお迎えできないの？】というお母さんからのメッセージだった。

無理に決まってるでしょ、何回言ったらわかってくれるの。そんな考えとは裏腹に、指は【ごめん、忙しくて無理そう】と返事をした。

本当は忙しくなんてないけれど。青磁の横で間抜けに突っ立っているだけだから。

でも、だからといって帰るわけにはいかない。

「おー、やってるなあ」

いきなり背後から声がして、振り向くと担任がいた。

「いやー、夏休み中はどうなることかと内心はらはらしてたけど、なんとかなりそうだな」

リハーサル風景を見ながら先生は満足げに笑っている。私は曖昧に「そうですね」とうなずいた。

「さすがだな、丹羽。お前が委員長でよかったよ」

ずきんと胸が痛む。

私はゆっくりと目を上げて、「違います」と言った。でも、その声は小さすぎて、ステージから先生を呼ぶ主役ふたりの声にかき消されてしまった。

違います、私じゃなくて青磁がみんなを動かしてくれたんです。そう言わなければいけなかったのに、先生は私に背を見せながらステージの方へ行ってしまった。

体育館の外から蝉の声が入り込んでくる。耳もとで鳴いているんじゃないかと思うくらい、うるさい。

くらりと視界が揺れるような感覚がして、私はゆっくりとしゃがみ込んだ。

「茜」

目の前に影が差す。青磁だ。

頭上の窓から射し込む目映い光の中で、その色のない髪は腹が立つくらいに美しく透き通っている。

「……なに」

低く返すと、彼はくっと眉を上げた。

「なに怒ってんだよ」

「怒ってないし」

「怒ってんだろ。わかるわ、馬鹿」

うるさいなあ。蝉も、青磁も、リハーサルの声も、全部うるさい。

「……ほっといて」

声を抑えて返し、膝を抱えて俯く。マスクの縁に汗がたまって湿り、気持ちが悪かった。

「気分が悪いのか」

彼は無感情な声でそう訊ねてきた。

私は「違う」とだけ短く返したけれど、それ以上喋る気力がなかった。

「ふうん。ならいいけど」

とすっと音がして、隣に青磁が座り込んだのがわかった。

「お前、リハちゃんと見てた？」

「……見てたよ」

「どうだった？　なんか言うことないのか、委員長的に」

「……ないよ、そんなの」

マスクを通った声は、どうしてもくぐもってしまう。

「青磁に任せるよ。あんたがいいと思うならいいんじゃない」

青磁が「あ？」と不機嫌そうな声を上げた。彼のそういう声音に、前はいちいち心をかき回されていたけれど、聞き慣れすぎたせいか、もうなんとも思わない。

「なんだよ、それ。ここまで来てほっぽり出すつもりか」

責めるような口調で言われて、思わずため息が洩れる。

「そんなんじゃない。ただ……、今はみんな、私よりも青磁に頼ってるでしょ。青磁の言うことならみんな聞くんだから、好きなようにやればいいよ」

考えのままを口に出すと、彼は苛々したように爪の先で床を弾いた。

「ったく、お前、なんでそんなんなの」

挑発(ちょうはつ)されても、やっぱりなんとも思わない。

最近――青磁に私の役目を奪われた日から、妙に心が平坦で、なにを言われても以前のように腹が立ったりしないし、なにがあっても悲しくなったりしない。

同じように、楽しくなったり嬉しくなったりすることもない。

波のない海のように、穏やか静かな気持ち。

でも、指先を傷つける癖だけはなかなか治らなかった。青磁に見つかるとなにかと馬鹿にされたりしてうるさそうなので、学校ではあまりやらずに済んでいるけれど。

ぼんやりと眺めているうちにリハーサルは終わった。みんながぞろぞろとステージから降りてくるのを確かめると、私はそっと体育館を出た。

「茜」

呼ばれて、振り向く。渡り廊下の真ん中に青磁が立っていた。あの透き通った硝子玉の瞳が、私をじっと見つめている。

「なに」

ぶっきらぼうに答えながら、ふとあることに気がついた。

青磁の着ているシャツの裾に、真紅の染み。血のように見えて、まさか劇の準備で怪我でもしたのかと、思わず一歩近づいて確かめる。よく見たら絵の具らしく、なんだ、と肩の力が抜けた。

それから、青磁が美術部だということを思い出した。夏休み、彼がクラスの手伝いをまだやっていないころも学校に来ていたことも。

「……美術部って、文化祭で、なんかやるの」

聞きながら、やるに決まってるよね、と心の中で思った。

文化部にとっては、文化祭は年に一回の活動発表の場だ。そんな貴重な機会を見送ることはないだろう。

「画廊」

青磁が私をまっすぐに見つめたまま、はっきりと答えた。

「画廊をやる。旧館一階の奥、美術室の前の廊下で」

そう、と答えるしかなかった。

美術には興味がないし、彼の絵にも別に興味はない。

でも、自分で訊いたわけだし、流すのもおかしいかと思い、「がんばってね」とだけ言って、逃げるように立ち去った。

青磁と向かい合っているのは、つらい。

あの綺麗すぎる顔も、銀色に輝く髪も、まっすぐすぎる瞳も、人を惹きつけて動かす強さも、どれも私にはないものばかりで、つらい。

＊

夜のうちに降った雨は、空が明るくなる前にやんだけれど、朝の街はどこもかしこも湿っていた。

学校へ向かう足が重い。

地面に目を落としながらゆっくりと歩いていると、目の前に水溜まりがあった。雨雲が去ったあとの青い空が映っている。靴が汚れるのもかまわず、わざと足を突っ込んで、空を壊した。

ふっと息を吐いて、また歩き出す。

周りを歩く生徒たちは、文化祭当日の朝ということで、浮かれた様子をしている。いつもよりも声が高くて大きいし、笑顔も多い。

朝の陽射しを浴びて、きらきらしている高校生たち。

そんな中でひとり、マスクをして俯いて歩いている自分は、あきらかに異質な存在だろうな、と頭の片隅で思う。思ったけれど、そのまま下を向いて黙々と校門を通り抜けた。

教室も浮わついた活気に溢れていた。誰もがいつもよりずっと明るい顔をしていたし、これから本番だという緊張感さえ楽しんでいるようだった。

私だけ、違う。私だけはこの中に入れない。

居たたまれなくなった私はトイレに行き、結局、開会式が始まる時間ぎりぎりまで個室にこもっていた。


午前中は体育館で演劇クラスの発表があった。

うちのクラスの劇は、主役のふたりがもともと他クラスにも友達が多い人気者ということもあって、大盛況のうちに終わった。

クラス代表の私は役も係もなかったので、観客席に座って見ているだけだった。そのせいか、無事に終わって喜び合うクラスメイトたちを眺めていても、自分のクラスの発表を見ている気分にはなれなくて、自分は部外者という気しかしなかった。

彼らの喜びの輪の中心には、青磁がいた。

彼は本番までの監督役をそつなくこなし、今日も照明係として活躍したのだ。部外者になってしまった私とは正反対。

クラスの輪から遠く離れてそれを見ているしかない私は、自分がとうとう集団からはぐれてしまった、と思った。

息が苦しい。

全ての劇の発表が終わり、生徒たちがぞろぞろと体育館を出ていく。その波に乗って私も教室棟のほうへと向かう。

楽しそうに騒ぐ周囲の声がうるさくて、耳を塞ぎたくなった。

これから各クラスの展示を見て回る時間だ。みんなは誰と回るか、どこのクラスに行くか、わいわいと話し合っている。

色とりどりに飾られた廊下や教室。お化け屋敷に行くカップルや、ゲームで遊ぶ集団。

絵に描いたような楽しげな光景の中にいるのに、どうして私だけはこんな気持ちなんだろう。

息ができない。苦しい。体が重くて動けない。

足を止めて廊下の真ん中に佇んでいると、後ろからどんっとぶつかられた。バランスを崩してよろめき、転んでしまう。

ぶつかってきた男子は私の顔も見ずに「あ、ごめん」とだけ言って、友達と楽しげに肩を組みながら向こうへ歩いていった。

何人かの女子が「大丈夫？」と声をかけてくれたけれど、顔を覗き込まれたのがいやで、反射的に俯いた。

へたり込んだまましばらくぼんやりしていたけれど、邪魔になっていることに気づいて、よろよろと立ち上がった。

この場にいられなくて、本能的にひと気のないほうへと足が向く。人混みに押され、流されながら長い廊下をゆっくりと進み、人が途切れたところで渡り廊下に入る。クラス展示が行われていない旧館へとつながるその廊下には、人影はない。私はただ息苦しさを解消したい一心でそちらへと歩き出した。

だから、思いもしなかったのだ。

渡り廊下の先に、美術室があるなんて。美術部の作品が展示してあるなんて。そこで青磁の絵と出会うことになるなんて。そして、私の世界が変わることになるなんて。

そのときの私には、思いも寄らないことだった。

一歩、一歩と進むごとに、文化祭の喧騒が背後へと遠ざかっていく。

自分だけが取り残されてみんなとは違う世界にいるようで、そのことに少しの孤独感と、大きな安心感を覚えた。

やっと息がつける。

周囲に誰もいないことを確認して、マスクを少し浮かせて大きく息を吸い込んだ。

しばらくそうしていて、ふと気がついた。

私が今いる場所は、旧館の入り口。視線を投げると、まっすぐに廊下がのびている。

その先にあるものに目を奪われて、気がついたら足を踏み入れていた。

廊下の右側には、奥までずっと窓が続いている。窓ガラス越しに明るい陽光が射し込み、床や壁にはくっきりとした陰影ができていた。

左側には、本来なら特別教室が並んでいて入り口のドアや窓があるはずだけれど、今は全て白いペンキを塗ったベニヤ板で覆われている。そして、等間隔に並べて飾られたいくつもの額縁が、反対側から射し込む真っ白な光に照らし出されていた。

その幻想的な雰囲気に目を奪われた。

今の私には明るすぎる光から目を背け、左側の絵を見ながらゆっくりと歩いていく。

絵の良し悪しはわからないけれど、どれも丁寧に描かれているのはわかった。作品の横に貼られた説明書きを見ると、一年生の女子が描いたものらしい。

しばらくその絵を見ていて、ふと何気なく顔を上げたときだった。

視界の端に、光を感じた。陽の光よりも、もっともっと鮮烈な光。

無意識のうちにそちらへと視線を向ける。廊下のいちばん奥。突き当たりの壁いっぱいに飾られた大きな額縁。

その中には、見たこともないほど美しい絵があった。

一面、灰色の雲に覆われた、どんよりと沈み込んだような薄暗い世界。

その青みがかった分厚い雲の隙間から、目映い光がまっすぐに射している。

ただそれだけの絵だった。

灰色の雲と、雲間から洩れ射す白い光、それだけ。それだけなのに。

どうしてだかわからない。でも私は、胸をわしづかみにされたような、強く大きな衝撃を受けた。その絵を見た瞬間に心を奪われて、言葉も出なかった。

重苦しい暗雲の割れ目から、圧倒的に明るい光が洩れ出し、その周囲の雲まで仄か（ほの）に照らしている。真っ白な光は雲に遮られて幾筋（いくすじ）にも分かれ、それでも揺らぐことも歪むこともなく、まっすぐに地上へと伸びていく。

その光は、紛（まぎ）れもない希望に見えた。

絶望の世界を鮮やかに切り裂く、希望の光。

その光はただただまっすぐに、静かに、優しく世界に降り注ぐ。

息をのむほど美しい絵だった。

目が離せなかった。

私は呼吸するのも忘れて、その絵を見つめ続けていた。

どくどくどく、と高鳴る鼓動の音がうるさいほどだ。

窓の外から聞こえてくるはずの蝉の声も、文化祭の喧騒も、なにも聞こえなくなった。そこにはただ、静かで優しい光と、私だけがあった。

気がついたら私は、床の上に座り込んで、呆然と絵を見上げていた。

頬がひやりと冷たく感じて、目のあたりに指先で触れてみると、涙が流れていた。目から溢れた涙は頬を伝い、マスクの縁から忍び込んで、中をしっとりと濡らしている。

泣いてたんだ、と頭の片隅で思う。

なぜ泣いているのかはわからないけれど、その絵を見ていると、心が揺れ動いて涙がどんどん溢れてくるのだ。

それが我ながらおかしくなってきて、気がついたら小さな笑いを洩らしていた。

泣いたのはいつぶりだろう。笑ったのはいつぶりだろう。

作り笑いではなくて、胸の奥から込み上げてくるような笑いは、いつぶりだろう。思い出せない。いつからか、感動的な小説を読んでも純愛の映画を観ても涙が出なくなり、テレビを見ても漫画を読んでも笑わなくなっていた。

心が死んでいたのかもしれない、となんとなく思った。

自覚はなかったけれど、私の心はいつの間にか、呼吸を止めていたのかもしれない。

それが今、息を吹き返した。この絵を見たことで。

ゆっくりと視線を流して左側を見ると、そこにも空の絵が飾られていた。

淡い青紫色の朝空にうっすらと浮かび上がる、透き通った白い月。

どこまでも果てしなく続きそうな、雲ひとつない青空。

鮮やかなオレンジ色の夕焼け。

藍色の夜空にぽっかりと浮かぶ、眩しいほどの満月。その光に照らし出された海と砂浜。砂粒は月明かりを浴びてきらきらと輝いている。

いくつもの美しい空に、私は囲まれていた。

とめどなく涙が溢れ出す。

私の心を惹きつけてやまないその絵のプレートに記された作者名は、『深川青磁』だった。

この絵は青磁が描いたのだ。私の死にかけた心を激しく揺さぶったのは、青磁の絵。

彼の目には、空がこんなにも綺麗に見えているんだ。あの硝子玉の瞳に映る世界は、こんなにも美しいんだ。

床に座り込んだまま、青磁の絵を見つめる。彼の目を通して、世界を見る。

一枚だけ、他とは違う絵があった。オフホワイトの壁にはめ込まれた、無機質なアルミサッシのガラス窓の絵。その窓の向こうに、青や紫や黄色やオレンジの、複雑な色合いをした空が広がっている。

　窓越しに見るその空の美しさに、なぜか、胸を締めつけられるような切なさを覚える。なんて寂しい絵だろう、と思った。不思議な絵だった。

「……なにしてんの」

　目の前の絵にすっかり心を奪われていたので、突然声をかけられたときは、大げさなほどびくりと肩が震えた。

　振り向くと、光に満ちた真っ白な廊下の真ん中に、青磁が立っていた。

　窓から入ってくる光と風を受けて、真っ白な髪が銀色にきらきらと揺れている。眩しくて、思わず目を細めた。

「なんでこんなところに座ってんだよ、茜」

　いつものように、別に、とそっけなく答える気にはなれなかった。

　ぼんやりと見つめ返していると、青磁は怪訝そうな顔になって、ゆっくりと近づいてくる。そして私の目の前で中腰になって、驚いたように目を見張った。

「……なんで、泣いてんだよ」

　彼のこんな顔を見るのは初めてだった。

「腹でも痛いのか」

　私は「違う」と小さく答える。

「……青磁の」

　と続けると、間近にある硝子玉の瞳が、また色を変えた。

「青磁の絵が、あんまりにも綺麗だから……」

　自分でも驚くほど素直に、そんな言葉が唇から零れ落ちた。

　廊下の突き当たりにある、暗い雲を割る目映い光の絵、そのまま『光』と題された絵を指差す。

「あの絵を見たら、涙が止まらなくなった」

　青磁も私の指先を追うようにしてその絵を見上げた。

　ふたりで並んで、彼の絵を見つめる。

　しばらくすると、横でふっと小さな笑いが聞こえた。見ると青磁が口角を上げてこちらを見ている。

「俺は、天才だからな」

　にやりと笑って冗談めかして言った彼に、私は静かに返す。

「うん……青磁は天才だ」

　自分で言ったくせに、彼は意表を突かれたように目を丸くした。

　でも、私は思った通りのことを言っただけだ。まぎれもなく、彼には天賦(てんぷ)の才があると思った。

美術のことには全然詳しくないし、どんな絵が素晴らしくてどんな絵が駄作なのか、なんにも知らないけれど。

それでも、青磁の絵には、人の心を揺さぶってやまない圧倒的な力があると思う。その人柄と同じように、みんなの目も心も惹きつけてやまない、自由奔放で独特な力がある。

素人でもわかる。きっと、彼は天才なのだ。だから、彼の絵はこれほどまでに私の心をわしづかみにするのだ。

「……なんだよ、急に」

困ったような表情をする青磁が珍しくて、思わずまじまじと見てしまう。彼は「なんなんだよ」と顔をしかめた。

「お前、そんなんじゃないだろ」

「なによ、そんなんじゃないって」

「だって、お前、俺のこと嫌いだろ。だからいっつもしかめっ面して俺のこと見てくるじゃないか」

少し驚いた。青磁にも、自分が嫌われているとか、そういう人の心の機微を読み取る力があったのか。

彼はいつも自分勝手で、他人のことなんか構わずに行動しているイメージだったたから、人の気持ちを察することなどできないのだと思っていた。

そう思ってから、再び彼の絵を見る。

綺麗で、ひどく繊細で、どこか切ない絵。

でも、そこには、美しい景色と出会った喜びが、たしかに描かれていた。

彼の絵には、あらゆる感情が満ち溢れていた。

青磁には心がないわけじゃない。私は彼のことを見誤っていた。

「……嫌いなんじゃなくて、苦手なの」

私は座り込んだ膝に頬杖をついて、青磁の絵を見上げながら、小さく呟いた。

「青磁は私とは正反対だから……。いつだって言いたいこと言って、やりたいことやって、やりたくないことはやらない。そういうところが苦手」

彼は、ふん、と鼻を鳴らして首を傾げた。

「お前がいけないんだろ。お前はいつも言いたいこと言わずに、やりたいことやらずに、ぜーんぶ我慢してるじゃないか。くだらねえ」

見透かされているな、と思った。

この硝子玉のようなまっすぐで透明な瞳には、嘘はつけない。彼の目は、嘘をつかないから。

だから青磁にはこんなにも綺麗なものが見えるんだ。

嘘ばかりついてきた私の瞳は曇ってしまって、綺麗なものが見えないんだ。

「――青磁が見てる世界は、こんなに綺麗なんだね」

ぽつりと呟くと、青磁がにんまりと笑った。

「わかったよ」

唐突にそう言って、彼はいきなり立ち上がった。窓いっぱいの光を背に受けて、逆光の中の影になって、私に手を差しのべる。

私は彼の言葉の意味がわからなくて、しゃがんだまま首を傾げた。

そんな私を見下ろし、青磁がにやりと笑って続ける。

「今からお前に、世界の全てを見せてやる」

＊

「……ちょっと、青磁」

うず高く積まれた段ボールや教材の間を、泳ぐようにすいすいと通り抜けていく、細長い背中に声をかける。

「ねえ、ここって資料室かなにかだよね」

埃っぽいにおいがする、カーテンに覆われた薄暗い部屋。

言われるがままに階段を上ってきて、四階に辿りついた。授業で使われることもない旧館の最上階なんて、たぶん生徒は誰も足を踏み入れない。

この部屋は見たところ、古い資料や使われなくなった教材などを保管しておく倉庫のような場所らしい。

「こんなところ、入っていいの？」

生徒の立ち入りは禁止されているのではないかと不安になって訊ねる私に、青磁は「知らね」と即答した。

「けど、別にいいだろ。学校はみんなのもんだから、入っちゃいけないところなんてねえんだよ」

当たり前だろ、というような口調に、私は唖然とした。

「なにその論理、そんなわけないでしょ……ほんと青磁って自分勝手だよね」

「それのなにが悪い。俺は俺のしたいことをするんだよ」

少しも悪びれずに言うので、心底呆れてしまう。まともに取り合うのも馬鹿らしくなって、私は口をつぐんだ。

そうしているうちに、青磁は荷物だらけの部屋を横切って、窓の前に立っていた。

シャッ、と音がして、薄暗かった部屋の中に光が溢れる。彼がカーテンを開けたのだ。

突然の眩しさに目を細めていると、青磁はこちらを向いて少し笑い、それからがらりと窓を開けた。

真っ青な空が広がっていた。

当たり前のことなのに、なぜかその事実にひどく驚いた。窓の外には空がある、という事実を、きっと私は忘れていたのだ。

私は引き寄せられるように窓のところへと歩いて、窓枠に両手をついて外を見る。

雲ひとつない、突き抜けるように鮮やかな青空だった。

「よく晴れてるなあ。ゆうべは雨だったのに」

隣の青磁が言う。見ると、やけに嬉しそうに笑っていた。

それから私に視線を落とし、「さ、行くか」と言う。

もう終わり？　下に戻るの？　もう少し空を見たいのに。

そう思っていると、彼は予想外の行動に出た。「よっ」と声を上げると、窓枠を乗り越えてバルコニーに降り立ったのだ。

私は思わず「なにしてるの」と青磁のシャツをつかむ。彼はその手を逆につかみ返すと、にやりと笑い、真上を指差した。

「登るぞ」

ここより上の階はないのに、なにを言っているんだろう。首を傾げた私の手をぐいっと引っ張り、青磁が私をバルコニーへと引きずり込んだ。

「きゃ、ちょっ、危な……っ」

引っ張られるままに、私も彼の肩を借りて窓枠を乗り越えた。

「ほら、これ、つかめ」

目の前に差し出されたのは、バルコニーから屋上へと続く非常用の縄ばしごだった。

おそらく青磁がやったのだろう、見上げると、避難時にしか開けないはずのはしご用出口のロックが外れていて、自由に屋上に出られるようになっている。

「よし、登るぞ」

は？　と聞き返す間もなく、青磁が縄ばしごを伝ってするすると上に登り始める。

呆然と見上げていると、彼は視線をこちらに落として、くっと口角を上げた。

「なんだ、怖いのか。いつも生意気言ってるくせに、口ばっかりかよ」

かちんときて睨み返す。

「登れるよ、これくらい」

負けじと言い返してしまってから、少し後悔した。

高所恐怖症というわけではないけれど、この高さで、しかも頼りない縄ばしごで屋上まで登っていくというのは、思った以上に勇気がいった。

「ほー、じゃあ登ってみろよ」

青磁がけらけらと笑いながら、からかうように言った。

むかつく。いつも人のこと馬鹿にして。

その苛立ちを力に変えて、私は思い切って縄ばしごに足をかけ、校舎の壁を登り始めた。

「さっさと来いよ」

上から声が降ってくる。青磁が屋上から私を見下ろしていた。

「早くここまで来い。俺に追いつけ」

仁王立ち(におうだ)になって腕組みをしながら、青磁は偉そうに言った。

追いつけ、と豪語(ごうご)できる彼が、眩しかった。

「追いつくよ、すぐに」

憎まれ口を叩きながら登り、いちばん上の段に手をかけたけれど、そこからどうすればいいかわからなくなってしまった。

屋上の端に手をかけてつかまり、足を引っかけて全身を乗り上げる？　そんなにうまくいくだろうか。もしも失敗したら、落ちてしまったら。想像するとぞっとしてしまい、硬直する。

すると青磁が「仕方ねえな」と呟いて、私の腕を両手でつかんだ。

「引っ張り上げるぞ、落ちるなよ」

私が返事をする前に、彼は全身に力を込めて私の体を引っ張り上げた。

一瞬、宙に浮いたような気がした。

ほっそりとして見える青磁だけれど、意外と力があるんだな、と場違いなことを思う。

そして、気がついたら私は、屋上に座り込んでいた。

「あー、重かった」

青磁が肩を回しながらそんなことを言ったので、私は「うるさい馬鹿」と彼の肩を叩く。

「痛えな、アホ」

「うるさい、馬鹿」

「本当のこと言っただけだろ、デブ」

「は!? 言っていいことと悪いことの区別もつかないわけ、ガキ」

まるで小学生みたいな口喧嘩をしているなと思ったら、急におかしくなってきて、笑いが込み上げてきた。

青磁が子どもみたいだから、私までつられて子どもに戻ってしまう。

くすくす笑いながら立ち上がると、彼がすっと腕を上げて、私の背後を指差した。

つられて振り向く。

そこには、一面の青。

見渡す限りの青空が、三六〇度、ぐるりと私を取り囲んでいた。

息をのむ。こんなふうに空を見たのは初めてだった。

このあたりには高い建物がなくて、四階建ての屋上であるここが、いちばん空に近い場所だった。

視界を遮るものがない。どこを見ても、空だけがある。

青磁の描いていたのと同じくらい、美しい空が。

そうか、と心の中で呟いた。

あの絵を見たとき、青磁の瞳にはこんなにも綺麗な空が映っているのか、と思った。

私の目には綺麗なものは見えないのに、と思った。

でも、違った。綺麗な景色はこんなにも近くに、いつもここにあったのだ。

私がそれを見ていなかっただけで、見ようとしていなかっただけで、いつだって、美しい世界はすぐそこにあった。

「どうだ、世界は広いだろ」

ふふん、と青磁は笑って言う。

「別に青磁の世界じゃないのに、なんでそんなに自慢気(じまんげ)なのよ」

一面の青空に目を奪われながらも憎まれ口を返すと、彼は「バーカ」と笑った。

「この世界は俺のものだ。俺の目に映る世界は、全部俺のものだ」

またえらく自分勝手なことを言い出したものだ、と呆れていると「茜」と呼ばれた。

振り向くと、青磁が、見たこともないくらい穏やかな瞳で私を見つめている。

それから、果てしなく広がる景色を指差し、にやりと笑って言う。

「で、この世界は、お前のものだ」

思いも寄らない言葉に、私は目を見開いた。

「……なに、言ってんの。この世界は青磁のものなんでしょ」

ついさっき彼自身がそう言ったばかりだ。

でも彼は私の言葉にうなずき、さらに続けた。

「世界は俺のものでもあるし、お前のものでもある」

「……はあ?」

「さらに言うと、どっかの誰かさんのものでもある」

青磁は緩く微笑みながら、屋上の縁に立って世界を見下ろす。

「そいつの目に映る世界は、全部そいつのものだ。だって、そいつの目はそいつだけのもので、他の誰の目とも同じじゃない。だから、その目を通して見た世界は、他の誰が見る世界とも違う、誰とも共有なんてできない、そいつだけのものだ。そうだろ?」

両手を大きく広げて、銀色に輝く髪を風になびかせている後ろ姿は、まるで、今から飛び立とうとする真っ白な鳥のようだった。

「だから、お前の目に映るこの世界は、ぜーんぶお前のものなんだよ」

なにそれ、と笑ってしまおうとして、でもうまくいかなかった。

破天荒(はてんこう)すぎるように思える青磁の言葉だけれど、胸に深く刺さって、じわじわと私の中に広がっていく。

私も彼と同じように屋上の縁に立って、目の前に広がる景色を眺めた。

一面の青空は、端に行くと少し色が薄くなり、西のほうはわずかに淡い黄色みを帯びていた。

学校のグラウンド。校門の前の並木道。車通りの多い国道。網の目のように広がる細い路地。その間を埋め尽くすたくさんの家々。そこに暮らしている無数の人たち。少し離れた街にある、林のように建ち並ぶ高層ビル群。

この世界は、私のもの。私だけの目に映る、私だけのもの。

そんなふうに考えたことなど一度もなかった。

でも、自分のものだと思って眺めていると、本当にそういう気もして、するとひどく愛おしく、大切なものだと思えてくるから不思議だ。

そうか、と妙に納得した。

だから青磁の絵はあんなに綺麗なんだ。自分の世界だと思って見つめているから、綺麗なものがたくさん見つけられるんだ。

隣に立つ彼は、やっぱり微笑みながら空を仰いでいる。

硝子玉の瞳に、今は真っ青な空が映っていた。そこにあるのは、世界に対する愛に満ちた眼差し。

だから、青磁の目を通して見た世界は、あんなにも美しい。

そして、彼の隣で世界を見つめていると、曇っていた私の目にも、美しい世界が見えるような気がした。

文化祭の喧騒は、遥か遠くに去ってしまったようにぼんやりとしか聞こえない。

この広い世界に、青磁とたったふたりきりでいるような錯覚に陥って、思わず笑ってしまった。

よりにもよってこんなやつと、世界でいちばん大嫌いなやつと、世界でふたりきりになるなんて。

「なに笑ってんだよ」

マスクを押さえて笑いを噛み殺していたけれど、気づかれてしまったようだった。

「べっつにー」

ふふふと笑いながら答えると、青磁が目を細めた。それからすっと顔を背ける。

「笑ってるの、……初めて、見た」

ぽつりと言う。

私は目を見張って「え?」と首を傾げた。

「お前がそんなふうに笑ってるの、見たことなかったから」

白い髪が風にさらさらと揺れている。

「そんなことないでしょ……」

私は首を傾げたまま答える。

青磁はなにを言っているんだろう。どちらかといえば、私はいつも笑っているほうだ。友達にも『いつもにこにこしてるよね』と何度も言われてきた。どんなときでも教室では笑顔を絶やさないでいたつもりだ。

それなのに、私が笑っているのを見たことがないというのは、どういうことだろう。

青磁に向けて笑ったことがない、ということを言っているのだろうか。いや、いつもなるべく笑顔で向き合っていたつもりだ。苛立ちや嫌悪感を必死に堪えて。

「そんなことある。お前は笑ってない。少なくとも高校では、一回も笑ったことがないだろ」

私は唖然(あぜん)として青磁を見る。

「どういう意味……?」

彼は冗談を言っているふうでもなく、いつになく真剣な顔で私を見つめ返していた。

「だって、お前のは、作り笑いだろ」

心臓がびくりと跳ねる。

「……は？　なに言ってんの。作り笑いとか……ないし。普通に笑ってるし」

マスクの中で顔が引きつる。

青磁から目を逸らすと、視界に広がっていた綺麗な景色も消えた。

「ごまかすな。わかるんだよ、俺には」

私の混乱を気にする様子もなく、彼は飄々と言った。

「お前はいっつも、楽しくなくても嬉しくなくても、笑ってる。むしろ悲しくても怒ってても、笑ってる」

なにも言い返せなくて、視線を落とす。

ぼろぼろの指が目に入った。血の色が染みついた、傷だらけの醜い指。これが、堪えた感情の捌け口だ。

「どんなに嫌な気分でもへらへら笑って、周りの機嫌とって。お前のそういうところが俺は大嫌いだ」

青磁の言葉は鋭い氷の刃になって、次々と私を襲ってくる。

「お前の作り笑いが大嫌いだ。見てると苛々する」

見抜かれている。この曇りひとつない硝子玉みたいな瞳は、あまりにも透き通りすぎて、きっとどんなものでも見通してしまうのだ。

だから、私が今まで理想の自分を演じながら生きてきたことを、彼は気づいている。

押し黙っていると、とんっと足音がして、青磁が私の目の前に立っていた。

「お前は、本当は、そんな……」

途中で言葉が止まったので、「え？」と訊き返したけれど、彼は口をつぐんだ。そのまましばらく黙っていたけれど、ふいに口を開く。

「……お前の生き方には、嘘が多すぎるんだよ」

嘘、という言葉が胸に刺さる。

だけど一方で、反感が湧き起こってきた。

嘘をついているわけじゃない。ただ、空気を読んでいるだけ。

みんなの気持ちを乱したり、怒らせたり、傷つけたりしないように、細心の注意を払っているだけ。人と違うことを言ったり、やったりしてしまわないように、気をつけているだけ。

だって、それが、集団の中で生きるということだ。それが上手くできない人は、排除されて、終わり。

青磁のような人間にはわからないのだろう。でも、私にとっては、それが最優先事項なのだ。

「言いたいことだけ言ってればいいんだよ。したいことだけしてればいいんだよ。周りの顔色ばっか窺って、自分を押し殺したりするな」

彼は偉そうに腕組みをして私の前に立ちはだかり、容赦なく鋭い言葉を投げつけてくる。

「自分に嘘をつき続けるのは、疲れるだろ。浮かべたくもない笑顔ずっと貼りつけてるのは、しんどいだろ。お前、このままじゃ、いつか壊れるぞ」

手をつかまれる。傷だらけの指を、彼は睨みつけた。

「こんなになるまで、無駄な我慢しやがって……お前は馬鹿だ」

振り払おうと思いきり腕を引いたけれど、できなかった。

「言えよ。言いたいことがあるなら、自分の口でちゃんと言え！」

命じるように高らかに、青磁が言う。

あまりに偉そうなので、素直に従う気になどなれない。

黙って見つめ返していると、なぜか、彼の顔が悲しそうに歪んだ。

「時間は——人生は、永遠じゃないんだぞ」

風が吹いて、ふたりの間をすり抜けていく。

青磁の髪とシャツの裾がふわりと膨らんだ。

「時間はいつまでも続いてるわけじゃない。人生にはいつか必ず終わりがくる。それなのに、お前はそうやって時間を、人生を無駄にするのか」

私の手首をつかむ彼の手に力がこもる。

「限りある時間なのに、終わりのある人生なのに、お前は自分を押し殺して、黙って耐えて我慢しながら過ごすのか」

心臓をわしづかみにされたような気がした。

私は時間を、人生を、無駄にしているのだろうか。無駄にしてきたのだろうか。わからない。意味があるとは思えなかったけれど、無駄だとも思えなかった。周りに合わせることは、少なくとも私にとっては大事なことだったから。

それでも。

「俺たちの時間は、永遠にあるわけじゃない」

噛みしめるように言った青磁の言葉が、耳に染みついて離れない。

「だから、言いたいことは言え。今まで溜め込んできたこと、全部、吐き出せ。ほら、今すぐ」

そんなことをいきなり言われても、できるわけがない。

私は動けず、声も出せずにいる。

眉をひそめて私を見下ろしていた青磁が、血の跡が残る私の指先に視線を移して、それからまた私の顔を見た。

硝子玉の瞳が静かに私の目を見つめる。その視線が少しずつ降りてきて、マスクの上に止まったのがわかった。

「……外せよ」

険しい面持ちで青磁が言う。

「マスク、外せよ」

反射的にマスクを手で押さえて、ふるふると首を横に振った。

青磁の表情がさらに厳しくなる。ちっ、と舌打ちをして、マスクを押さえている手を外そうとするので、私は慌ててあとずさった。

「やめて、これだけは無理」

「ああ？　なんでだよ」

「なんででも。とにかく、無理」

私にとっては、マスクを外されることは、無理やり服を脱がされるのと同じようなものだ。こんなところでマスクを外して素顔をさらすなんて、絶対に無理だ。

「四六時中そんなもんつけたまま、顔隠しやがって。薄気味悪いんだよ！」

青磁が「気持ちが悪い」と繰り返す。

腹が立つ。人の気も知らないで。

私だって、好きでマスクをつけているわけじゃない。好きでマスクを外せなくなったわけじゃない。

「……あんたのせいでしょ」

思わず呟いた。「あ？」と彼が眉を上げる。

こんなことを言うつもりはなかったはずなのに、一度口を開いてしまったら、止まらなくなった。

「……私がこんなになっちゃったのは、青磁のせいでしょ！」

彼は腕組みをしたまま、険しい顔つきで黙って私を見つめている。

反論がないのをいいことに、私の口は勝手に喋り出した。

「私がマスクを外せなくなったのは……青磁が私のこと、嫌いだとか言ったからでしょ!!」

言葉が次々と飛び出して、止まらなくなる。

今まで誰にも言ったことがなかった、ずっと飲み込んでいたはずの思いが、堰を切ったように溢れ出した。

「私は……ちゃんとしてたのに。誰にも嫌われないように、頑張ってたのに。いつも笑って、感じよくして、嫌われないようにしてたのに。なのにあんたが、あの日、私のこと嫌いとか言ったから……！」

いまだに忘れられない、あのときの衝撃。

よく知りもしない、同じクラスになったばかりの青磁に、『お前のこと、大嫌い』と面と向かって言われた衝撃。

そのときはなんとか取り繕って、受け流した。ショックではあったけれど、寝たら忘れると、大丈夫だと思った。

それからしばらくして、たまたま風邪を引いてしまった。咳がひどかったけれど熱はなく、学校を休むのは嫌だったので、毎日マスクをつけて登校した。一週間ほどで風邪は治った。でも、マスクは外さなかった。外せなかった。

いつの間にか、顔を、表情を隠せるという安心感を手離せなくなっていたのだ。

それ以来ずっと、マスクをつけたまま生活している。夏になってどんなに暑くなっても、体育の授業のときも、お弁当を食べるときも。

私は俯いて両手で顔を覆う。マスクがかさりと音を立てた。

「あんたのせいで……私は……」

「俺のせい？」

呻くように言った私の言葉を遮り、青磁が声を上げた。

「違うだろ」

冷ややかな声。

さすがに謝ってくれるのではないかとどこかで思っていたから、驚いて思わず顔を上げた。

彼の目は、いつも以上に透明で静かだ。

「俺のせいじゃないだろ。お前自身のせいだろ」

あまりにひどい言葉に息をのむ。

こいつには罪悪感というものがないのだろうか。ひどい、ひどすぎる。

「お前がマスクを外せなくなったのは、お前が悪いんだろ。原因はお前にあるんだろ。人のせいにするなよ」

「…………」

「それをいつまでも認めずに逃げてるから、お前はいつまで経ってもそのままなんだよ。マスクなんかに馬鹿みたいに依存してるんだよ」

「…………」

「そんなぺらっぺらの紙なんか、お前を守ってくれねえぞ」

そんなこと、わかってる。そう反論したかった。でも、声が出なかった。

青磁の言葉に自由を封じられたように、私はへたり込んだまま彼を仰ぎ見ることしかできない。

「お前を守れるのは、お前の心を守れるのは、お前だけだ」

打ちのめされている私に、さらに矢のような言葉が降り注ぐ。

「自分のことは、責任持って自分で守れ。ぽっきり折れて壊れちまう前に、自分の心は自分で守れ。いつまでも被害者面してんな。馬鹿のひとつ覚えみてえに我慢ばっかりしてんじゃねえよ」

被害者面。馬鹿のひと覚え。

とどめを刺すように冷酷な言葉に、頭のどこかでぷつりと音がした。

「……なんなの？　なんであんたなんかに、そこまで言われなくちゃいけないの？」

声が震えているのを自覚する。みっともないとは思ったけれど、止まらなかった。

「あんたになにがわかるの？　あんたみたいに好き勝手に生きてるやつに、私のつらさがわかるわけない……」

わかったような口をきいてごめん、と謝ってほしかった。

でも、青磁は呆れたように肩をすくめた。

「あーあー、まだ被害者面か。お得意の悲劇のヒロイン気取りか」

小馬鹿にしたように言って私を見下してくる。

頭にかっと血が昇った。目の前が白くなって、なにも考えられなくなる。

「うるさい！」と叫んだ。

「仕方ないでしょ……！　私はこういうふうにしか生きられないんだから!!　作り笑

いだろうがなんだろうが、とにかく笑ってないとみんなの中にいられないの!!」

「んなわけねえだろ。誰がそんなこと言ったんだよ。お前が勝手に決めつけてるだけだろ?」

「なんで青磁にそんなことわかるの!? わからないでしょ、私のこと知らないんだから! 私がどんな目に遭ったか……!!」

言葉を飲み込み、青磁を睨みつける。

「……なんにも知らないくせに、好き勝手言うな!!」

そう叫んだ瞬間、彼がにやにやと笑っているのに気がついた。

本当に本当に腹が立つ。人が必死になってるのに。こんなに怒ってるのに。なんであんたはそんなに楽しそうに笑ってるわけ?

「なに、にやにやしてんのよ……! 馬鹿にしてんの!? ふざけんな、アホ青磁!!」

高ぶった感情に任せて、握りしめた拳を青磁にぶつける。それでも彼は笑っている。

「なんなの、なんなの、もうほんとむかつく! あんたなんか大嫌い!!」

「あっそ」

「なにそれ、馬鹿にしないでよ!」

「だってお前馬鹿じゃん」

「……っ」

なぜか涙が出てくる。

おかしい。人前で泣くことなんて、もう何年もなかったのに。

さっき彼の絵に泣かされたせいで涙腺がおかしくなってしまったんだ、きっと。

「青磁の馬鹿ー!!」

空に向かって叫ぶと、ははっと彼が笑い声を上げた。

「そうだ、その調子だ。言えよ、茜。むかついてること全部言え、ここなら誰も聞いてないからな」

「青磁がいるでしょ!」

泣き声になってしまうのが情けない。

青磁が偉そうに顎を上げて言い放つ。

「俺は特別枠だ」

そういうふうに自分が特別だと思ってるところ、自分が特別だと思えちゃうところ、そういうところもむかつく。

「茜。言いたいことあるなら言っていいんだ。相手が誰だろうと、むかつくならむかつくって叫べ。俺が聞いててやる」

あんたなんかに聞いてもらったって、なんにもならない。それに、言っちゃいけないことは言っちゃいけないんだ。

そう頭では思った。思ったのに、どうしてだろう。

青磁の澄みきった眼差しに包まれた私は、気がついたら口を開いていた。

「……みんな、むかつく。私にばっかりなんでも押しつけて……！」

ああ、とうとう言ってしまった。ずっと、ずっと、我慢していたのに。

「クラスのみんなも、先生も、むかつく！　言い訳ばっかり、文句ばっかり、要求ばっかり言ってきて、なんにも協力してくれない、助けてくれない!!」

とうとう心の鍵を開けてしまった。青磁にこじ開けられてしまった。

いや、違う。自分で開けたんだ。

きっと、私はずっと、この鍵を開けてしまいたかった。それなのに開けられずに、溢れそうな激情を必死に抑え込んでいて、でも抑えきれなくなっていた。

だから壊れる寸前だった。

それを、青磁が手助けしてくれたのだ。鍵を開いて、心を解放するきっかけをくれた。

もしかしたら、わざとだったのかもしれない。わざと私を怒らせるようなことを言って、私の感情を爆発させようとしていたのかもしれない。ただの本心かもしれないけれど。

「言えるじゃないか」

私の心のかたい鍵をいとも簡単にこじ開けさせてしまった張本人が、満足げに笑いながら私を見ていた。

「もっとあるんだろ？　言え、言っちまえ」

一度開いてしまった心の扉は、押し込めていた感情を、言葉を、もう閉じこめておくことなどできなかった。

「お母さんも、むかつく……なんでもかんでも頼んできて、私にだってやらなきゃいけないことあるのに！　玲奈の世話ばっかしてたら勉強する時間もない！」

こんなこと、言っちゃいけない。お母さんだって大変なんだから。私は玲奈のお姉ちゃんなんだから、ちゃんと手伝わなきゃいけないのは当たり前。

わかっているのに、もうずっと前から、どうしてもお母さんへの反感が生まれるのを抑えられずにいた。そんな醜い気持ちを家族に知られないように、ずっと我慢していたのに。

「玲奈も、ちょっとは空気読め！　私が勉強してるときくらいほっといてよ！　もう少し言うこと聞いて!!」

玲奈にまで文句を言う自分が嫌だ。血のつながった実の妹なのに、可愛い妹なのに、世話するのを面倒に感じてしまう自分は最低だと思った。

でも、晴れ渡った空に向かって思いを叫ぶと、どろどろしていた感情がどんどん浄(じょう)

化されていって、心が軽くなる気がした。

果てしない空は、私の汚い叫びを聞いても、少しも動じずに綺麗に晴れたままで、私はとても大きなものに包まれているのだという安心感を覚えた。

私に足りなかったのは、こういうことなのかもしれない。胸の奥底に溜まった気持ちを吐き出すこと。それができなかったから、あんなに息苦しくてつらかったのかもしれない。

大声を出したので息が上がって、私は少しだけマスクを浮かせた。新鮮な空気が肺の中に直接入ってきて、熱かった頭が冷えてすっきりしていく。

「お兄ちゃんもお兄ちゃんだよ！　いつまで引きこもってるつもり？　そろそろ目え覚ませ！　無理なら引きこもっててもいいけど、せめて家のこと手伝ってよ！　なにいっつも他人事みたいな顔してんのよ馬鹿ーっ!!」

学校でなにがあったのか知らないけれど。本当につらい思いをしたのかもしれないけれど。

そろそろ新しい段階に踏み出してほしかった。もとの学校に行くのが嫌なら、転校するとか、通信制の学校に行くとか、いくらでも道はあるはずだ。

いつまでも家の中に引きこもって、あんなにぼんやりとした様子を見ているのは、もう嫌だ。子どものころは、サッカーが上手で優しくて、友達からも羨ましがられる自慢のお兄ちゃんだったんだから。

「お父さんもーっ！」

初めて、〝お父さん〟と口に出した。目の前にいないから言えたんだろうと思う。

「お父さん……は、なにもない！　いつも優しくしてくれてありがとう！　これからはもっとたくさん話そうね!!」

私からもっと話しかけよう。そして、頑張って〝お父さん〟と呼びかけてみよう。声に出して。

自分の叫びを吸い込んだ青空を見上げていると、隣で青磁が耐えかねたように噴き出すのが聞こえた。

「……なに笑ってんの」

「いや、だって」

くくくと笑いを堪えながら彼が言う。

「父親にはねえのかよ、文句」

なんとなく気恥ずかしくて、「別にいいでしょ」とそっぽを向いた。

「……本当は、お母さんにも感謝してる。仕事もあるのに毎日お弁当作ってくれるし。お母さんありがとー！　手伝えることは手伝うからね!!」

「なんだ、結局手伝うのか」

「玲奈もー！　ほんと可愛いから癒されるよ、ありがとう！　大好き！　あと、お兄ちゃんは……うん、お兄ちゃんはもう少し頑張れー!!」

青磁がまた噴き出した。

「あー、ウケる」

目に涙を浮かべながら肩を震わせて笑う彼の様子を見ていると、なんだかこっちまでおかしくなってきた。

「ふふっ」

声が洩れる。すると抑えられなくなって、とうとう私は声を上げて笑い出した。

彼が笑いながら寝転んだので、私も真似をする。

視界には、空しかない。

晴れやかな気持ちだった。こんな爽やかな気分になったのはいつぶりだろう。悔しいけれど、青磁のおかげだ。

ちらりと視線を投げると、彼もこちらを見た。

前は苦手だった硝子玉の瞳。今は素直に、とても綺麗だと思える。

「マスク、外せば？」

さりげない感じで言われたけれど、「それは無理」と即答する。

「あ？　なんでだよ。あんだけ言いたい放題言えたんだから、マスクも外せるだろ」

「それとこれとは話が別」

「一緒だろ」

「違うの！　私にとっては！」

マスクを外すというのは、やっぱり考えられない。これはもう私の一部だから。

素顔は誰にも見られたくないし、自分でも見たくない。その思いは少しも変わっていなかった。

「……あっそ。ま、いいか」

青磁が頭の上で手を組んで空を見上げる。

「今日のところはこれくらいにしといてやろう」

真面目な顔でそんなことを言うので、おかしくなって私は小さく噴き出した。

「何様よ」

「俺様だよ」

相変わらず偉そうに答えた彼は、それきり黙り込んだ。

見ると、寝転んだまま、瞼を閉じている。

指先がリズムをとるように小さく揺れていた。

なぜだかわからないけれど、青磁は今、空の声を聴いているような気がした。

私にも聴こえるかな、と思って同じように目を閉じてみたけれど、なにも聴こえなかった。なんとなく、マスクをつけたままでは聴こえないような気がした。

『お前がマスクを外せなくなったのは、お前が悪いんだろ』

青磁の言葉が耳の奥に甦る。

さっきは頭に血が昇っていて反発してしまったけれど、本当は、彼の言ったことが真実だとわかっていた。

マスク依存症になってしまったのは、たしかに彼の言葉がきっかけではあったけれど、最大の原因は私自身にある。そんなことは、ずっと前からわかりきっていた。だけど、素直には認められなかった。自分の心の弱さを認めたくなかったのだ。

今日、青磁のおかげで少し変われた気がする。

でも、私にマスクをつけさせている感情は、あまりにも根深くて強烈で、簡単には消えてくれない。

私がマスクから解放される日は来るのだろうか。

その答えはまだ見つからなかった。

ここちいい

教室棟の廊下を抜けて、両側から陽射しの降り注ぐ渡り廊下を通り、旧館へと入る。

放課後の生徒たちの声がどんどん遠ざかり、穏やかな静けさに包まれる。それにつれて全身の力が抜けていく。

同じ学校内のはずなのに、旧館に足を踏み入れると、まるで別世界にやって来たような錯覚に陥る。その心地よさをすっかり気に入った私は、最近はほとんど毎日、放課後になるとここへ足を運ぶことが、まるで習慣のようになっていた。

奥のほうへと進むにつれて、油絵の具のにおいが濃くなる。

「こんにちは」

声をかけて美術室のドアを開いた。隙間から顔を覗かせると、いつものメンバーがそれぞれに思い思いの活動をしている。

美術部は登録上は二十人以上の部員がいるらしいけれど、いつ見ても美術室には同じ五人、少ない時は三人しか来ていない。

私が挨拶をしても、反応するのはいつも同じふたりだけだ。

「いらっしゃい、茜ちゃん」

微笑んで返事をしてくれたのは、三年生で部長の里美（さとみ）さん。いつも黒板の前のパイプ椅子に足を組んで座り、難しそうな分厚い本を読んでいる彼女は、私が声をかけると必ず顔を上げて挨拶を返してくれる。そして、そのあとすぐに本に視線を戻す。

「こんにちは」

こちらを振り向いて囁くような小さな声で言ったのは、一年生の遠子ちゃん。大人しくて可愛らしい女の子だ。いつも窓際に腰かけて静かに油絵を描いている。文化祭の画廊でも、彼女の絵はいくつも飾られていた。

あとの三人――いつもゲームをしている二年生の三田くん、いつも漫画を描いている一年生の吉野さん、そして青磁――は、いつも無反応だ。

別に彼らが私に対して特別そっけないというわけではなく、部員同士で会話をするのもほとんど見たことがなかった。

ここに来るたびに、静かだなあ、と思う。

最初にここに来たのは、文化祭の三日後のことだった。帰りのホームルームが終わったあと、なんとなくすぐに下校する気になれなくて、ぼんやりと窓の外を見ていたら、隣の青磁が唐突に声をかけてきたのだ。

『帰りたくないなら、美術室に来れば？』

別に帰りたくないわけではなかったけれど、美術室という響きに心が揺れた。文化祭のときに青磁の絵を見て受けた衝撃がまだ抜けていなくて、もう一度見たくなった。だから、黙って彼のあとを追った。

自分が呼んだくせに、彼は私にかまうこともなく、黙々と絵を描いていた。

里美さんは初め、『入部希望？』と訊ねてきたけれど、『すみません、違います』と答えたら、『そう。ごゆっくり』と言って、それきりだった。他の部員たちも、私のことは空気のように扱った。

誰も私を気にしない。誰も私を見ていない。

今までは、家にいても教室にいても、常に周りからの視線や関心を感じていて、だから私はどこにいても〝私〟でいるために努力していなければならなかった。

でも、ここは違う。誰も私に関心を持っていないし、視線も向けてこない。

美術室は私にとって、唯一無二の場所になった。唯一、他人の存在や顔色を気にせずに、素のままの私でいられる場所。

青磁が画材の準備をしているので、私は窓際の席に座って待つことにした。

九月も終わりが見えてきて、少しずつ夏が遠ざかり、吹き込んでくる風にも涼しさが混じっている。

心地よさに目を細めていると、同じように窓の外を見ている遠子ちゃんの姿が目に入った。

彼女の視線を追っていくと、その先にはいつも、グラウンドで練習している陸上部員たちの姿がある。もっと言えば、棒高跳(ぼうたかと)びの練習をしている一年生の男子。

静かに、でもひたむきに視線を彼に注ぎ続ける彼女を見ていたら、マスクの中の口もとに自然と笑みが浮かんだ。

「青春ですなあ」

思わず年寄りくさい呟きを洩らすと、前のほうから「青春ですねえ」と小さく答えが返ってきた。里美さんが私と同じように微笑みながら遠子ちゃんを見ている。じっと彼の姿を見つめる彼女には、私たちの会話など聞こえていなさそうだ。私は里美さんと目を合わせて小さく笑った。

遠子ちゃんはきっと、あの男の子のことが好きなんだろう。片想いをしているんだろう。内気な彼女のことだから、自分から彼に想いを告げるなんて難しそうだ。だから見ていることしかできないのかもしれない。

大人しいけれど、必ずしっかり目を見て挨拶をしてくれるし、いつも真面目に絵の練習をしているし、絶対にいい子だと思うから、いつかは彼が彼女の視線に気づいて、想いが伝わって、上手くいってくれるといいな。

そんなことを考えながら眺めていると、急に遠子ちゃんが席を立って、窓のすぐ前に移動した。何事かと思って外に目を向けてみると、棒高跳びの男の子がこちらへ向かってくるところだった。

「遠子！」

彼は満面の笑みで美術室の窓に駆け寄ってきて、嬉しそうに呼びかけた。彼女のほうも嬉しそうに笑って、「彼方くん」と答える。

「遠子、今日一緒に帰れる？」

「うん」

「よかった。こっちは六時半まで練習だから、だいぶ待たせちゃうけど」

「いいよ、全然。気にしないで。練習頑張ってね、彼方くん」

「うん、ありがとう。遠子も頑張れよ！」

爽やかな笑顔で手を振りながら去っていく彼。

「……青春ですなあ」

思わず、さっきよりずっとしみじみと呟いてしまった。

里美さんがふふっと噴き出して、「少し前から付き合ってるみたいよ」と教えてくれた。

失礼ながらてっきり片想いだと思っていたのに、ちゃんと両想いで、付き合っていて、しかもとても仲がよさそうで、微笑ましいふたりの様子に私まで嬉しくなった。

遠子ちゃんたら、奥手そうなのに頑張ったんだね、なんて心の中で拍手を送る。まだ誰とも付き合ったりしたことのない私が、そんな上から目線の感想を抱くのもおかしいけれど。

幸せそうな顔で彼の背中を見送る遠子ちゃん。その様子を、私は頬杖をついて眺めながら、ふいに、恋ってどんな感じなんだろう、と思った。

私はいつも自分のことで精いっぱいだ。勉強と家のことで頭がいっぱいで、誰かを好きになる暇もない。

もちろん、顔がかっこいいなとか、スポーツが上手くてすごいとか、優しくて素敵だなとか思ったりすることはある。でも、それは一瞬だけのもので、だからといって告白して付き合いたいとか、そんなふうに思ったことは一度もなかった。

たぶん、私が誰かに対してかっこいいと思うような、ぼんやりとした一過性の気持ちと、遠子ちゃんが彼方くんに対して、そして彼方くんが遠子ちゃんに対して抱いているよう想いは、全く別物なのだろう。

私には、世の中に溢れるたくさんの恋人たちが、お互いに対してどんな気持ちを持っているのか、本当の意味では全くわからない。想像もつかない。そして、これからわかる日が来るようにも思えなかった。

私はもしかしたら、他人を愛せない人間なのかもしれない。だって、自分のことでいっぱいいっぱいで、きっとこれからもそれは同じで、他人のことを考える気持ちの余裕がないのだ。私には、心から誰かを愛せる日なんて来ないのかもしれない。

なんとなく、そういう気がする。ふうっとため息が洩れた。

「なにひとりで黄昏（たそが）れてんだよ」

私の憂鬱な物思いをぶち壊す、無神経でぶっきらぼうな声。

眉をひそめて振り向くと、画材一式を持った青磁が立っていた。

「別に黄昏れてないし」

「あっそ」

どうでもよさそうに答えて、彼は「行くぞ」と踵を返した。私も立ち上がってその背中を追う。

美術室を出るときにいちおう、「お邪魔しました」と小さく言って頭を下げたけれど、聞こえなかったのかそもそも興味がないのか、誰ひとり反応しなかった。みんなそれぞれに自分の世界に没頭している。

いいなあ。やっぱり、ここはいい。

そう内心で笑いながら、階段を二段飛ばしでぴょんぴょん上っていく青磁を追いかけた。

いつものように四階まで行き、謎の資料室に入り、そこから縄ばしごを使って屋上に出る。

たぶん先生に見つかったら怒られるだろう。でも、風を受けて心地よさそうに目を細める呑気な青磁を見ていると、「まあいいや、怒られても死ぬわけじゃないし」と思えるから不思議だ。誰もが認める〝優等生〟の私からは考えられない。

「おっ、今日の空は綺麗だな」

空を仰いだ青磁の言葉に、ふっと笑ってしまう。

だって、毎回こう言うのだ。屋上に出て空を見たとき、彼は必ず「今日の空は綺麗だ」と声を上げる。毎日同じ空が広がっているのに。まるで生まれて初めて海を見た幼い子どものように、きらきらした瞳で。

「毎日言ってんじゃん、それ」

笑いを堪えながら言うと、青磁は不服そうに眉を上げた。

「いいだろ別に。毎日綺麗だって思うんだから」

「せめて〝今日も〟綺麗、でしょ」

「昨日の空と今日の空は別もんなんだから、勝手にひとまとめにしたら申し訳ないだろうが」

「申し訳ないって、誰に対して？」

「あー？」

首をひねった彼はそのまま空を見つめ、しばらくしてから私を見てこう言った。

「……神様、かな」

かみさま。

青磁の口から出るにはおよそ似つかわしくない言葉に、私は目を丸くする。

驚きでなにも言えずにいると、彼は自分の腕を枕に寝転がって、空に向かって深呼吸をした。

「……青磁、神様とか信じるんだ。意外」

そっと呟くと、彼がにやりと笑った。

「ま、いるんじゃねえの？　俺は会ったことねえけど」

青磁は、なんだったら自分が神だとでも言い出しそうなタイプだと思っていたので、ものすごく意外だった。

こんな傍若無人な彼でも、神様に頼みごとをしたり、すがったり、祈ったりすることがあるのだろうか。なんでも自分の思い通りにできる、と信じていそうなのに。

「空はさあ」

唐突に青磁が口を開いた。

「毎日違うだろ。つうか、常に違うだろ。一時間前……一分前の空と今の空だって、雲の形も、光の強さも、青の濃さも、全部さっきとは違ってる。だから、いつ見ても飽きない。毎日見ても、何時間見てても飽きない」

まあ、そう言われればそうかも、と私はうなずく。

見上げると、一面の空。今日の空は、晴れているけれど雲が多い。幾重にも重なり合った雲が複雑な模様を描いている。その隙間からは青空が覗いている。

雲の濃い部分は灰色で、薄い部分は白っぽく、西のほうでは紫色にかげっていた。

「毎日空を見てるとさ、なんつうか、神様っててんじゃないけど、なにかいるなって感じがする」

「なにかって、なに？」

「うーん……宇宙とか、運命とか……なんかぴったりくる言葉は思いつかねえけど、とにかく圧倒的な存在」

青磁の顔つきも声音も真摯だった。だから、「なにそれ？」と笑うわけにもいかなくて、私も黙って空を見つめた。

「さて、そろそろやるかあ」

しばらくしてから彼が起き上がり、持ってきた道具を広げ始めた。

私はいつものように三角座りをして彼の動きを見ている。私がどんなに観察しても、彼はかまわずマイペースに行動する。

誰かと一緒にいると、私はいつも相手の顔色を読み、自分が不快な思いをさせていないかということばかり考えて、疲れてしまうのが常だった。そんな私にとっては、誰が側にいようが気にせずに、まるでひとりでいるかのように気ままに振る舞う彼の隣は、とても楽な居場所だった。

誰にもなんにも気を使わなくていい、という解放感。

青磁があぐらをかいて背中を丸め、黙々と絵を描き始めた。

彼は筆を手にすると、がらりと表情が変わる。硝子玉の瞳がさらに透き通り、なにかにとりつかれたかのように一心に筆を動かし続ける。

その瞬間の変化を見るのが面白くて、私はいつもじっと観察していた。

青磁は油絵も描けるらしいけれど、基本的には水彩画ばかりだ。『水彩はどこでもさっと描けるのがいい』と言っていた。屋上に画材を持ち出して絵を描くには、たしかに水彩画のほうがいいのかもしれない。

スケッチブックを広げ、水を含ませた刷毛を横方向にさっと滑らせて、まっさらな画用紙を濡らしていく。そこに今度は、絵の具を含ませた平筆を軽く滑らせ、薄く色をつけていく。上半分には青を、下半分には淡い黄色を塗ると、たっぷりと湿った紙の上で、ふたつの色がじわりと混じっていく。しばらくすると、そこに綺麗なグラデーションの空が現れた。

青磁が空を描く様子は、何度見ても飽きない。私は毎日、何時間でも、彼が絵を描く横でそれを眺めていられた。

自分でも、なにをしているんだろう、早く家に帰ればいいのに、と思うけれど、この場所とこの空気感の心地よさから逃れられない。授業中ずっと気を張っている反動なのか、なにも考えずにぼうっとする放課後が、いつしか私にとっては、なくてはならない貴重な時間になっていた。

「喉が渇いた」

一時間ほどが経ったころ、集中していた青磁がふいに手を止め、思いついたように
そう言った。

彼の荷物は画材だけなので、飲み物などは持っていない。かといって、今から美術
室に戻るのは面倒だ。

私は鞄の中を探って、ジャスミンティーのペットボトルを取り出した。

「これ、よかったら飲む？　まだ開けてないやつ」

「お、いいの？　サンキュ」

青磁は遠慮なく受け取り、さっさと蓋を開けた。「え、でも、悪いな……」みたい
な社交辞令など言わないところが彼らしい。

でも、一口飲んだ瞬間、彼は顔をしかめた。

「うわっ、なんだこれ。まずっ！　くせえ！」

「えー？」

今朝買ってきたものだし、そもそも開封もしていないのだから、腐っているはずは
ない。

怪訝に思っていると、彼はまるで苦い薬でも飲み下したかのような表情で、ペット

ボトルを突き返してきた。

「なんだこの飲み物！　変なにおいする！」

「なにって、普通のジャスミンティーだけど……」

「なんだそれ、知らねえし。ってかマジでくさい。風呂の残り湯かなんか飲んでるみてえな気分なんだけど」

「あー、入浴剤のにおいに似てるからかな？」

「それ！　それだ！　あーもう、マジでくさい、気持ち悪い」

舌を出して「うえ～」と呻く、子どもみたいな青磁を見ながら、私はおかしくなって声を上げて笑った。

少し前までの私だったら、「人から貰ったものに対してそんな言い方するなんて、最低」と忌々しく思っていただろう。

でも、今は違う。こういうふうになんの計算もなく正直な気持ちを口にする青磁に、不思議な安心感を覚えている。

常に人の顔色を窺って、その人が言葉の裏にどんな気持ちを隠しているのか、自分のことをどう思っているのか読み取ろうと必死になっている私にとっては、彼のように裏表のない人間は貴重な存在だった。

青磁はきっと嘘をつかない。他人にも嘘をつかないし、自分の気持ちにも嘘をつかない。

　だから、彼といると私は落ち着ける。裏の気持ちを勘ぐったりしなくていいから。

「あーもう、マジでゲロまず」

　青磁はまだしかめっ面をしている。

「人から貰ったものにゲロとか言うな」

　と私が真っ当な言葉を返すと、

「貰いものだろうがなんだろうが、まずいものはまずいんだよ」

「あげたほうにちょっとは気ぃつかいなさいよね」

「でも、正直に言ってやったほうが親切だろ？　お前はもう二度と、他人にそんなまずいもん飲ませずに済むわけだからな」

「はあ？」

「そんなくっさい飲み物を他人にやるなんて、嫌がらせとしか思われないぞ。いい勉強になったな」

　うんうん、と満足げにうなずく青磁がおかしくて、私はまた笑った。

　彼には独自の哲学(てつがく)と価値観があって、それは誰になにを言われても揺るがないほどに強固なのだ。ここまで頑(かたく)なだと、苛立つよりも笑えてくる。

「なあ、茜。夕焼けって何色だと思う？」

唐突に青磁が言った。でも、彼はいつだって、なにをするにしたって唐突なので、最近はなにを言い出しても全く驚かなくなった。

「夕焼け？　そりゃオレンジでしょ」

あまりよく考えずにそう答えた。夕焼けは何色か、と訊かれたら、たぶん誰だってオレンジ色と言うんじゃないだろうか。

でも、彼は私の答えを聞いた瞬間に、してやったりとばかりににんまり笑った。

「単純なやつだな」

ふふんと鼻で笑われて、むかっとくる。単純だなんて、青磁にだけは言われたくない。

「じゃあ、なに。夕焼けは炎の色とか？　あ、誰かに恋い焦がれる色とか」

古典かなにかの授業で聞いたことがあるような気がして、思いつきでそう言うと、

「文学的！」とげらげら笑われて、さらにむかついた。

「そういうことじゃねえよ。お前、夕焼け、ちゃんと見たことねえの？」

そう訊ねられて、ふと考えてみると、そういえば夕焼けといっても思い浮かぶのは写真やテレビの映像のイメージばかりで、自分の目でじっくりと見たことなんてないかもしれない、と気がついた。

日が落ちるころには、私は玲奈のお迎えや夕食の準備のためにもう帰宅している。

家のことを始めたら、空を見るどころではない。

　この屋上で青磁が絵を描くのを見るようになってからも、日が暮れ始める前に学校を出ていた。夕焼けの時間帯には地下鉄の中だから、空は見えない。家に着くころにはすっかり薄暗くなっている。

「一回さあ、ちゃんと見てみろよ。夕焼けはオレンジなんて、そんな単純なもんじゃないんだぞ」

　なぜか自慢げに青磁が言う。

　私は少し考えて、鞄からスマホを取り出した。

　お母さんに【今日ちょっと遅くなってもいい？】とメッセージを送ると、しばらくして【いいよ】と返事が来た。今日は早番だったから、夜の家事は少し余裕があるはずだ。

　ここのところずっと家の手伝いを頑張っていたから、今日くらいさぼってもいいよね。そう自分を納得させながら【ありがとう】と返信した。

　青磁はスケッチブックの新しいページをめくり、また空を描いている。さっきとは違う手法で、絵の具をあまり水で薄めずに、白と灰色を塗りつけるようにして、紙の上に雲を出現させる。

「ねえ、青磁」

「んー？」

「青磁っていっつも空の絵、描いてるね」

文化祭のときに展示されていた絵も、放課後に毎日描いている絵も、全て空の絵だった。

「まあ、そうだな」

彼は描きながら答える。

「そんなに空ばっか描いてて飽きないの？」

いつも疑問に思っていたことを、真剣な横顔に投げかけてみた。

青磁はちらりと私を見て、「飽きねえよ」と答えてからまた視線を戻す。

「晴れの日は空の色の加減、曇りの日は雲の重なり具合、雨の日は降り方と雨粒の舞い方。言葉で言ったら同じ天気でも、空の様子は全然違う。いつ見ても、どんな空でも、いつもと違うところがある。だから、観察すればするほど、描きたいって気持ちが出てくるんだよ」

なるほど、と私はうなずいた。たしかに、同じ曇り空でも、雲の色も形も少しは違っているだろう。

でも、だからといって、いくらなんでも毎日毎日描いていたら飽きてきそうなものなのに。

結論。芸術家の考えは、一般人にはよくわからない。

「なんで青磁は空の絵しか描かないの？」

ついでに、もうひとつ疑問に思っていたことも聞いてみた。

「……別に、空しか描きたくないってわけでもないけど」

「そうなの？　じゃあ、なんで空ばっかり描いてるの？」

彼はしばらく沈黙してから、「俺はさ」と口を開いた。

「綺麗だって思ったものを、綺麗だから欲しいって思ったものを、手に入れるために描くんだ」

これは質問の答えなのだろうかと訝しく思って、私は眉を上げて青磁を見る。

彼は硝子玉の瞳で自分の描いた空を見ながら、ぽつりと言った。

「俺が今まで生きてきた中で……二番目に綺麗だと思ったのが空だから」

二番目？と私は首を傾げたけれど、まだ話が続きそうだったので口には出さない。

彼が今度は本物の空を見上げる。

「この綺麗なものを手もとに置いておきたいから、俺は空を描くんだ」

ふうん、とうなずいて、でもやっぱり気になったので、言葉を返す。

「じゃあ、いちばん綺麗だと思ったものは？　それは描かないの？」

青磁が静かに視線を下ろして、私を見た。

「……お前、まだ帰んなくて大丈夫なの？」

　またも唐突にそんなことを言う。

　答えになってないじゃない、と思ったけれど、つまり答えたくないということかと考えて、私はうなずき返した。

「うん。さっきの答え合わせが終わるまで、いる」

「答え合わせ？」

「夕焼けの色。確かめるまで帰らない。日が暮れるまでここにいる」

　ふっ、と彼が笑った。

「お前、やっぱ単純だな」

　さっきも単純だと言われた。でも、さっきは小馬鹿にした口調だったのに、今度は違う。

　どう違うかと聞かれても、言葉で表現するのは難しいけれど、なぜか今の青磁は、少し嬉しそうにも見えた。

「さーて、日が暮れるまでにもう一枚仕上げるかー」

　彼は大きく伸びをして、それからまた筆を走らせ始めた。

　腕時計で時間を確かめる。日没まではあと一時間くらいはありそうだ。

　私は青磁の隣で三角座りをして、膝の上で組んだ腕に頬をのせて彼を見る。なんだか鼻唄でも歌い出しそうな横顔だ。

絵を描くのが楽しくて仕方がないんだろうな、と思う。それから、私にはこういう顔をする時間があるだろうか、とふと思った。

趣味を訊かれたら、いつも読書と答えている。本を読んでいるときは自分でもびっくりするほど集中しているし、面白い本を見つけたときにはわくわくして嬉しくなる。でも、青磁が一分一秒も惜しんで暇さえあれば絵を描いているのと同じほどには、本に没頭することも、のめり込むこともできない。

それに、精神的に不安定になっていた数ヶ月前から、好きだったはずの読書さえ、あまりしなくなっていた。

私にとっての読書は、青磁にとっての絵とは違って、なくてはならないものではないということだ。

きっと彼にとっての絵は〝生きがい〟のようなものなんだと思う。だって私は、本が好きだから小説家になるとか、出版社で働きたいとか、そういうふうに思ったことはない。

青磁は四月の自己紹介のときに、クラスのみんなの前で堂々と、『俺は絵描きになる』と宣言していた。

そんなふうに、まっすぐに迷いなく好きだと言えるものが、私にはなかった。だから、進路希望調査の志望学部の欄も、将来就きたい職業の欄も、いつも【未定】と書いている。

青磁はきっと、美大に行く、画家になる、とはっきり書いているのだろう。

いいなあ、夢がある人は。

夢なんて無理やり見つけるものではないと思うけれど、それでも学校という場所では、将来の夢がないということはなんとなく後ろめたい。

そんなことを考えているうちに、いつの間にかうとうとしてしまったらしい。まどろみの中で「茜」と青磁の声に呼ばれた私は、ゆっくりと顔を上げ瞼を開いた。

その瞬間、目を開けていられないほどの強い光を感じた。

「茜、起きろ」

鮮烈な光の中で、青磁が私を見ながら嬉しそうに笑っている。

「夕焼けが始まるぞ」

眩しくて瞼をもう一度閉じかけたけれど、彼の言葉で目が覚めた。

目の上に自分の手でおおいを作り、彼が指差したほうへ顔を向ける。

西の地平線あたりの空に浮かぶ太陽が、直視できないほどに白い光を煌々(こうこう)と放っていた。

「眩しい……」

思わず呟くと、青磁が「だろ」と答える。

「太陽は、沈む寸前がいちばん明るいんだ」

本当だ。沈みかけの太陽が放射状に放つ最後の光は、見たこともないくらい強烈だった。

「ほら。夕焼けは何色だ？」

青磁がくすりと笑う。私は目を細めて、空を見る。

明るすぎる太陽の周りは、ひと言では言い表せない複雑な色をしていた。

鮮やかな薔薇色(ばらいろ)、淡いピンク色、目を見張るようなオレンジ色、わずかに赤みを帯びた黄色、薄い黄緑、透き通った水色。太陽から遠ざかるにつれて空は濃さを増していき、東のほうはすでに、紺色がかった夜に近い青だ。

美しいグラデーション。目の前に広がる果てしない空に、あらゆる色が混じりあっている。

そして、色の洪水のような空に浮かんだいくつかの雲は、影になって灰青色(はいあおいろ)に沈み、夕陽が当たる縁の部分は、紫がかった薄紅色に染まっていた。

あまりの美しさに息をのむ。

夕暮れの空は、こんなにも綺麗だったんだ。

十七年も生きてきて、全く知らなかった。

違う、知ろうとしていなかったんだ。夕焼けはオレンジ色、と確かめもしないのに思い込んでいた。

私はそうやって今まで、たくさんの事実を見落としてきたのだろう。

青磁に出会わなければ、見落としていることにさえ気づかないまま、これからも生きていったのだろう。

「……綺麗。本当に綺麗」

独り言のように呟くと、彼は「まだだぞ」と空を見ながら言った。

「夕焼けの色はどんどん変わっていくんだから。一瞬も目え離すんじゃねえぞ」

青磁の言葉に、うん、とうなずき、私は目を見開いて西の空を凝視する。

太陽が地平線に沈んでいく。

それにつれて黄色みを帯びた夕焼け色がどんどん明るさを失っていき、薄緑や水色もどんどん淡くなる。そして頭上の青が濃くなっていき、暖色が消えて、寒色が強くなる。雲が濃い青紫に染まる。

ああ、このままどんどん空が暗くなって、夜の闇が訪れるんだ。

そう思った、そのときだった。

太陽が姿を消した地平線のあたりが、突然、鮮やかなオレンジ色に輝き始めた。

私は瞬きすら忘れて、呆然とその変貌を見つめる。

陽が沈みきって一度は暗くなった空の端が、さっきまでとは比べものにならないほどに鮮烈な、赤みの強いオレンジ色に染まっていく。

空が燃えて、街も燃えて、世界が燃える。

「……すごい」

ゆっくりと首をめぐらせて、隣の青磁を見る。

彼の真っ白な髪は、今は夕焼けと同じ色に染まっていた。

「すごいね」

「すごいだろ」

青磁はやっぱり自分のことのように自慢げに笑った。

私も少し笑って、また夕焼けを見る。

太陽は、この世界から消える最後の最後に、一瞬だけ、燃え上がる炎のような色を私たちに見せつけて、静かに姿を隠した。

私たちは肩を並べたまま、言葉もなく空を見つめていた。

「……さあ、暗くなったことだし、そろそろ戻るぞ」

しばらくして青磁が立ち上がり、画材の片付けを始める。

それを手伝いながら、「本当に綺麗だった」と呟くと、「まだ言うか」と笑われた。

「夕焼けもだけどさ、朝焼けもすげえんだぞ。お前、見たことあるか」

私はふるふると首を横に振る。朝焼け、というのは言葉だけは知っているけれど、何時ごろに見られるものなのかもわからない。

「だろうな。お前、人生損してるぞ」

そんなことを言われても、朝はいちばん家がばたばたしているし、ゆっくりと空を見る余裕なんかあるわけがない。でも。

「見てみたいな……」

縄ばしごを下りながら何気なく呟くと、下で待ち受けている青磁が「そうか」と答えた。

「なら、今度見にいこう。朝焼けがいちばん綺麗に見える場所に」

なんでもないことのように彼は言う。

普通に考えたら、高校生である私たちが、夜明けの時間帯に外で会うなんて、ありえないことだ。それなのに、彼は当たり前のように言う。だから、私もなんだか当たり前のことのように思えてくる。

「うん、行こう。連れてって」

青磁がそう言うのなら、それはきっと社交辞令やうわべの約束なんかじゃなくて、本当に実現されるのだろう。

そう信じさせるなにかが、彼にはたしかにあった。

わらえない

二学期は、月日が経つのがすごく早い気がする。

気がついたらもう秋も終わりに近づき、ブレザーを着ないと外にいられないほど肌寒くなってきた。

学校までの道は両側を銀杏（いちょう）並木に彩られている。見上げると、真っ青な秋空と真っ黄色の銀杏の葉のコントラストが、驚くほど鮮やかだった。

風が吹くと枝が揺れて、無数の葉がはらはらと舞い落ちてくる。金色の雨が降っているみたいだ。そして石畳（いしだたみ）の道には金色の絨毯（じゅうたん）が広がっている。

綺麗だなあ、と思いながら、いつもより少し速度を緩めて歩く。

去年の秋も、毎日毎日この道を通っていたはずなのに、銀杏の並木道だなんて気づきもしなかった。きっと一年前の私は、俯いて自分の爪先だけを見て歩いていたのだろう。

「よう」

後ろから声をかけられて振り向くと、思った通り青磁がいた。

「おはよ、青磁」

「はよ。さみーな」

「寒いね」

彼は肩をすくめて、ポケットに両手を突っ込みながら歩いている。見るからに寒そうだ。余分な脂肪など一グラムもなさそうながりがりの体つきをしているから、きっと私よりもずっと寒いのだろう。

「マフラーとかネックウォーマーとか、つけないの？」

「あー、そういや持ってねえな」

「うっそ。マフラー持ってない人とかいるんだ」

「ここにいる」

彼はなぜか偉そうに答える。

「でも、そんなに寒そうにしてるんだから買えばいいのに」

「店まで買い物に行くの、めんどくせえ」

毎朝ずいぶん遠いところまで散歩してから学校に来ているらしいのに、マフラーを買いにいくだけのことがめんどくさいだなんて、青磁の価値基準はつくづく謎だ。

銀杏並木の間を並んで歩いていると、後ろからぽんと肩を叩かれた。

「おはよ、茜」

「ああ、沙耶香。おはよ」

「青磁もおはよう」

「おー」

沙耶香も加わり、三人で肩を並べて歩く。

「ねえ茜、今日って英会話の小テストあったっけ？」

「あるよ。範囲は第六課」

「わあ、やばい。あとで教えてね！」

「はいはい」

ありがと助かる、と笑ってから、沙耶香は私と青磁を交互に見た。

「ん？　なに？」

「ね、ふたりって、もう付き合ってるの？」

またその話か、とげんなりしてしまう。

ちらりと隣を見たけれど、彼は間抜けな顔で銀杏の木を見上げていて、どうやら気にもしていないらしい。さすがだ。

私たちが放課後一緒にいるところを何人かのクラスメイトに見られて、「青磁と茜がいい感じらしい」という噂がすぐに回った。教室でもときどき話すようになったし、駅まで一緒に帰ることもあるし、今日のようにたまたま会えば朝も一緒に登校したりするから、そういう噂が出るのは仕方がないかなと思う。

でも、もちろん付き合ったりはしていないので、私は何度聞かれてもすぐに否定している。

青磁のほうは、最初にある女子から『茜と付き合ってるの？』と訊ねられたときに

『そんなん知ってどうすんだよ？』と真顔で返したらしいので、それからは誰も彼には訊いていないようだ。

「違うよーって、色んな人に何回も言ってるのになあ、なんでみんなわかってくれないかなあ」

　私は苦笑しながら答え、さらに続ける。

「それにね、『もう付き合ってるの？』って、別にこれからもそんな予定ないからね？」

「えー、そうなの？　ねえ青磁、どうなの？」

「あー？　お前には関係ねえだろ」

　ばっさりと切られて、沙耶香は「はーい」と唇を尖らせた。

　それでもやっぱり物足りなかったようで、今度はまた私に矛先を向けてくる。

「じゃあさ、ふたりが本当にカレカノじゃないなら、ただ仲がいいだけの友達ってこと？」

　友達。その言葉に私は思わず動きを止めてしまった。我関せずという顔で歩いている青磁に目を向ける。

　こいつと私の関係を〝友達〟と名づけるのは、どうにもしっくりこない。

「……友達、も、違うかな」

ひとり言のように呟くと、彼がちらりとこちらを見て、それからどうでもよさそうに肩をすくめた。

「ええ、違うの？ もう、どっちなの？ 付き合ってるのか友達なのか、はっきりしてよね！」

ばしんと沙耶香に背中を叩かれる。その拍子にバランスを崩し、よろけてしまった。

「あっ、ごめん！」と彼女が声を上げる。

次の瞬間、「あぶね」と呟いた青磁に、二の腕のあたりをぐっとつかまれた。

彼に腕をつかまれたことは何度かあったけれど、いつも手首や肘のあたりだった。

だからか、体の中心に近い二の腕をつかまれたことに、不覚にもどきりとしてしまう。

「……ありがと」

とりあえず、助けてもらったのだからお礼を言う。でも、顔が見られなくて視線を逸らしてしまった。本当に不覚だ。

青磁は「ん」と言って手を離した。それきり彼がなにも言わないので、どこか気まずい沈黙が流れる。

「きゃー！ なになに今の！」

沙耶香の声が静寂を破ってくれた。

「茜、どついてごめんね！ でもでも、いいもの見れちゃったー！」

「……や、いいものって……」

「青磁、やるじゃん！　かっこいー！　茜を守ったね」

「…………」

ひとりで盛り上がる沙耶香と、なにも言えない私と、全く聞いていなさそうな青磁。

「ねえねえ、やっぱりふたり、いい感じなんじゃないの？」

「いやいや……」

目の前で誰かが転びかけたら、たぶん誰だってとっさに手を伸ばすんじゃないかな、とは思ったものの、それを口に出すと、せっかく助けてくれた青磁に申し訳ない。

「んー……本当に違うんだけどね……」

仕方なく小さくぼやきながら、私は彼らと一緒に校門をくぐった。


「……で、青磁くんがね……」

昼休み、職員室に行くために廊下を歩いていた私は、ある空き教室の前で思わず足を止めた。中から思わぬ単語が聞こえてきたからだ。

どうやら、この教室でいつも昼食を食べている他クラスの女子グループが、彼についての噂話をしているらしい。

立ち聞きをする趣味はないので、私は再び足を踏み出す。

でも、次に『茜』という単語が耳に飛び込んできて、今度は全身が硬直してしまった。

自分が裏でどんな話をされているのか、考えるだけで怖い。知りたくない、知らないほうがいい。

頭ではわかっているのに、体が動いてくれない。

「えっ、マジで!? うっそお!」

驚いたような声が一斉に上がった。私はさらに動けなくなる。

「本当だよ! A組の子が言ってたもん。最近めっちゃ仲いいって」

「えー?」

「D組の子も見たって。放課後、ふたりでどっかに行くところ」

情報をつかんできたらしいひとりが、みんなを納得させようと必死に訴えている。

「あの青磁くんと茜ちゃんが?」

「付き合ってるの?」

「そうそう。意外だよねー」

ああ、やっぱりそういう話か、と私は心の中でため息をつく。もう耳にタコだ。

どうしてみんな、男子と女子が一緒に行動するだけで、すぐに「付き合ってる」と言い出すんだろう。そうじゃないと否定したら「友達」。そんなふうに単純明快に分けられるものでもないのに。

私と青磁の関係に名前をつけるのは、とても難しい。

もちろん恋人同士ではないし、かといって友達でもない。

放課後も一緒にいるとはいえ、ただふたりで肩を並べて黙って空を見ているだけで、そこには男女の甘い雰囲気なんて一切ないし、なんでも話せる親友のような打ち解けた空気が流れているわけでもない。

ただ、同じ空間にいて、同じ時間を共有しているだけ。

もしも、あなたにとって青磁ってなに？と聞かれたら、私は「青磁は青磁だよ」と答えるしかない気がする。彼の存在に名前をつけることはできない。

そんなことを考えているうちに、空き教室の噂話はどんどん盛り上がっていく。

「私そういえば今朝、学校来る途中で見かけたよ。なんか仲良さげにぴったりくっついて歩いてた」

いやいやいや、と心の中で突っ込む。確かに一緒には歩いていたけれど、断じてぴったりくっついてはいない。それなのに、中では大きな歓声が上がった。

「えー、そうなんだ！」

「うっわ、ほんと意外、あの青磁くんが女の子とベタベタするとか！」

「想像できなーい！」

「それにさ、茜って子もなんか大人っぽい落ち着いた感じなのに、付き合ったら甘えたりするんだねー」

ベタベタ？　甘える？　いったいどこの誰の話をしているんだろう。私と青磁ではありえない話ばかりだ。

ここまで勝手に話を膨らまされると、反論する気力も湧かない。こうやって噂話には尾ひれがついていくんだな、と思った。

半ば呆れ返りながら聞いていたけれど、突然彼女たちの声のトーンが変わり、胸のあたりがざわざわと落ち着かなくなってきた。

「たしかにあの子って、なんかクールな感じ気取ってるよね」

「あー、なんとなくわかるかも」

「そういえばそうかもね」

「私は他の人と違います、みたいな？」

「あはは、そんな感じ！」

どくどくどく、と激しく脈打ち始めた鼓動の音が、頭の中にこだまする。ここからどんどん悪意のある噂話になっていくだろうということは、容易に想像できた。

「けっこういい子ぶりっこだよね。真面目だし責任感あるし、みたいな感じにしてる、いつも」

「いかにも優等生！って顔してるもんね」

「なんかさあ、青磁くんには似合わなくない？」

「わかる！　ずっと思ってたんだ、それ」

「やっぱり？」

「なんだ、みんな思ってたんだ。なんかさあ、あの子ってみんなから好かれてる感じするから、なんとなく悪いこと言いにくかったけど」

「それ！」

「でも、実は嫌われてたりして」

「あー、あるかもね」

嫌だ、もう聞きたくない。でも体が動かない。足の裏を廊下に縫いつけられてしまったかのように、微動だにできない。

「だってほら、いっつもマスクつけてるじゃん。なんか、裏でなに考えてるかわかんないよね」

「そういえば真夏もマスクしてたね」

「してた、してた。風邪かなと思ってたけど、そんなずっと引いてるわけないもんね」

「ないない。なんかさ、この前ちらっと見たけど、体育のときもお弁当食べるときもマスクしたままだったよ」

「うっそ、マジで？　完全に依存症じゃん」

「やばいね、いっちゃってるよね」

「明るそうに見えて、けっこう病んでるんじゃない？」

「ぽい、ぽい。家とかだとめっちゃ暗そう」

「あー、言われてみればそんな感じするかも」

「実は根暗で腹黒っぽい」

「それ最低じゃん！」

「あはは、ちょっとうちら悪口言いすぎじゃない？」

「やー……だってほら、青磁くんって目立つじゃん。かっこいいし才能あるし、青磁くんのこと好きな子多いじゃん。なのになんであの子？ってなるよね、実際」

それはなんとなく私も感じていた。

彼は良くも悪くも人目を引く。容姿も振る舞いも、とにかく目立つ。そして、そういう派手さに惹かれる人も多いらしい。彼とよく話すようになってから、女子からの露骨な視線を感じることが多くなっていた。

でも、ただの興味や好奇心だろうと思って、あえて気にしないようにしていたのに。

やっぱり、私は疎まれている。

あんなに頑張ってきたのに、やっぱり嫌われてしまった。私はまた失敗してしまったのだ。

　そのことを思い知らされて、殴られたような衝撃を覚えた。

　頭の中で巨大な鐘でも打ち鳴らされたかのような耳鳴りがする。ぜえぜえと呼吸が荒くなっていく。

　空き教室の中で、わっと湧き上がるような笑い声が上がった。今なら多少の物音がしても気づかれないだろうと思い、私はなんとか足を動かして、よろよろとその場を離れる。

　俯いて自分の激しい鼓動と闘いながら歩いていると、どんっとなにかにぶつかった。

「茜?」

　耳のすぐ上で声がする。青磁の声だ。

　少し顔を上げると、すっかり見慣れた平べったい胸がそこにあった。

　どうして彼はいつもこういうときに現れるのだろう。見られたくないときに限って。

　なにか言わなきゃ、と思うのに、声が出ない。は、と息を吐いたら、やけに苦しげな声が洩れてしまった。

「どうした?」

　彼が眉を寄せて、私の顔を覗き込んでくる。

　なんでもない、と小さく答えたけれど、ごまかせなかった。

「なんでもないって顔じゃねえだろ。腹でも痛いのか」

そういえば前も聞かれたな、『腹でも痛いのか』って。なによそれ、小学生じゃないんだから。

笑ってやろうと思ってマスクの中で口を開いて、でも唇から洩れたのは笑い声ではなくて、かすかな嗚咽だった。

「……う、」

その瞬間、青磁の目が大きく見開かれる。

「……茜？」

いつもぶっきらぼうなその声が、いつになく柔らかく耳もとで響いて、そしたらもう、堪えきれなくなってしまった。

たがが外れたように、抑えていたものが込み上げて、溢れ出す。

だめだ。こんなところで泣いたら終わりだ。誰に見られるかわからない。マスクの中で唇をぐっと噛み、細く息を吐き出して、なんとか耐える。

ちょうどそのとき、チャイムが鳴った。予鈴だ。もうすぐ五時間目が始まる。

「……本当に、なんでもないから。平気」

顔を下に向けたまま青磁に告げて、返事を聞く前に走って教室へ戻る。

俯いていれば、前髪とマスクで表情なんて見えない。だから大丈夫だ。このまま授業を受けることができるはず。

それなのに、どうしてだろう。

教室に入った瞬間、四方八方から飛んできた視線が全身に突き刺さったような錯覚に陥った。足がすくんで動けなくなる。

ひそひそと話をしているクラスメイトたち全員が、私の悪口を言っているんじゃないか。みんなが私のマスクを見て、おかしいと笑っているんじゃないか。

そんなわけがない、と自分を説得しようとするけれど、ないって言い切れるの？　と別の自分がほくそ笑む。

そう、わからない。みんなが私をどう思っているかなんて、わからない。

私に直接向ける態度や言葉からは、本当のことなんてわかるわけがない。

みんなきっと本心は隠している。私と同じように。

だから、裏で私のことを疎ましく思っている人が何人いるか、わからない。

考えれば考えるほど、全身の血の気が引いて、指先が冷えきって、足も自分のものじゃないみたいに硬直して、教室の入り口で私はひとり立ちすくむ。

もうクラスのほとんど全員が席についていた。あと一分もしないうちに授業担当の先生がやって来るだろう。早く席につかなきゃ、授業の準備をしなきゃ。

無理やり足を踏み出して席に向かおうとしたとたん、よろける。

それで、足が震えていることに初めて気がついた。指先もがたがたと震えている。なんで、と唇を動かすと、マスクがかさりと乾いた音を立てた。

なんとか自分を励まして、震えたまま一歩、二歩と歩き出す。ざわざわとした教室の中に入る。幸い、みんな教科書やノートの準備に気をとられているようで、私の不自然な動きに気づいてはいないようだった。

それでもちらちら見られている気がする。「あいつ、なんか変じゃない？」と言われている気がする。

鼓動も呼吸も、ひどく速い。のぼせたように頭がぼうっとしている。

なんとか椅子に腰を下ろして、机の中から教科書と筆箱を取り出した。と同時に先生が入ってくる。チャイムが鳴った。

「はーい、授業を始めます。委員長さん、挨拶お願い」

英語の女の先生が私のほうに視線を走らせる。

私はふらつかないように細心の注意を払ってゆっくりと立ち上がり、「起立」と号令をかけた。……つもりだったのに、声が出なかった。

沈黙の流れる教室の中で、私ひとりが机に手をついて立っているという、不可思議な状況になる。

みんなが私を見ている。怪訝そうな顔で見ている。

どうしよう、どうしよう、なにか言わなきゃ、号令をかけなきゃ、でも声が出ない。
混乱した頭の中でぐるぐると考えが駆けめぐる。
そのときだった。
「茜」
左側から声がした。
青磁だ。
授業中はいつも窓の外の空を見ている彼が、今はまっすぐに私に目を向けている。
「行くぞ」
唐突にそんなことを言われても、理解できるわけがない。
硬直したまま見つめ返していると、彼はがたんと音を立てて腰を上げた。
教室中の視線が青磁に集まる。自分に向けられていた注目の矛先が変わったことで、
少し肩の力が抜けた。
私の真横に立った彼が、無言のまま手首をつかんでくる。そのままつかつかと歩き
出した。引きずられるように私も歩き出す。
みんながぽかんとした顔で私たちを見ていた。
「……えっ、ちょっと、深川くん……もう授業始まってますよ」
先生が戸惑ったように声を上げると、青磁はすっとそちらに目を向けて、「こいつ

の」と私を指差した。

「具合が悪いみたいだから、連れていきます。俺も帰ってこないかも」

勝手なことを言って教室を出ていく彼の背中を、先生は唖然とした顔で見送った。
＊

教室を出て、誰もいない——青磁しかいない廊下を目にした瞬間、涙がどっと溢れた。涙腺が壊れたんじゃないかと思うくらい、ぼろぼろと流れて流れて、止まらない。

ううう、と変な声が喉から洩れる。

彼は振り向かずに、なにも言わずに、ただ私の手を引いて前へ前へと歩いていく。

その背中を見ていたら、さらに涙が込み上げてきた。

なんで泣いてるのかな私、と泣きながら思う。

悪口を言われたのが悲しいから？　違う、それだけじゃない。

自分に向けられた冗談半分の悪意に、動けなくなるほどのショックを受けてしまった自分の心の弱さが、情けなくて悔しかったのだ。

どうして私はこうなんだろう。人とうまく付き合えなくて、なにかあるたびにショックを受けて傷つく、弱い自分が嫌だった。

マスクをつけて気持ちを隠して、予防線を張らずにはいられない自分が嫌だった。

「……もう嫌だ～……」

旧館に入ったことがわかると、私はとうとう耐えきれなくなって情けない声を上げた。

青磁は「そうか」と少し振り向いて、それからまた前を向く。そして美術室の前に辿りつくと、迷いなくドアを開けた。

もし美術の授業中だったらどうするんだ、という焦りが一瞬頭をよぎったけれど、青磁はかまわずにどんどん中へ入っていく。とりあえず授業はないようで少し安心した。

ひと言では表せない、複雑な美術室のにおい。

それが鼻腔(びこう)をくすぐると、不思議なほどに気持ちが落ち着いてきた。

「そこ、座ってな」

青磁が顎で示した椅子に腰かける。

ピークは過ぎたけれど、まだ涙は溢れ続けていた。ポケットからハンカチを出して目を押さえる。

「……うっ、ひっく、う……」

しゃくり上げながらじっとしていると、隣に彼が座る気配がした。でも、泣き顔はやっぱりあまり見られたくなくて、そのままハンカチで顔を隠したままでいる。

するると、なにか固いものをぶつけ合うような、こんこんという音が聞こえ始めた。

それから、がりがりとなにかを削るような音。

さすがに不思議に思って横を見る。

青磁がペットボトルを左手に、錐のようなものを右手に持って、なにか細かい作業をしていた。

なにをしているんだろう。人が傷ついて泣いている横で。

まあ、それが青磁だ。変に励ましや慰めの言葉をかけられたりするよりも、こっちも気楽に泣いていられる。

そう思ったけれど、彼の気ままな振る舞いを見ているうちに、涙は引っ込んでしまっていた。

「……なに、してるの」

「んー？　工作」

「ふうん……」

青磁は絵だけじゃなくて、工作もするのだろうか。知らなかったけれど、器用な彼のことだから、物作りも好きそうだ。

「はあ……」

涙の余韻に浸りながら、ぼんやりと窓の外に目を向ける。

授業をさぼってしまった。真面目で優等生の私が。

きっとクラスのみんなも先生もびっくりしているだろう。でも、体調不良ということになっているなら大丈夫か。

授業を脱け出すなんて、数ヶ月前の私なら、青磁との距離が縮まる前の私なら、考えられないことだった。

熱があっても無理やり学校に来るほど、欠席も遅刻も絶対にしたくなかったのに。

今は、「別に授業をさぼって叱られても、死ぬわけじゃないし」なんて思っている。

窓ガラスを透かしてさんさんと降り注ぐ真昼の光。

美術室に来るのは放課後ばかりだったから、昼間にはこんなに明るく陽が射し込むのだということを知らなかった。

四角い窓枠に切り取られた光が、放射状にこちらへ広がっている。空気中をふわふわと漂っている細かい塵(ちり)や埃が、光をまとってきらきらと輝いている。ふっと息を吐くと、光る粉がゆっくりと動いて、空気に模様を作る。

綺麗だなあ、と思いながら見ていたら、しばらくして青磁が「よし」と声を上げた。

「できた。行くぞ」

「え？　なにが？　どこに？」

「それはあとからのお楽しみだ。屋上に行くぞ」

戸惑う私をよそに、青磁はなにやら加工したペットボトルに水を入れて、さっさと美術室を出た。

あまり上手くはない口笛を、それでもやけに楽しそうに吹きながら、とんとんとんと軽快に階段を上っていく後ろ姿。その背中を追いかけて資料室に入り、いつものように縄ばしごを伝って屋上に出る。

「そのへん座ってな」

青磁に言われた通り、私は屋上の真ん中あたりに腰を下ろした。

すっかり秋になっているけれど、日当たりのいい屋上は外とはいえぽかぽかと暖かい。ついこの間まで屋上は暑いなと思っていたのに、月日の流れはあっという間だ。

心地よさに思わず空を仰ぎながら目を閉じると、突然頬にぴっと冷たさを感じた。

驚いて目を開け、頬に手を触れる。わずかに水滴がついて濡れていた。

「ははっ、びっくりしたか？」

視線を動かして青磁を見ると、いたずらっぽく笑った目と目が合う。

「え、なにこれ……水？」

訊ねると、彼は手に持っていたペットボトルを私の顔の前に突き出した。

「手作り水鉄砲！」

じゃーん、とでも言いたげな表情で高らかに宣言されて、小学生か、と突っ込みたくなった。けれど、我慢する。楽しそうな笑顔を見ていたら、言えなかった。

「ペットボトルで水鉄砲なんて作れるんだ」

「おう。蓋に穴あけて、ストロー刺して、終了。簡単だろ」

青磁がボトルを軽く握ると、蓋に刺さったストローから、思いのほか勢いよく水が飛び出した。

「茜、いいもん見せてやる。上、向いてな」

私は素直に従う。

頭上には爽やかな秋晴れの、雲ひとつない青空が果てしなく広がっていた。

「せーの！」

彼がかけ声を上げた瞬間、

「わ……っ」

私は思わず驚きの声を上げた。

水鉄砲から飛び出した水の弾丸が、空へ向かってまっすぐに飛んでいく。

頂点まで来ると一瞬止まり、まとまっていた水がばらけて散り散りになる。

無数の水滴が宙に浮かび、それから重力に従って一斉に降りてくる。

スローモーションで降ってくる。大きい雫、小さい雫、一滴一滴が陽の光を受けて、きらきらと輝きを放つ。

水滴に反射した光が拡散して、一気に周囲が明るくなった気さえした。

私はぱらぱらと降り注ぐ光の雨を全身で受け止めた。

「綺麗……」

呟くと、青磁がははっと笑った。

「よっしゃ、もう一発」

再び水の弾丸が空に放たれ、光をはらんだ雫になって降ってくる。

「なあ、茜」

「うん」

「見えるか、あの雫に映ってる世界が」

私は瞬きも忘れて、宙を舞う水滴を見つめる。

「あの一滴の雫に、世界の全てが映ってるんだよ。すげえよな」

いびつな球体の形をした雫たちは、目を凝らしてみるとたしかに、その表面に周囲の景色を映していた。

空も、木々も、校舎も、グラウンドも、国道も、住宅街も、なにもかも。

三六〇度全ての景色が、たった一粒の水滴に映り込んでいる。

世界の全てをその中に吸い込んだ雫は、お腹いっぱいになったように張りつめて、私たちのもとへと降りてくる。

「なんか、すごい」

そう呟いたときには、さっきまでのショックや悔しさや悲しみは、私の心からすっかり抜け落ちていた。

「ははっ、すげえだろ。水って、すごいよな。世界って、すごいよな」

違う。すごいのは青磁だ。綺麗なものを見つけられる才能をもった青磁だ。

みんながなんとなく過ごしているこの世界から、人とは違うものを見つけ出すことができる。

すごいよ、青磁。青磁はやっぱり天才だ。

「あのね」

気がついたら口を開いていた。

「青磁に聞いてほしいことがあるの」

今まで誰にも言えなかった、言いたくなかったこと。隠してきたこと。

でも、彼にならなら話せる。

彼ならきっと、嘘のない態度で聞いてくれるから。

「おう」

私の真剣さが果たしてどれほど伝わっているのか、青磁は楽しげに空へ水鉄砲を撃ちながらうなずく。

「聞いてやる」

水遊びをする子どもみたいな横顔を見つめながら、私はゆっくりと話し始めた。

昔の話。でも、私にとっては少しも昔じゃない話。今でもずっと私を縛(しば)り続けている、思い出したくもない過去の話。

どうしても話したくなったのだ。今、青磁に。

小学生のころの私は、今とは全く違う性格だった。

通知表にはいつも、正義感が強い、と書かれていた。思ったことはなんでもはっきりと口にする、とも書かれていた。

それが正しいと思っていたから。言うべきことは言わなきゃいけない、と思っていたから。

だから私はあの日、その子の行動に気がついたとき、すぐに『そんなことしちゃだめだよ』と指摘した。

クラスのある女子が誕生日プレゼントに買ってもらったと自慢していた香りつきの可愛いペンを、その子がこっそりと自分の筆箱にしまうのを見つけて、私はみんなの前ですぐに声を上げたのだった。

『人のものを盗んだらいけないんだよ』と。

　そのときの彼女の顔を、今でもはっきりと覚えている。赤くなって、青くなって、白くなって。みんなの前で罪を暴露されて、クラス中の注目を集めて、この世の終わりを迎えたような絶望の表情をしていた。

　その瞬間、しまった、と思ったけれど、私はそれでもまだ自分の正義感に従った。

『早く返しなよ』

　そう言いながら、彼女の筆箱から香りペンを取り出そうとしたとたん、平手で頬を叩かれた。びっくりして呆然と見つめ返していると、彼女はわっと泣き出して、そのままうずくまってしまった。

　どうして私が正しいのに叩かれなきゃいけないの？　なんで叩かれた私じゃなくて、叩いた子が泣いてるの？

　まったく理解できなくて、じんじん痛む頬を押さえながらぼんやりしているうちに、女子たちが集まってきた。

　ペンを盗もうとしていた彼女は、明るくて可愛くて運動が得意で、みんなの人気者だった。それでも人のものを盗(と)るのは悪いことのはずなのに、みんなから味方されて庇(かば)われたのは、正しいことを言った私ではなく、人気者の彼女のほうだった。

『茜ちゃん、ひどい』

『なんでみんなの前でそんなこと言うの？』

『かわいそうだよ』

『ひどいよね、最低だよね』

『謝りなよ』

なんで私が責められるの。なんで謝らなきゃいけないの。

そんな気持ちが邪魔をして、私はその場では謝れなかった。クラス中の女子に囲まれて睨まれながら、押し黙っていた。

そこに先生が入ってきて騒ぎはおさまったけれど、その日から私は、クラスの女子全員から無視されるようになった。

次の日、彼女に『昨日はごめんね』と謝ったけれど、視線すら合わせてもらえなかった。周りの女子たちも無言だった。盗まれた香りペンの持ち主の子でさえ、少し気まずそうな顔をしつつも、私と口をきいてくれなくなった。

誰かが私を無視しようと言い出したのか、それともクラスの雰囲気がそうさせたのか、本当のところはわからないけれど、私はその日からクラスの中でただの〝空気〟になった。

嫌がらせをされたり、なにかを言われたりはしなかったけれど、誰も私を見ない。自分ひとりが幽霊になったみたいだった。

それでも私は、学校は一度も休まなかった。意地でも休まないと決めていた。私は悪くないんだから、いつか誰かがわかってくれるはず。無視されたくらいで休んでたまるか。負けてたまるか。自分にそう言い聞かせて、すくむ心を励ましながら、私は堂々と黙々と学校に通ったのだ。

けれど、いつまで経っても状況は変わらなかった。このままだと中学に行ってからも同じ状況が続くだろうと思った。

私は私立中学を受験して、誰も知り合いのいない学校へ入学した。逃げたくないと思っていたけれど、逃げるしかなかった。

ちょうどそのころ、お母さんがお父さんと再婚していて、私の中学入学を機に引っ越すことになったので、それきり小学校時代の同級生には会っていない。

中学生になった私は、生き方を変える決意をした。

自分が無視されるようになった原因は、あのとき、みんなの前で彼女の行動をとがめて傷つけてしまったことだ。いくら正しいこととはいえ、言っていいことと悪いことがあるんだ。そう考えた。

だから、人を傷つけないように、相手の機嫌を損ねないように、気を遣いながら生きていかなければならない。

それまでの私は、どんなときでも正しいと思ったことを言ってきたけれど、そんなやり方では上手く生きていけないということに気がついてしまった。正しいかどうかよりも、好かれるかどうかのほうが、この社会で生きていく上では大事なのだ。

人に嫌われないためにはどうすればいいかを考えて、〝いつもにこにこ笑っていることだ〟という結論に至った。腹が立ったからといって不機嫌な顔をしてはいけないし、誰かが間違ったことをしたからといって怒ってはいけない。いつも笑顔でいれば、とりあえず、嫌われたり疎まれたりすることはないはずだ。

それで私は、好感度が高いと言われている女優やアイドルの笑い方を真似することにした。

テレビや雑誌を見て彼女たちの笑顔を研究しながら、自分も鏡の前で笑顔を作ってみる。目を適度に細めて、口角をバランスよく上げて、歯はあまり見えすぎないように。馬鹿らしいことだと思うけれど、当時の私は必死だった。

そうやって少しずつ笑顔の作り方に慣れていき、いつの間にか、笑顔を浮かべているほうが落ち着くようになった。

中学の友達から『いつも笑顔だよね』とか、『茜って本当に優しいよね』とか、『茜のこと嫌いな子なんて絶対いないよね』と言われて、『そんなことないよ』と答えつつも、内心では大満足だった。

私は生まれ変わることに成功したのだと思った。これからは上手く生きていけると自信を持てた。

　高校に入ってからも私は、〝誰からも好かれる優等生〟を上手く演じていた。このまま演じ続けていれば、もう二度とあんな目には遭わなくて済むはず、と思っていた。

「……思ってたのに、青磁と会っちゃったんだよね」

　苦笑しながらそう言うと、隣で黙って話を聞いてくれていた彼が、ぴくりと眉を上げた。

「最初に私と青磁が喋ったときのこと、覚えてる？」

　そう訊ねると、青磁は目を見開き、「え？」と声を上げた。

　これは覚えてなさそうだな、と思って、付け加える。

「今年の四月、同じクラスになったばっかりのころ、誰もいない廊下で」

　すると青磁が、「ああ、なんだ、あれか」とうなずいた。

　よくあることだと思うけれど、言われた私は絶対に忘れられないのに、言った彼のほうはすっかり忘れているらしい。私はため息をひとつ吐いて言った。

「あのとき、青磁が言ったの。俺はお前が嫌いだ、って」

「ああ、言ったな」

　意外にもそんな返事が返ってきたので、驚いて息をのむ。

「覚えてるの？」

「覚えてるよ」

彼は平然とうなずいた。私はふっと脱力する。

「そう。あのときは本当にびっくりしたんだからね。ほぼ初対面なのに、いきなり嫌いとか言われて」

「だって、嫌いだったんだよ」

まるで食べ物の好き嫌いを主張する子どものように、しかめっ面を浮かべる。

「あのころのお前、作り笑いで誰にでもへらへらして、反吐が出そうだった」

そうだ、青磁はそういうやつだ。今ならそう思える。

でも、あのときの私は、言いようもないほどのショックを受けたのだ。〝嫌われないように〟全力を尽くして生きてきたのに、それが上手くいっていると思っていたのに、突然、嫌いと宣言されて、鈍器で殴られたような衝撃だった。

「だから私も、青磁のこと大嫌いになったんだよね」

ほとんど初対面の相手に、しかも面と向かって『大嫌い』と言われるなんて、私には初めてのことだった。他の誰かが同じような目に遭っているのも見たことがない。

でも、彼ならきっと私の言いたいことをわかってくれる気がする。

「それまでは、誰かを嫌ったりしちゃいけないって思ってた。けど、青磁だけはだめだったな。好きになれなかった」

「そりゃそうだろ。嫌いなものは嫌いだろ。それのなにがいけないんだよ」

飄々と青磁は答える。

私が彼を嫌っていたのは、こういうところのせいかもしれない。

私は人から嫌われないように言いたいことも言わずに我慢して、細心の注意を払って生きていたのに、彼は嫌われることなんてこれっぽっちも怖れずに、言いたい放題やりたい放題で生きていて、それなのに嫌われていなかった。むしろ誰からも好かれているように見えた。

そんなところが羨ましくて、そして妬ましかったのだ。

ぴゅう、と音がして、青磁がまた水鉄砲で空を撃つ。きらめく光の弾丸が青空を彩る。

空は青磁に撃たれて喜んでいるように思えた。彼が空を心から好きだということを、空もわかっているからかもしれない。

「別にさあ」

青磁はペットボトルを下に置き、私を見る。

「嫌われたっていいじゃん」

彼ならきっと、私の話を聞いて、そう言うような気がしていた。

「誰からも好かれてるやつも、世界中から嫌われてるやつも、生きてることには変わりない。嫌われてようが好かれてようが、人は生きていける。生きてるならそれでいい。だから、どうだっていいんだよ」

なんてシンプルな論理で彼は生きているのだろう。正しいとは思えないけれど、妙に筋が通っている。思わず唇から笑いが洩れた。

「青磁の場合、人から嫌われてても、自分が自分を好きならいいって感じだもんね」

「あー？」

「青磁ってさ、自分のこと大好きでしょ」

何気なく思ったことをそのまま口にしたけれど、彼は意外にもすぐには答えなかった。黙って空を見上げている。硝子玉の瞳が、綺麗な青空を映す。

気のせいだろうか、少し切なげにも見える横顔。

「……大好き、でもねえけど」

「え……？」

「気に入らねえところもあるよ」

静かな表情でひとり言のように呟かれた言葉に、私はなにも返せない。なんとなく、聞いてはいけない話のような気がした。

「そう。私も」

同じように空を見上げて、やっぱり外せないマスクにそっと触れながら呟く。

足下の校舎からチャイムの音が響いてきた。

「さあ、下りるか」

そう言って立ち上がり、「最後の一発」と水鉄砲を撃ち上げた青磁の顔は、すっかりいつもの飄々とした表情に戻っていた。

＊

その晩、久しぶりに本を読んだ。夏休みの前あたりからまともに読めなくなっていたので、数ヶ月ぶりだ。

復習でもしようと思って勉強机に座ったときに、ふと読みかけだった『夜明けを待つひと』が目に入って、気がついたら手にとっていた。手のひらに馴染む文庫本のサイズ感と重みが懐かしくて、ぱらぱらと開いたら、いつの間にか続きを読んでいた。

本の中の世界に没頭する感覚は久しぶりだった。

真ん中を少し過ぎたあたりで、不思議と胸を打つセリフに出会った。

主人公の女性は、心優しい婚約者と、忘れられない昔の恋人の間で揺れている。悩みに悩んだ彼女はバーで酔いつぶれて、

『好きってどういうことだろう。愛ってなんだろう。わからなくなってしまった』と呟いた。そんなことはもちろん知っていると思っていたのに、と。

そのとき、たまたま隣に座った不思議な妙齢の女性が歌うように言った。

『夜更けに会いたくなる人は、体で恋うるだけのただの欲望の対象。夜明けに会いたくなる人は、心で愛している永遠の恋人よ』

首を傾げた彼女に、女性は笑いかけて続ける。

『人肌恋しい孤独な夜に思い浮かべた顔は、あなたにとって寂しさをまぎらすだけの仮そめの恋人かもしれない。でも、眠れずに夜を明かして、朝焼けに染まる美しい空を見た時に、この空を見せたい、隣で一緒にこの光景を見たいと思い浮かべた顔は、あなたが本当に大切に思っている、愛する人なのよ』

恋さえもまだ知らない私にとっては、わかるようなわからないような、難しいセリフだった。でも、その言葉はなぜか深く胸に刺さった。

夜明けに会いたくなる人は、一緒に朝焼けを見たいと思う人は、自分が心から愛する人。

いつかこの言葉の意味を理解できる日が来るだろうか。私にはまだわからない。

「……ああ、やっぱり本っていいな」

わからないながらも、しみじみと呟く。

この本を読まなければきっと私は、夜明けに会いたくなる人が自分にとって大切な存在だなんて考えに至ることは、一生なかったと思う。

読書によって知識を得られる、という単純なことだけではなく、自分とまったく違う生き方をしている人が、自分とまったく違う考え方で紡いだ言葉を、本を通して知ることができる。私はそれに感銘を受けて本が好きになったんだった、と久しぶりに思い出した。

寝なければいけないぎりぎりの時間まで読んで、それでもあと少し読み終わらなかったので、朝の電車で読むことにして通学鞄に入れる。

満ち足りた気持ちで眠りについて、そして綺麗な朝焼けの夢を見た。

空を見つめているとき、隣に誰か立っているような気がした。でも、その姿は霞がかかったようにぼんやりしていて、顔はおろか、本当に誰かがいるのかすらはっきりとは見えなかった。

私はまだ、人を好きになるということがよくわからない。

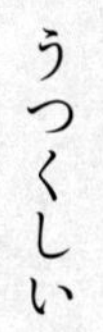
うつくしい

「あれ？　茜、今日は青磁いないの？」

朝、席についてマフラーをたたんでいると、沙耶香に声をかけられた。

「うん、いないみたいだね」

私は彼の席にちらりと目を向けて答えた。すると彼女は目を見開く。

「一緒に来なかったの？　なんで？」

「……あのさ、何度も言うけど、別に毎朝待ち合わせしてるわけじゃないからね？　たまたま駅で一緒になったときだけ……」

「あーはいはい、わかってるって！　もう、ほんと照れ屋なんだから」

「…………」

沙耶香が訳知り顔でうなずいた。やっぱり勘違いされている。

この前、青磁が私を連れ出してふたりで授業を抜けた日以来、クラスのみんなの間では完全に、私たちは付き合っているということになっているらしかった。

仕方がないと思う。あんなふうにふたりで教室を出て一時間戻らなかったわけだから、普通に考えてそういうことだと認識されるだろう。私だって他人事だったらそう思う。

でも、私と青磁は相変わらず、放課後を共に過ごすだけの関係だ。

共に過ごすというより、私が彼の隣で好きなことをしているだけ。最近は彼が絵を描いている横で本を読むのが日課になっている。

誰もいない別世界のような屋上で、空気のような青磁と一緒に、それぞれ好きに過ごす時間を、私はとても気に入っていた。

「おはよー、茜。青磁は？」

登校してきた男子にも同じように声をかけられる。

「わかんない」

「え？　なに、喧嘩でもした？」

「いや、だから違うって……」

そんな会話を数人と交わしてげんなりして、いつになったら彼は来るんだろうと時計を見たら、もう朝礼が始まる時間だった。

遅いな、と首を傾げる。青磁はいつも私と同じくらいの時間には登校してくるので、こんなに遅いのは珍しかった。

担任が教室に入ってきて、朝礼が始まる。出席確認のときに先生が、

「青磁は今日、休みな」

と言った瞬間、みんなが「えーっ」と声を上げた。

「なんだ、青磁休みかあ。つまんね」

男子のひとりが残念そうに言う。

「おー、休みだと」

先生が出席簿に書き込みながらうなずいた。

「なんでなんで？　風邪？」

「さあな。よし、連絡事項いくぞ」

先生は話を打ち切って、月末の期末テスト関係の連絡を始めた。メモをとりながら、私はひっかかりを覚える。

青磁が欠席。その理由について、先生は話をはぐらかしたような気がした。普通に考えて、ただの体調不良だと思うけれど、やっぱりなんとなく気になる。

朝礼が終わると同時にスマホの電源を入れて、アドレス帳を開いた。青磁の連絡先を呼び出す。

彼は最近になってやっと携帯電話を買った。でもスマホではないので、メッセージアプリは使っていない。いちおうメールの使い方はわかると言っていたので、アドレスを聞き出しておいて良かった。

彼にメールを送るのは初めてだった。電話番号も聞いたけれど、もちろん電話をかけたこともなかった。

少し悩んでから、とりあえず挨拶をすることにする。

【おはよう。丹羽茜です】

変な感じだ。今さら名前を名乗るなんて。メッセージアプリだったら気軽に文字が打てるのに、メールとなると妙に文面に悩んでしまう。

【今日休みって聞いたけど、大丈夫？　風邪ですか？】

なぜか敬語になってしまって、【風邪？】と打ち直した。続きが思いつかなくて、淡泊すぎるかなと思いつつも、とりあえずそのまま送信する。

悩みながら打っているうちに五分以上経っていて、もう一時間目が始まる時間だった。スマホの電源を落として鞄の中に入れる。

授業が始まってからも、もしかしたらもう返信が来ているかもと思って、気になってそわそわしてしまった。

青磁の机に目を向ける。でも、いつも頬杖で窓の外を見ている姿が、今はない。

空っぽの机が妙に寂しそうに見えた。


一時間目が終わってすぐに携帯を見たけれど、返事は来ていなかった。

やっぱり具合が悪くて寝ているのかもしれない。自然とため息が洩れた。

休み時間ごとにスマホを確認して、やっと返信が来たのは昼休みだった。

【風邪じゃない。元気。明日は行く】

なんとも簡潔なメールだった。いかにも青磁らしくて、ふふっと笑ってしまう。

「なになにー？　嬉しそうに笑っちゃって。愛しの青磁くんから連絡？」

沙耶香がにやにやしながら声をかけてきたので、違うと返そうと思ったけれど、笑っていたのも青磁からの連絡だというのも図星なので、なにも言えなかった。

それにしても、風邪ではないなら、なんで休みなんだろう。明日は来るということは、体調が悪いわけではないということだろうか。

気にはなるけれど、深入りするのもよくないと考え、【ならよかった、また明日】と返信する。彼からは【どーも】とだけ返ってきて、それでやりとりは終わった。

その日は一日、びっくりするほど退屈だった。

青磁がいない教室はひどく味気なく感じたし、放課後もひとりで屋上に行く気にはなれず、久しぶりに帰りのホームルームと同時に帰路についた。

いつの間にか、彼と過ごすことが自分にとっての当たり前になっていることに気づかされて、なんだか不思議な感じがした。

＊

翌日は、早朝からしとしとと雨が降っていた。

もうすぐ十二月を迎える晩秋の雨は冷たくて、傘を持つ指先が冷えきっていた。

そろそろ手袋がいるな、と考えたのと同じ調子で、今日は青磁に会えるな、とふいに思って、自分でもその脈絡のなさに驚いた。

なんで急にそんなことを思ったんだろう。

内心で首を傾げつつ学校までの道のりを歩いているうちに、雨が上がった。まだ空は雲に覆われているので、一時的にやんだだけだろう。

ぼんやりと空を見ていると、一面灰色だと思っていた雲が、実はさまざまな色合いをしていることに気がついた。

同じ灰色でも、高いところの雲は白っぽく淡い色で、低いところは濃い。雲の向こうにある太陽の光が当たっている部分は、ほんのりと黄色みを帯びていた。

青磁が見たらきっとすぐに筆をとるだろうな、と思いついて、自然と笑みが洩れる。

視線を落とすと、空き地の草むらから飛び出したすすきの穂先に、たくさんの雨粒がついているのを見つけた。なんとなく足を止め、手を伸ばして軽く払ってみる。

ぱっと水滴が飛び散って、あの日の光景を思い出した。

青磁が空へ撃ち上げた水の弾丸、降り注ぐ光の雫。

……なんだろう。

今朝は青磁のことばかり考えている気がする。昨日彼の顔を見ていないせいで、逆に存在感が増したような。

どうしてだろう。ゆっくりと通学路を歩きながら考えてみたけれど、なにも思いつかなくて、まあいいや、と考えるのをやめた。

それよりも、早く学校に行こう。そして青磁に会ったら今日の空の話をしよう。そう思いながら学校へ向かった。

でも、彼は今日も教室に現れなかった。

なんで?と愕然(がくぜん)としていたら、メールが来た。

【用事が長引いて、今日も行けなくなった】

私はメールの画面を開いたまま、しばらく呆然としてしまった。

明日は土曜日。明後日は日曜日。そして月曜日は開校記念日で休み。つまり、火曜日まで青磁に会えないということだ。

そのことがなぜかとてもショックで、一日中ずっと上の空だった。こんなにも一日が長く感じたのは初めてだ。

そして、火曜日なんて永遠に来ないような気がした。

＊

今まででいちばん長く感じた三連休がやっと終わって、うずうずするような気持ちで通学電車に飛び乗った。

休みの間、青磁にメールしてみようかとかなり悩んだけれど、特に訊くべきことも言いたいことも思いつかなくて、結局はスマホとにらめっこをするだけで終わってしまった。

学校の最寄り駅について、改札を出ようと鞄の中の定期券を探していたとき、

「よう」

いきなり、真上から声がした。

驚いて顔を上げて振り向く。すぐ後ろに立って私を見下ろしていたのは、青磁だった。

彼の姿を認識した瞬間、とんっ、と体の奥で音がした。胸の中から誰かがノックをしているような感じだ。

え、と思っていたら、その音は、とんとん、とあとに続き始めた。

私は青磁を見上げたまま棒立ちになる。

「……茜？　どうした？」

問いかけてくる怪訝な顔は、思っていたよりもずっと上にあって、私の鼻先には彼の胸がある。

青磁ってこんなに背が高かったっけ？

とんとん、とノックの音が速くなる。

「……おはよ」

かろうじてそれだけ返して、私は前を向いた。定期券をかざして改札を通り抜け、出口に向かう。

青磁が後ろについてくる。同じ学校に行くんだから当たり前、だとわかっているのに、なぜか妙に落ち着かない。

駅の北口を出ると、色とりどりの傘がロータリーを埋めつくしていた。

「最近、雨が多いなー」

片手にぶらさげていたビニール傘を開きながら、青磁が言う。

「だね。先週も……」

私も折り畳み傘を開きながら答えたけれど、途中で言葉が止まってしまった。黙ったまま足を踏み出すと、青磁も並んで歩き出す。

「あー、寒い」

青磁は肩に乗せたビニール傘をくるくると回している。ときどき水滴が飛び散って、私の傘に当たり、ぽっと音を立てて跳ねた。

「あ。俺が休んだ日の分のノート、写させて」

思いついたように彼が言ったので、私は少し俯いたままこくりとうなずいた。

「一ページ百円ね」、などと冗談のひとつでも言ってやればよかったのに、いつもの私ならきっとそう言えるのに、今日はやっぱりうまく言葉が出ない。

　雨に濡れたアスファルトを踏む靴の爪先を見つめてたら、青磁が「なんかさあ」と声を上げた。下を向いたまま「ん？」と返す。

「お前、今日、なんか静かじゃね？　風邪でも引いた？」

　別に、と私はすぐに首を振った。少し考えて、いい言い訳を思いつく。

「寒いから、口があんまり動かないだけ」

「あっそ。ならいいけど」

　青磁はやっぱり傘をくるくる回しながら言った。

　学校までの道が、いつもよりずっと長く感じられる。

「おっはよー、青磁」

　少し歩いたところで、後ろから雨合羽(あまがっぱ)の男子が自転車でやってきて、スピードを緩めて青磁の横についた。

　ふたりきりの状況に耐えきれなくなっていた私は、内心ほっと息をついたけれど、青磁がそちらに顔を向けて話し始めたことに少し寂しさも覚える。

　すると、彼と喋っていた男子が私に視線を向け、「あっ」と目を丸くした。

「ごめん、邪魔したな！」

そう言って再び自転車を漕いで去っていった。

他のクラスの知らない男子にまで、私たちは付き合っていると勘違いされているらしい。そのことに最近は慣れてきたはずなのに、今日は妙に気恥ずかしくて、そう感じてしまう自分の心の動きが納得できなくて、私は黙り込んだ。

また、気まずい沈黙。突然声をかけてきて、そのくせさっさと行ってしまったあの男子が恨めしい。

「なんか、すかすかになったな」

青磁が唐突に声を上げた。ちらりと横を見ると、彼は銀杏の木を見上げていた。

ここ数日の雨でほとんどの葉が落ちた銀杏並木は、ずいぶんと寂しい姿になっている。隙間だらけの梢の向こうに、淡く曇った空が見える。

青磁はいつものように空を仰いでいた。

どうやら、気まずいのは私だけらしい。

そのことに妙にむかついて、「冬が来るね」と言いながらその背中をばしんと叩いてやると、青磁は「うおっ、なんで？」と目を瞬かせた。

その反応に少し満足して、私は「遅刻するから急ぐよ！」と傘を持ったまま駆け出した。

「茜、行くぞ」

帰りのホームルームが終わってすぐに、青磁が荷物を持って私の横に立った。

当たり前のように声をかけられて、そんなことは今までに数えきれないほどあったのに、なぜか「えっ」と動きを止めてしまう。

「あ？　なんだよ、用事でもあんの？」

怪訝そうに問われて、私は首を横に振る。

「いや……そういうわけじゃ……ないけど」

「じゃあ、なにもたもたしてんだよ。置いてくぞ」

青磁がさっさと教室を出ていこうとするので、私は慌てて鞄を持って彼の背中を追った。

三歩ほど後ろを歩いていると、また彼が訝しげな顔で「なんで離れてんの？」と声をかけてくる。別に、と答えて私は距離を縮めた。

少し俯いて、わずかに埃のたまった廊下の端を見ながら歩く。

視線を感じた。青磁に見られている。

「……なに？　じろじろ見ないでよ」

下を向いたまま呟くと、「だって」と不思議そうな声が返ってきた。

「やっぱお前、今日、なんか変」

「…………」

　言葉に詰まる。

　どう返せばおかしく思われずに済むかと考えを巡らせて、でもその表情を見られたくなくて青磁から顔を背けたとき、雨に濡れた窓ガラスが目に入った。

「……雨」

　と言葉が口をついて出た。

「雨？」

　青磁が首を傾げる。

「そう、雨」

　もう一度繰り返すと、彼は「はあ？」と気の抜けたような返事をした。

　なにか言わなきゃ、と焦りが膨らんで、思いつくままに適当に言葉を並べる。

「ほら、なんていうの、雨だとちょっと気分が下がるでしょ？　なんか憂鬱だなあ、みたいな」

「そうか？」

「そうだよ。だって、服が濡れちゃうし、靴下とか靴がびちょびちょになったら一日落ち込まない？」

「まあ、それはそうだけど、傘差して防水の靴履けばいいことじゃね？」

「だから、そういう物理的なことじゃなくて、精神的にね。どんより曇って薄暗くて、湿気が多くて、外に出たら濡れちゃうのも嫌だし、ってなると、なんとなく気分が乗らないでしょ」

青磁は「へぇ」と意外な話でも聞いたかのような顔をした。

私が言った内容は、それほど変わったことでもない気がするけれど、人とは違う感覚で生きる彼からしたら、驚くような話なのかもしれない。

青磁はきっと、雨の日には雨の日の美しさがあると知っていて、綺麗なものをたくさん見つけることができるに違いない。

そんなやりとりをしているうちに、いつの間にか美術室に着いていた。

「おっす」

「こんにちはー」

ふたりで同時に声を上げながらドアを開ける。部員たちは相変わらず、それぞれの反応だった。美術室に入ると、朝からずっと感じていた気まずさが、やっと薄れてくれた気がした。こっそり、ほっと息をつく。

青磁がいつものように画材を取ってきて、でもいつものように美術室を出ることはなく窓際の椅子に座ったので、私もその横に腰を下ろした。

「今日は屋上、行かないの？」

「そりゃそうだろ。こんな日に登ったら、それこそびしょ濡れだぞ」

「そっか……そうだよね」

久しぶりに青磁と一緒に屋上でのんびりできると思っていたのに、なんとなく残念だった。あの場所でなら、いつものように彼と話せる気がしたのに。

彼は今日は油絵を描くつもりらしく、イーゼルを立ててキャンバスを用意し始めた。それを視界の端にとらえながら、私は窓の桟(さん)に頬杖をついて外を見た。

ぱらぱらとガラスを打つ雨の音。これさえなければ、屋上に行けたのに。

思わずため息を洩らして、

「あーあ、晴れればいいのに」

とひとり言を呟いた。すると青磁がちらりとこちらを見て、

「しょうがねえなあ」

と肩をすくめた。

そのまま立ち上がった背中を、私はなんとはなしに見つめる。青磁はゆらゆら歩いて前へ行き、里美さんの前に立った。

「あのさ、部長さん」

本を読んでいた彼女が訝しげな表情で顔を上げる。青磁から里美さんに話しかけるのなんて初めて見た。

「ここ、アクリルってありますか」

彼の唐突な言葉に里美さんは目を瞬かせて、ぱたんと本を閉じた。

「アクリル絵の具？」

「そ。ないなら別にペンキでもいいけど」

「いえ、アクリル、たしかあるわよ。こっち」

里美さんが席を立って準備室へ入ると、青磁は「どーも」と言って彼女のあとについていった。

なにがなにやらわからず、私は無言でそちらを見るしかない。

私のひとり言を聞いて『しょうがねえなあ』と立ち上がったのだから、なにか私に関わりのあることなのだろうと思った。でも、絵の具を取りにいっただけなら、私には無関係なのだろうか。

それにしても、アクリル絵の具？　小学校のときに図画工作の授業で使ったことはあるけれど、高校の美術室で絵を描くときに使われているイメージはなかった。油絵の具か水彩絵の具を使うのが普通だろう。

どうして青磁はいきなりアクリル絵の具なんて言い出したんだろう？

考えているうちに、ふたりが準備室から出てきた。

青磁の手には、絵の具が入っているらしい小箱が抱えられている。

「何年か前の文化祭で使ったものらしいから、乾いちゃってるかもしれないけど」

「あー、まあ、なんとかなると思います。水で溶かせばいいから」

「まあ、そうね。アクリルで描くの？　珍しい」

「速く乾いて、耐水性あるのじゃないとだめだから」

ふたりの会話を聞きながら、図工の授業で習ったことをふいに思い出した。

たしかアクリル絵の具は、水彩絵の具のように簡単に水で薄めて使うことも、油絵の具のように厚く塗り重ねることもできて、両方の利点を合わせた画材。しかも油絵の具より速く乾いて、完全に乾くと水に溶けない強い耐水性もある。便利な絵の具だなあ、と思ったのを覚えている。

「よっしゃ、やるか」

青磁は気合いを入れるように袖をまくり上げながら椅子に腰を下ろし、絵の具の箱を開けた。隣に座って眺めていると、パレットに絵の具を絞り出していた彼が、ちらりと私を見た。

「なあ、お前にさ」

「ん？」

「頼みごとがあるんだけど」

私は耳を疑って「え？」と目を丸くした。青磁が私になにかを頼むなんて、ちょっと考えられない。

「なになに、どんな頼みごと？」

あんまり珍しいので、興味を引かれて私は先を促した。

「図書室で本借りてきてほしいんだけど」

「本？　いいけど。どんな本？　ていうか青磁って本とか読むんだ」

「あー、なんでもいいけど……」

彼はしばらく考えてから、

「んー、じゃあ、色の本」

と言った。

「色の本？」

私は首を傾げて訊ね返す。

「なんか、色の種類とか名前とか載ってるような本、あるだろたぶん、美術関係の棚とかに」

「まあ、あるだろうけど」

思いつきのような頼みごとに不自然さは感じたものの、図書室は好きなので行くのは面倒でもなんでもないから、「わかった」と私は席を立った。

「あ、茜。荷物、全部持ってけよ」

「え？　別にすぐ戻ってくるよ。置いといたらだめ？」

「いや、戻ってこなくていい。一時間後に靴箱のとこに来てくればいいから。時間つぶしに図書室で好きな本でも読んどけよ」

「……はあ」

なんだかわけがわからないことばかりだけど、まあいいか、と私は荷物を持って図書室に向かった。


青磁が指定した時間ちょうどに昇降口に行くと、靴箱の間に白い髪が揺れているのを見つけた。こちらに背を向けて扉の外の空を見ている。

「おー、来たか」

私の足音が聞こえたのか、彼がぱっと振り向いた。

「……うん、お待たせ」

待ち合わせなんて初めてだったので、妙にそわそわする。靴を履き替えて、少し俯きながら近づくと、青磁がひさしの下へ一歩踏み出した。

「色の本、借りてきたよ」

「おー、どうも。家で見るわ」

私から受け取った本を鞄に入れて、青磁がひさしの向こうの雨雲を見上げる。

「よし。まだ降ってるな」

なんだか嬉しそうだ。私としては、せっかく乾いた靴が濡れそうでテンションが下がるんだけど。

ふうっとため息をつきながら顔を上げる。

雨音に包まれた世界。

目の前に広がるグラウンドには大きな水溜まりがいくつもできて、今日はサッカー部も野球部も陸上部も活動していない。

空は一面どんよりと曇っていて、青みがかった灰色の雲に覆われている。

玄関前のタイルには雨水が張っていて、そこに広がる波紋(はもん)の数の多さから、雨の激しさが見てとれた。

あーあ、これは靴下まで濡れちゃうパターンだな。

そんなことを思いながら、憂鬱な気持ちで私は鞄の中から折り畳み傘を取り出した。

すると、

「あ、ちょい待ち」

と青磁に制止された。

怪訝に思って顔をそちらに向けた瞬間。

——目の前に突然、晴れ渡る青空と、七色の虹が広がった。

「……えっ」

私は息をのんで、その美しい光景に目を奪われる。

「どうだ、いいアイディアだろ」

ふふん、と自慢げに笑う青磁。

今、私の視界を占領している雨上がりの景色は、彼が描いたものだった。

ビニール傘の裏にアクリル絵の具で描かれた、美しい空の絵。

「……びっ、くりしたあ……」

驚きすぎて、そんな返答しかできない。

だって、まさか、傘に絵を描いていたなんて。

「だろ。いやあ、やっぱ俺は天才だなー」

歌うように言いながら彼は、青空と虹色の傘を差して、雨の中へと足を踏み出す。

「来いよ、茜」

手招きされて、私も雨の中に飛び出した。

そして、青磁が差す傘の中に体を滑り込ませる。

見上げると、灰色の雲が晴れて、その向こうに広がった青空、雲間から射す陽の光、
そして浮かび上がる色鮮やかな虹。

夢のように美しい雨上がりの世界が、そこにはあった。

「……綺麗」

　ぽつりと呟くと、青磁がふっと笑う声がした。

「お前がさあ、雨は嫌だとか憂鬱だとかわがまま言うから、仕方なく晴れを用意してやったんだ。感謝しろよ」

　いつものことながら偉そうに言う。

「うん、ありがとう」

　と微笑みかけると、彼は一瞬目を丸くして、

「……調子狂うな」

　とぼやいた。

　ふたりで並んで校門に向かう。

　傘を打つ雨垂れの音。靴先が水溜まりを蹴る、ぴしゃぴしゃという音。傘の中にこもった、青磁の衣擦(きぬず)れの音。

　冷静に考えると、今私たちは相合傘をしているのだ、という事実に気づいてしまって、急に恥ずかしくなった。歩くたびに、肩先や腕が触れ合ってしまう。

　ちらりと見上げると、すぐ斜め上に青磁の顔がある。こんなに近くで彼の顔を見たのは初めてだった。

　やばい、これはかなり恥ずかしい。

思わず俯くと、青磁がこちらに視線を落とす気配がした。

「おい、茜」

「……なに？」

「なに下向いてんだよ。空を見ろ、俺の描いた空を」

うん、とうなずいたけれど、青磁に見られていると思うと、顔を上げられない。

また誰かが体の中から胸を叩く音がした。

「おい、こら」

すると彼がしびれを切らしたように、唐突にこちらへ手を伸ばしてきて、私の顎をつかんだ。

「こっち向け」

ぐいっと仰向きにさせられる。今にも触れ合いそうなほど近くにある青磁の顔。少し長めの白い髪が、ふわりと私の頬をくすぐる。

突然の出来事に呆然としていると、彼はにやりと笑って手を離した。そのまま前を向いて歩き出す。

ぼっ、と音がした気がした。私の顔から火が出る音だ。

冬先の雨で冷えきった手のひらを、とっさに頬に当てた。

凍えた指先を溶かしそうなほどに熱い頬。

なにこれ、と心の中で戸惑いながら叫ぶ。これは、どういうことだ。

……普通に考えれば、まあ、そういうことだ。

またちらりと斜め上を見る。満足げに自分の新作を眺めている、能天気な横顔。それを見た瞬間に、鼓動が速くなるのを自覚した。

これは、やっぱり、

「……そういうこと？　うそ、本当に？」

思わず声が出てしまった。

青磁が不思議そうに見下ろしてくる。

「は？　なんか言ったか？」

その拍子にまた、腕が触れ合った。どくん、と心臓が鳴る。

私は慌てて「なんでもない」と首を振り、青磁と反対側に目を向けて、彼の空の絵を見つめた。

晴れればいいのに、と何気なく私が言ったら、青磁がこの絵を描いてくれた。普段は使わない絵の具を使って、普段のようにキャンバスやスケッチブックを使わずに、たぶん描き慣れないビニール傘に、描いてくれた。

私のためにわざわざ、特別なことをしてくれた。

私のためだけの綺麗な空を、私に見せてくれた。

そのことが照れくさくて、でも本当に嬉しくて。

──好きだ。私は青磁が好きだ。

どうやら、そういうことらしい。

自分の変化に愕然としながら、彼と肩を並べて歩く。

「お。雨、やんだな」

青磁が傘を少し傾け、空へ向けて手を伸ばした。

「……うん、やんだね」

私も同じように空へ手を差しのべる。

雨のにおいがした。雨に濡れたアスファルトのにおいと、雨が集めた空気中の埃のにおい。

「雨上がりの街ってさ、めちゃくちゃ綺麗だと思わん？」

青磁がうきうきしたように笑って私を見た。その顔を直視できなくて、ぱっと目を逸らし、彼の言葉に従って世界を見つめる。

青灰色の厚い雨雲が切れて、ところどころから幾筋もの光が洩れ射し、その部分の雲は真っ白に輝いていた。

雨に濡れた路面がきらきらと光を反射する。水溜まりには、晴れ間が覗く空が綺麗に映っていた。街路樹の濃い緑の葉の先に、透明の雨の雫が鈴なりになっている。住宅街の家々も、雨に洗われて浄化されたように清らかに見えた。

そして、それらのものたちを包み込むように、青磁の描いた虹が私の頭上には広がっている。

青磁の隣で見る世界は、いつだってきらきら光り輝いていて、目を見張るほどに美しい。

暗い灰色の世界に沈み込んでいた私を、彼が、この美しい世界に引き上げてくれた。

青磁が私の世界を変えてくれた。

もう雨はやんだけれど、彼は傘を差したまま歩く。私もなにも言わずに傘に包まれたまま歩く。

この時間が永遠に続けばいいのに、と思った。それくらい美しい時間だった。

みていたい

「……なに、なんかついてるか？」

青磁が訝しげにこちらを見てきて、それで初めて、自分が彼の横顔を凝視してしまっていたことに気がついた。

「……いや、別に、たまたま視界に入っただけ……」

慌てて首を振ると、青磁は「あっそ」と言って前に向き直り、画材の準備に戻った。

なんとかごまかせたかな、とほっと息をつく。

今までと同じように屋上で肩を並べて座っているだけなのに、彼への気持ちを自覚してしまってからは、ひどく落ち着かなくてそわそわしてしまう。

それを悟られないように、マフラーをマスクの上からぐるぐる巻きにして肩をすくめているけれど、目が勝手に青磁のほうを向いてしまうのだ。

「なに、寒いの？」

また青磁が首を傾げて聞いてくる。

寒いのはたしかに寒い。だって、もう十二月だ。こんな時期に屋上にいるなんて、普通に考えたらおかしい。

でも私は、彼とふたりきりになれるこの時間を失うのが惜しくて、「寒くない」と首を横に振った。「寒いならもう屋上に出るのはやめよう」なんて話になったら困ると思った。

「青磁は？」

「ん？」

「青磁は寒くないの？」

「別に。コート着てるし、平気」

「そう」

　よかった、と思ったけれど、それは口に出さない。

　ときどき風が吹き過ぎていくと、一瞬で体感温度が下がる。むき出しの指が凍えてかじかむ。

　いいかげん手袋を持ってこないとな、と考えながら、気がつくとまた隣に目を向けていた。すると、私がなにか話しかけようとしていると思ったらしく、青磁が「ん？」と顔をこちらに向ける。

「……あ、あのさ……」

　さすがにさっきと同じようにごまかしたら不自然だと思って、なんとか話題を見つけようと、頭の中でぐるぐる考えをめぐらせる。

　そのとき、またびゅうっと風が吹いて、青磁の髪がなびいた。

　空の色を映しそうな、真っ白な髪。よく見ると、風にあおられて覗いた生え際まで綺麗な白だ。

「……すごく綺麗に脱色できてるね」

話題を見つけられたことにほっとしながら、私はそう言った。青磁が一瞬、目を見開く。

「ほら、ふつう生え際はもとの色が出てたりするでしょ？ なのに、青磁の髪は根本まで同じ色してるから、すごいなって」

私が言葉を続けると、彼は「ああ」とうなずいてから、

「これ、脱色じゃねえもん。地毛だよ、地毛」

「えっ？」

この真っ白な髪が、地毛？

初めは冗談かと思った。でも、青磁の表情はいたって真面目で、本当のことを言っているのだとわかった。

「ふうん、そうなんだ」

私はそれだけ返して、話を終わりにするため空を仰いだ。彼も筆をとって、いつものように絵を描き始める。

でも、頭の中ではまだ青磁の髪のことを考え続けていた。

生まれつき色素がなくて、髪も肌も白い人がいるというのは聞いたことがある。でも、彼はそうではないだろう。彼は男子にしては色白なほうだけれど、色素がないと

いうような肌色ではない。それに、瞳や眉毛の色は黒だ。

だからてっきり髪は脱色しているのだと思っていたのに、地毛だと言うから驚いてしまった。

なんとなく、理由は訊かなかった。

たぶん彼は訊いたら教えてくれると思うけれど、わざわざ話したいことでもないだろう。

それに、彼の髪が何色だろうが、私にとってはどうでもよかった。青磁が青磁であることには変わりない。不思議なほどにはっきりとそう思えた。

「……あ。そういえば」

ふと思い出して、私は鞄を開けた。本を取り出す。青磁に頼まれて図書室で借りてきた色彩事典だ。彼が読み終えたというので、せっかくなら私も読んでみようと貸し出しを延長してもらったのだ。

写真が多くて色鮮やかなページを、ぱらぱらとめくっていく。

空の下で本を読むというのは、思った以上に気持ちがいい。

真ん中あたりに『日本の伝統色』という章があって、何気なく見ていたとき、私は思わず「あ」と声を上げて手を止めた。

『青磁色（せいじいろ）』

そんな名前の色があることを、私は知らなかった。

じっとその色を見つめる。ひと言では言い表しがたい、不思議な奥行きのある色だった。水色の絵の具に明るい緑をほんの少しだけ加えて、それを水に溶かし、柔らかい筆で薄く薄く伸ばしたような色。

黙って凝視していると、ふいにページに影が落ちた。目を上げると、青磁が本を覗き込んでいた。

「いい色だよな、青磁色」

嬉しそうだ。宝物を見つけた子どもみたいな顔。ほんと、単純。

「うん、いい色」

私もうなずく。

「なんか、湧き出たばっかりの泉みたいな、瑞々(みずみず)しい感じ。すごく綺麗な色だよね」

「おっ、詩的だなー」

からかうように言われたけれど、私は本気だった。

青磁色、淡くて穏やかな色。

鮮烈で華やかな印象の強い青磁とは違うな、と一瞬思ったけれど、次の瞬間には、やっぱり彼にそっくりな色だと思い直した。

瑞々しくて、優しい。青磁の心そのものだ。

彼の外見も自由奔放な振る舞いも人とは違って目立つから、派手な印象を受けるけれど、青磁は本当は、とても穏やかで柔らかくて、優しい人だと思う。絵を描く彼を見ていると、それがよくわかる。

……なんてことを考えていると、だんだん恥ずかしくなってきた。

どんだけ青磁のこと好きなの私、と自分で自分に突っ込みたくなってしまう。

黙りこくっていると、彼が私の手から本を取り上げた。

「なあ、これ、見た？」

ぱっと私の目の前で開かれたページには、暖色系の明るい色がたくさん並んでいた。

「え？　なに？」

「ほら、ここだよ。見てみろ」

青磁が指先で指し示したのは、『茜色(あかねいろ)』と書かれた色だった。

「え……茜って、色の名前なの？」

自分の名前だけれど、色名だとは全く知らなかったので、私は目を丸くして青磁を見た。

「いや、茜ってのはもともとは植物の名前。根っこを乾燥させると橙色っぽい赤になるから、赤根(あかね)って名前がついたらしい」

「へぇ……全然知らなかった」

「花は白っぽい黄緑で素朴な感じの花なんだけど、根っこはすげえ綺麗な赤なんだよ。だから昔から草木染めに使われてて、茜染(あかねぞめ)って呼ばれてる」

流れるように言葉が出てくるので、私は呆気にとられて青磁を見た。

「……詳しいね」

思わずそう言うと、青磁は一瞬意表を衝(つ)かれたような顔をして、それから「当たり前だろ」と笑った。

「俺は絵描きになるんだから、染料のことは勉強してるんだよ。すげえだろ」

最後のひと言がなければ尊敬の言葉を言おうと思っていたのに、自分で言ってしまうのだから拍子抜けする。

「あーはいはい、すごいすごい」

わざと呆れたように言うと、彼が「生意気！」と私の頭をがしがしかき回した。

いきなり触れられて、心臓が口から飛び出してくるんじゃないか、というほどびっくりした。そのうえ、

「……お前の髪、柔らけえな」

と呟いた青磁の指が私の髪を絡め取り、くるくると弄び始めたので、ありえないくらい胸が高鳴る。

ばくばくと鳴る鼓動が自分の中にこだまして、気が遠くなりそうだった。

「……っ、別に、普通だよ」

なんとか答えて、私は無理やり話題を変えるために本に目を落とした。

「それより、茜色って、こんな鮮やかな色なんだね」

「ああ、そうだな」

青磁が私の髪から手を離してくれたので、ほっとした。

少しずつ鼓動がおさまるのを感じながら、茜色をじっと見つめる。

それは、真っ赤という表現がぴったりの色だった。

目を射抜くほどに鮮やかで華やかな赤。でも、ほのかにオレンジ色も含まれていて、少し温かい感じもする。

「綺麗な色だけど、私っぽくはないな……」

思わずそう呟いていた。

青磁色は青磁にぴったりだったけれど、茜色は私には似合わない。地味で根暗な私とは正反対だ。

「そんなことねえよ」

私の思考を遮るように彼が突然、語気を強めた。

「お前は、本当はこういう色だろ。今は違う色のふりをしてるけど、本当はもっと、強くて曇りひとつないまっすぐな色をしてるだろ」

急になにを言い出すんだ。私は唖然と青磁を見つめ返す。

「本当の、お前は……」

繰り返した彼の言葉は、そこで飲み込まれた。

「本当の私……？　どういうこと？」

彼がなにを指してそう言っているのかわからなかった。

私は青磁に、本当の自分なんか見せたことがあっただろうか。

小学生のころにあの事件があってから、私は誰に対しても、自分の気持ちや言葉を隠して生きてきた。その癖は、青磁と出会った今だって変えられていない。彼の前ではリラックスできるけれど、全てをさらけ出しているわけではない。

青磁の言葉の意味を読み解こうと、その顔をじっと見つめていたら、それまで黙っていた彼がふいに口を開いた。

「わかるんだよ、俺には。本当のお前が……お前の色が、見えるんだよ」

なにも言えずにいると、彼は少し笑った。なぜだか悲しげに見える笑みだった。

風が吹く。青磁の髪がなびいて、銀色に輝く。

ふと、その話を彼にしてみたくなって、私は「あのね」と口を開いた。

「最近読んだ本にね、こんな言葉があったの」

「ん？」

青磁が筆先に青の絵の具をすくいながら、少し首を傾ける。

「夜が明けるときに、綺麗な朝焼けを見ながら、会いたいって思い浮かべた人が、その人にとって本当に大切な人なんだって」

青い絵の具に、少しだけ赤が加えられる。とたんにふたつの色が混じりあって、優しくて綺麗な紫色が生まれる。

「ふうん……」

彼はそれだけ言って、真っ白なスケッチブックを紫に染めた。

青磁が空を描く。迷いのない手つきで、ひたすらに色を塗っていく。

思いつくままに適当に色をのせているように見えるのに、だんだんと色に意味が加えられて、いつの間にか空になっている。

何度見ても飽きない、鮮烈で美しい空の絵。

「……時間は」

繊細な手つきで色を重ねながら、青磁がぽつりと言った。

「永遠じゃないんだよな……」

彼らしくない、色のない声だった。

「この穏やかな時間がいつまでも続いて、終わりなんかないみたいに思えるけど……違うんだよな。そんなはずないもんな。いつか必ず終わりは来るんだ」

私に話しかけているわけではなく、ただ、確かめるように、噛みしめるように語る。

邪魔をしてはいけないような気がして、私は彼の手が美しい空を創り出していくのを見つめながら、その言葉の続きを待った。

「なあ、茜」

呼びかけられて、私は目を上げて彼を見た。

青磁の硝子玉の瞳に、空と私が映っている。

「朝焼けを見にいこう。空がすごく綺麗に見える場所を、俺は知ってるんだ」

なにかを考えるよりも先に、うん、と私の唇が答えた。

「見たい。行こう」

*

「おねえちゃん、なにしてるの？　それ、おべんと？」

まだ暗いうちに起きてキッチンでサンドイッチを作っていたら、その音で目を覚ましたらしい玲奈が、眠そうに目をこすりながら寄ってきた。

うん、お弁当、と答えると、その目が輝き始める。

「えんそく、いくの？　れいなもいくー！」

どうやら私がお弁当を作っているのを見て、ピクニックかなにかに行くと思ったらしい。私は首を横に振って、「遠足じゃないよ」と答える。

「じゃあ、なあにー？」

そう問い返されて、反射的に浮かんだ言葉は、なぜか〝デート〟だった。慌てて心の中でそれを打ち消し、一口サイズに切ったサンドイッチを弁当箱に詰めていく。

「ただのお散歩だよ」

かろうじてそう答えると、玲奈は「おさんぽ？　れいなも！」と言った。

「うーん、今日はちょっと、ね。ごめんね、玲奈は行けないの。また今度連れてってあげるから」

「えー？　きょういきたい！」

「わかった、じゃあ、明日。明日連れてってあげる」

「きょうがいいー！」

大声を上げながらまとわりついてくる玲奈に辟易(へきえき)していると、その声が聞こえたのか、やっぱり眠そうな顔のお母さんがリビングに入ってきた。

「朝からわめいてどうしたの、玲奈。まだ真っ暗よ」

「おねえちゃんとおさんぽいくの！」

「いや、あのね、今日は……」

思わず声を上げて話を止めると、お母さんが私の手もとを見た。

「あら、珍しい。お弁当作ってるの?」

「……あー、うん、まあ。ちょっと今から出かけるから、朝ごはんに……」

ああ、最悪だ。家族には知られないように、置き手紙だけ残して、こっそり出かけようと思っていたのに。

「ふうん……誰と?」

お母さんが私の作った弁当を覗き込みながら言った。

正直に言うべきか、それともごまかそうかと悩んでいたら、すぐにお母さんが、

「とか訊くのは野暮よね。気をつけて行ってらっしゃい」

と笑った。

意表を衝かれて、一瞬動きを止めてから、「……ありがとう」と答える。

お母さんはうふふと笑いながら、玲奈を連れて寝室へと戻って行った。

私が出かけたら家のことを手伝えなくなるから、お母さんは嫌がるかもしれない、と心配していたのに、快く送り出してくれる言葉に胸を打たれる。と同時に、自分の考え方が卑屈で嫌らしいものだったと反省した。

時計を見ると、そろそろ出かける時間だった。

サンドイッチを詰めた弁当箱をトートバッグに入れて、キッチンを出る。

青磁には、玄関ベルは鳴らさずに外で待っていて、と伝えてあった。まだ家族は寝ている時間だし、せっかくの休日に起こしてしまいたくない。

ひっそりと歩いて玄関まで来ると、階段の上のほうで足音がした。見るとお兄ちゃんがいつものぼさぼさ頭で下りてくるところだった。

「おはよう。ちょっと出かけてくるね」

声をかけると、「そうか」と小さく言ったあと、

「ひとりで行くわけじゃないよな」

と訊ねてきた。お兄ちゃんが引きこもりになって以来、二言も返ってくるのは珍しかったので、少し驚く。

「あ、うん。……友達と、一緒に」

青磁の存在をどう言葉にすればいいか迷ったけれど、〝友達〟という表現がいちばん妥当(だとう)だろうと思って、そう答えた。

すると、さらに驚くような言葉が返ってきた。

「女だけで行くのか？　こんな暗いのに。危ないだろ」

どうやら心配(しんぱい)してくれているらしい、と気がついて、思わずきょとんとしてしまう。

「……いや、ええと、その友達、女の子じゃないから……たぶん、大丈夫」

まごつきながら答える。男の子と出かけるなんて、あまり言いたくなかったけれど、

心配させるのも嫌なので正直に言った。

「……あ、そういうこと。なら、まあ、大丈夫か。気をつけろよ」

お兄ちゃんはそう言って、そのままリビングのドアを開けて中に入っていった。

ふう、と息を吐いてから、靴を履く。

なんだか嬉しかった。お兄ちゃんと久しぶりに普通に会話した。それに、私のことを心配してくれたというのも、くすぐったいけれど温かい気持ちになる。

「行ってきます」

小さな声で言って、ドアノブを握る。

ドアを開けるとき、少し悩んだけれど、やっぱりポケットからマスクを取り出して耳にかけた。学校に行くわけではなくても、いくら相手が青磁でも、やっぱり素顔は見せたくない。

ドアを開く。隙間から見えるのは、まだ薄暗い街と、夜の色が残る空。

冬の朝はひどく静かだ。

「よう」

家の前に、彼が立っていた。

紺色のコートのポケットに両手を入れて、コートの下から薄いグレーのパーカーを覗かせている。

「ちゃんと起きれたか、茜」

微笑んで言う青磁の口もとから、白い息がふわりと空へ立ち昇った。

「おはよ。起きれたよ、私もともと早起きだし」

マスクの隙間から洩れた私の息も、外気に触れて白く染まった。

背後の玄関ドアを閉めようと振り向くと、リビングから出てきたお兄ちゃんが、階段へ向かいながらこちらを見ていた。私は小さく手を振り、ドアを閉めて鍵をかけた。

青磁が歩き出したので、あとを追う。

彼が制服以外の格好をしているのを見たのは初めてで、ただのコートにジーンズ姿なのに、妙にどきどきする。

そして、自分の選んだ服が変ではないか、気になって落ち着かなくなる。たくさん歩くかもしれないと思って、私もジーンズにスニーカーを履いてきたけれど、こういうときくらいスカートのほうがよかっただろうか。いや、でも、寒いし動きにくいし……と、とりとめのない考えをめぐらせていると、青磁がふいに足を止めた。

そこは坂道の頂上で、ここから先は下りになっている。だから、眼下に広がる景色が一望できるのだ。

「ここ、見晴らしいいよね」

街を見下ろしている横顔に声をかけると、青磁はふっと笑みを浮かべて「ああ」とうなずいた。

「綺麗だ」

私も彼と同じように、目の前に広がる景色を見つめる。

静まり返った夜明け前の街は、どこを見ても青みがかっていて、まるで現実世界ではないみたいに幻想的な美しさだった。

「うん、綺麗だね」

まだ夢の中にいるようにひっそりと肩を寄せ合う家々、控えめに鳴く鳥の声、ときどき遠くから聞こえてくる車のエンジン音。

青白い街を包み込むように広がる空は、紺から濃い紫、青、水色へとグラデーションを見せている。地平線のあたりは、少し白んできていた。日の出が近いのだ。

「ちょっと急ごう。ここから十分くらい歩くから」

そう言って再び歩き出した青磁の歩幅は、さほど急いでいるようでもないのに私よりもずいぶん大きくて、さっきまでは私の歩くスピードに合わせてくれていたのだと気がついた。それがなんだかくすぐったくて、私は空を見上げる。

夜側の空には、小さな星がふたつ、みっつ瞬いていた。

朝側の空には、白い月がうっすらと浮かんでいた。

は、と息を吐くたびに、マスクの中が温かくなる。アスファルトを蹴る青磁の靴の音に、私の足音も重なった。

世界は私たちふたりのためだけにあるような、そんな馬鹿な幻想を抱いてしまうほど、ここには私たちしかいない。視界に映るものは全てひっそりと寝静まっていて、唯一動くものは、青磁と私が吐く白い息だけ。

しばらく行くと、住宅街を抜けて平坦な道に出た。

まだ人影もまばらな国道沿いの道を歩いて、橋を渡って川を越える。それから、今度は川べりの道を歩いていく。

広々とした土手の両側には高い建物もないので、空がやけに広く見える。まっすぐな道のはるか先まで見えて、この時間が永遠に続きそうな錯覚をおぼえた。

大きな橋と橋の間の、ちょうど真ん中あたりまで来たところで、青磁が足を止めた。

「ここ、下りるぞ」

芝の生えた斜面(しゃめん)にコンクリートで作られた細い階段をくだると、土手から河川敷(かせんしき)に出られる。

この川は、このあたりでいちばん広い川で、流れは穏やかだ。

向こう岸にも同じように河川敷があり、その上には遊歩道がある。そのはるか向こうには大規模な工場地帯があって、たくさんの煙突がそびえており、白い煙をもくもくと吐き出していた。

青磁が斜面に腰を下ろしたので、私もその隣に座る。やっぱりジーンズを履いてきてよかった、と思った。

綺麗に生えそろった芝生には、朝露がついている。そろそろ霜が下りる季節だ。

「いい眺めだろ」

彼が言ったので、私は川のほうに視線を向ける。

広い川があるおかげで、近くには視界を遮るようなものはない。

今日の空は、冬らしく雲が多くて、でもそれは雨雲のように重いものではなく、薄い雲が全体に広がっている感じだ。

先ほどよりもさらに夜の色が淡くなった空を見ているうちに、地平線に接するあたりが白さを増してきた。

「もうすぐだ」

青磁がうきうきしたように言う。

一瞬たりとも変化を見逃さないようにじっと空の端を見つめながら、私は「うん」とうなずいた。

雲は紫がかった青で、雲のない部分は薄い水色。

そのうち地平線が白く光り始めて、低い雲が黄色に染まる。高い部分の雲は、淡い薔薇色や青紫色、オレンジ色に輝く。

あらゆる色の競演があまりに豪華で綺麗で、私は息をのんだ。

少し目線を下げると、凪いだ川面に、色鮮やかな朝焼けがそのままに映っていた。

空がふたつになったみたいで、言葉にできないほど美しい。

しばらくすると、突然、空全体が鮮やかなオレンジ色に光り出した。

どんどん赤みを帯びていき、一瞬、街中が真っ赤に染め上げられる。

「日が昇る直前に、いちばん赤くなるんだよ」

青磁の静かな声が、今この世界で唯一、私の耳に届く音だった。

「あの雲、見てみろよ。茜色だ」

ひときわ明るい燃えるような赤い雲を指差して、彼がやけに嬉しそうに笑う。

「ああいうの、茜雲って言うらしいぞ。綺麗だな」

私は黙ってうなずいた。

「めちゃくちゃ綺麗だ」

青磁は確かめるように繰り返した。

赤に支配されていた空が、下のほうから急激に明るくなっていく。直視できないほどの目映さに、目を細めながら地平線を見ていると、とうとう太陽が顔を出した。

世界に白い光が満ちる。

生まれたばかりの新鮮な光だ。

色とりどりに染まっていた雲たちが、一瞬、白と黄色に支配される。そして、太陽が放つ光が全方向に広がっていく。

今にも神様が現れそうな空だった。

夜が明けて、朝が来る。太陽が昇る。新しい一日が始まる。

当たり前のことなのに、なぜだかひどく新鮮な気持ちになった。

こういうふうにしっかりと、太陽が昇るのを見たことがなかった。

私は今、一日が生まれる瞬間を見ているのだ。今まで生きてきて初めて、自分の目で、世界の誕生を見ているのだ。

新しい光が拡散して、空と地上の隅々まで照らし出す。

穏やかな水面に光が反射して、きらきらと輝いていた。芝生についた無数の朝露のひとつひとつが、朝陽を浴びて宝石のようなきらめきを放つ。

あまりの荘厳（そうごん）な美しさに、私は呼吸するのも、瞬きをするのも忘れてしまいそうだった。

しばらくすると、誕生の瞬間の爆発するように眩しい光は徐々に収束（しゅうそく）していき、空に色が戻ってきた。

高い空の青と、低い空の黄色。混じり合う部分は、優しい黄緑色。

「青磁色」

私は空の真ん中あたりを指差して、言った。

彼がふっと小さく笑って、「いい色だ」と満足げにうなずいた。

生まれたばかりの世界を包み込むのにふさわしい、柔らかくて瑞々しくて、優しい色だ。

「うん、綺麗」

しばらくすると青磁色も消えて、目の前には薄い白の雲と、淡い水色の空がゆったりと広がっていた。太陽が地平線から離れると、さっきまで目まぐるしく変化し続けていた空の色が、やっと落ち着いた。

ふうっと息を吐き出す。今までずっと息をつめていたのだと、そこで自覚した。

青磁も同じように大きく息を吐いて、深呼吸をして芝生の上に寝転がった。

「あー、やべえ。朝焼け、綺麗だったな……」

青磁は思い出すように目を閉じて、微笑みながら言った。

私は体の両側に手をついて、空を仰ぐ。

「帰ったら絵にしよう」

わくわくした声音で言った彼が、ふいに寝返りをうって、その拍子に指先が触れた。

どきりとして手を引こうとしたけれど、その前につかまれてしまう。

「え……っ、なに」

「冷てぇ」

驚いて青磁を見ると、眉根を寄せて彼は呟いた。

「お前の手、冷たいな」

「……冬、だから……」

それでも、青磁の手は温かかった。

「赤くなってる」

寝転んだまま私の手を握りしめてじっと見つめていた彼が、ふいに私を見上げる。それから、両手で私の手を包み込んだ。

温もりに包まれて、その温かさを嬉しく思ったのは一瞬で、次には恥ずかしさで心臓が暴れ出す。

柔らかくて、温かい青磁の手。

冷たさを確かめるように、何度も握りしめられる。

鼓動がうるさくて、それが彼に届いてしまいそうで、私は俯いて手を引っ込めた。

「……もう、大丈夫だから。ありがと。ごはん、食べよう」

なにか言われる前に、トートバッグから弁当箱を取り出して膝の上に広げた。青磁は「おう」と言って起き上がった。

「腹へった。お、うまそう」

そう言いながら私の手もとを覗き込んでくる。

「失敗してたら、ごめん」

「え、なに、お前が作ったの？」

「あー、うん、まあ……」

青磁には、朝ごはんを持っていくとしか伝えていなかった。手作りだと思っていなかったらしい彼は、「へえ、すげえな」と目を輝かせる。

「どれ、お手並み拝見」

手を伸ばして、ひょいっとサンドイッチをつまむと、無造作に口の中に放り込んだ。いつかのジャスミンティー事件が頭をよぎる。青磁の性格を考えたら、たぶん、まずかったらまずいと容赦なく口にするだろう。

どきどきしながら反応を待っていると、彼はにかっと笑って、

「うまい！」

と言ってくれた。よかった、とこっそり胸を撫で下ろす。

サンドイッチは、休みの日のお昼によく作っていて、その中でも家族に評判のいい具材を選んで作ったのだ。

頑張った甲斐があったな、と嬉しく思いながら私もサンドイッチを手に取る。

少し悩んだけれど、やっぱりマスクは外せなくて、少し浮かせて隙間から口に入れ

る。すぐにマスクを元に戻してサンドイッチを噛んでいると、横からの視線を感じた。

「まだだめなのかよ」

彼の問いがマスクのことだとわかって、私は小さくうなずく。

「ふうん。食いにくそ」

さほど気にもしていないかのように言って、青磁は豪快にサンドイッチにかぶりついた。

「思いっきり食ったほうがうまいのに」

「……うん」

わかっていても、やっぱり外でマスクを外すことには、羞恥と落ち着かなさを感じてしまうのだ。

「まあ、そんなに嫌なら仕方ねえか」

「……うん」

マスクをしたまま食べるのは、自分でも不快さしか感じない。おいしいものも、おいしく感じられなくなる。それでも、素顔をさらけ出すことには代えられなかった。

食べ終わると青磁はまた横になり、川の水面を見つめる。

私は膝を抱えて川の水面を見つめる。芝生に背中をつけて空を見上げる。

静かで穏やかな時間が流れていく。

　目を閉じて耳を澄ますと、水が流れる微かな音と、動き出した街で暮らす人々の生活音が聞こえてきた。とても満ち足りた、幸せな時間。

　青磁といる時間は、すごく心地がいい。こうやって、いつまでも、いろんな空を一緒に見ていたい。

　ちらりと視線を落とすと、彼は気持ちよさそうに目を閉じていた。

　そよ風に揺れる真っ白な髪は、朝の光を受けて銀色に輝いている。

　綺麗だな、と思った。

　髪だけじゃなくて、輪郭も、肌も、表情も。

　じっと見つめていたら、薄い唇がふいに笑みの形を作った。かと思うと、長い睫毛がゆっくりと上がり、切れ長の瞳がこちらを見た。

「……なに見惚れてんだよ」

　からかうように言われ、心臓が跳ねて、頬が熱くなる。

「別に、たまたま見てただけだし」

「へえ、そうか？　それにしては、動きが止まってたけど」

　どうやら彼は、目を閉じて眠っていると見せかけて、薄目を開けていたらしい。

「……考えごとしてたの」

　苦し紛れにそう言うと、ごまかしだとばれてしまったようで、

「へえ、どんな？」

と青磁が眉を上げてにやりと笑った。

ぱっと前を向いて、膝をきつく抱いたまま、必死に考えをめぐらせる。

なにかこの気まずい空気を変える話題が欲しくて、反対側の河川敷を見ていたら、
向こうのほうにぽつんと置かれた古いサッカーゴールと、その脇に立つ、今は花も葉もない裸の桜の木が目に入った。

「あっ、あれ、まだあるんだ……懐かしいなあ。桜の木も」

私が思わず声を上げると、青磁は「あ？」と首を傾けて対岸に目を向けた。

「ああ……あれか。あそこにサッカーコートがあったんだよな、昔」

「知ってるの？」

「……まあな」

そう言ってゴールを見つめる青磁の瞳に、懐かしげな色が浮かんでいる気がして、
そういえば、と一学期のことを思い出した。

「青磁って、サッカーやってたんだよね？」

訊ねると、彼は目を丸くして私を見た。

「は？　知ってたのか？」

「いや、知ってたわけじゃなくて。体育のときサッカーしてるの見て、うまかったか

ら。経験者だろうなって思ったの、今思い出して」

「ああ……そういうこと」

納得したようにうなずいて、青磁がまたゴールのほうを見た。

「まあ、ガキのころ、ちょっとやってたんだよ。今は全然だけど」

「やっぱり。私、自分はサッカーやったことないんだけど、お兄ちゃんが昔やってて ね、何回か練習とか試合とか観にいったことあるから、プレー見てたらなんとなくわかるんだ」

お兄ちゃんは小学生のころは地域のサッカークラブに毎日通っていて、私は練習に付き添うお母さんについて行ったり、試合を応援しにいったりもしていた。

「でね、いつだったかな、ここの河川敷で他のクラブチームと練習試合があったとき、私も見に来て。あのサッカーゴール使ってたなあって、今思い出したら、懐かしくなった」

必死に声を張り上げてお兄ちゃんのチームを応援していた幼いころの自分を思い出すと、笑いが込み上げてくる。今の私とは正反対だ。

私が思い出話をしている間、青磁は黙り込んでいた。

いつもは私が話をしていると相づちくらいは打ってくれるので、不思議に思って彼の顔を見つめる。なぜか、少し複雑な表情を浮かべているように見えた。

「どうかした？　青磁」

「いや……」

彼にしては珍しく、歯切れが悪い。

どうしたの、ともう一度聞くと、不機嫌そうな顔で私を見て、

「……それだけ？」

と言った。わけがわからなくて、ぽかんとしてしまってから、「それだけって？」

と聞き返す。

青磁はやっぱり眉をひそめたまま、

「覚えてるの、それだけかよ？」

と呟いた。いつもはっきりしすぎるほどはっきりした物言いをするのに、今日はどうしたんだろう。

「それだけ、だけど……」

他になんの話をしろと言うんだろう。

彼がどんな答えを待っているのか見当もつかなくて、私も歯切れの悪い返事をするしかなかった。

青磁は「あっそ」と言って髪を軽くかき回し、それからぷいっとそっぽを向いた。

「まあ、いいや。そろそろ行くか」

私の返事も待たずに、青磁がひょいっと立ち上がる。

「えっ、もう？　ちょっと待ってよ」

私が慌てて腰を上げようとすると、彼は当たり前のように私のトートバッグを持って歩き出した。私はその後ろ姿を追いかける。

「バッグ、ありがと」

受け取ろうと手を伸ばしたけれど、青磁は「持つ」と前を向いたまま首を横に振った。

彼が階段ではなく芝生の斜面を上っていくので、私もそのあとを追った。

夜明けの芝は露に濡れていて、ひどく滑りやすかった。

足をとられてよろめき、小さく声を上げてしまったところで、振り向いた青磁に腕をつかまれた。

動悸が激しくなるのを感じながら「ありがと」と呟く。「バーカ。鈍い」とくすくす笑う声が返ってきた。

青磁の手がするりと下がって、今度は手をつかまれる。指先をぎゅっと握りしめられて、さっきの恥ずかしさが戻ってきた。

手を引かれたまま斜面を上っていく。

手をつないでいる、という事実に、頭が真っ白になった。

でも、つないできた本人は気にするふうもなく、鼻唄を歌いながらゆらゆらと歩いている。そのマイペースな背中を見つめて、高鳴る鼓動を感じながら、私は考える。

私たちの距離は、とても近いと思う。

朝早くに待ち合わせて、一緒に朝焼けを見て、ごはんを食べて、手をつないで歩いている。これはきっと、異性の友達というひと言では片付かない。特別な関係なのは確かだ。

でも、青磁が私たちの関係をどう思っているのか、私には全くわからない。

私は青磁が好きだ。

彼の自由奔放な振る舞いも、突飛な考え方も、なにものにも囚われない生き方も、揺るぎない価値観も、硝子玉のように澄んだ瞳も、その手が描く繊細で美しい絵も、全てが私にとっては新鮮で、惹かれずにはいられない。

青磁に会っていないときでも、ずっと青磁のことを考えている。彼の隣で、彼の瞳に映る美しい世界を、ずっと一緒に見ていたいと思う。

でも、青磁は私のことをどう思っているんだろう。

私がいちばん苦しかったとき、彼の絵が私を救ってくれた。

私を屋上に連れ出して、世界の美しさを見せてくれた。

私が心の奥深くに溜め込んでいた苦悩を、吐き出させてくれた。

私が落ち込んでいたら、水鉄砲を作ってくれて、世界の広さを教えてくれた。

雨が憂鬱だと言った私のために、雨上がりの虹の絵を描いてくれた。

私の凍えた指を、包み込んで温めてくれた。

たくさんの優しさを彼はくれたけれど、それでも、彼の気持ちはわからない。恋愛感情を持っているのは、私だけかもしれない。

なんだか泣きそうになってしまって、私は青磁の手をそっと握り返し、冬の朝の澄んだ空を見上げた。

かわれない

冬休みなんて、本当にあっという間だ。

進学補習や家の手伝いや宿題に追われているうちに、気がついたらお正月になっていて、すぐに新学期。全く休んだ気がしなかった。

でも、いつもは憂鬱な学期の始まりも、今は心待ちにしているというのが正直なところ。それはもちろん、青磁に毎日会えるからだ。

冬休みの間も、補習が終わってから美術室に顔を出したりしてみたけれど、会える日と会えない日があって、会えなかった日はすごく気分が沈んだ。

いつの間に私はこんなふうになってしまったんだろう。

青磁が隣にいるのが当たり前すぎて、彼の顔を見られないだけで、その声を聞けないだけで、自分でも不思議なくらいに一日が長く感じられた。

「おっす。なにぼうっとしてんだよ」

久しぶりの自分の机に頬杖をついて窓の外の空を見ていたら、こつんと頭を叩かれた。

声を聞いた瞬間にわかっていたけれど、もっと言えば、足音が耳に入ったときからわかっていたけれど、いちおう振り向いて確かめる。

予想どおり、青磁が薄く笑いながら私を見下ろしていた。

顔を合わせたのは一週間ぶりだ。

「ぼうっとしてないし。空、見てただけ」

胸の高鳴りをごまかそうとするあまり、そんな可愛いげのない口のききかたをしてしまう。素直になれない自分に嫌気が差した。

他の人に対しては、優等生で気遣いのできる人間を演じることができるのに、どうしてか、青磁に対してだけはうまくできない。むしろ、理想とは正反対の対応ばかりしてしまう。

私のあまのじゃくな返答にも、彼は気分を害した様子もなく、「正月ボケだろ」とおかしそうに笑った。ほっと胸を撫で下ろす。

私の前の席の高田くんがまだ来ていないので、青磁はそこに腰を下ろした。

「今日から部活やるよ。お前も来る？」

訊ねられて、即座にうなずく。

「うん、行く」

「おう。じゃあ放課後、あっち行くとき声かけるわ」

そのとき高田くんが教室に入ってきて、青磁は「あとでな」と席を立ち、席替えで替わったばかりの自分の机に戻っていった。

あーあ、短い会話だったな。そんなことを考えながら彼の背中を見送っていると、いきなり後ろから誰かに抱きつかれた。

「ラブラブじゃーん！」

振り向くと、満面の笑みを浮かべた沙耶香だった。

「おはよ、沙耶香」

「おっはよ！　朝からごちそうさまでした。いいもの見せてもらっちゃった」

「いや、そういうんじゃ……」

笑みを浮かべて否定するけれど、彼女は「またまたー」と笑って私の背中をばしんと叩いた。

「会話聞こえてたよ。放課後デートの約束してたんでしょ？」

「違うよー、部活の話だってば」

デート、という響きに心臓が跳ねる。妙に気恥ずかしくて、慌てて首を横に振った。

「ふうん？　まだ付き合ってないとか言うわけ？」

デートだとか、付き合っているだとか、以前は面倒だと思うだけでたいして気にもならなかったのに、青磁への気持ちを自覚してしまってからは、言われるたびに赤面しそうになって慌ててしまう。

「付き合ってないよ……」

ぼそぼそと答えると、沙耶香がきょとんとした顔をした。

「あれ、なんか、今までとリアクションが違う」

どきりとした。鋭い。

どぎまぎしていると、顔を覗き込まれてさらに焦りが生まれる。

「なになにー？　茜ってば、やっぱり青磁のこと」

その続きを言われてしまう前に、さっと手を伸ばして沙耶香の口を覆った。

顔が赤くなっているのを自覚する。マスクで隠れているから、たぶん見えないはずだけれど。

目を丸くしていた彼女が、にやりと笑う。

「ふうん、なるほどねえ。そっかそっか、そういうことか」

やけに嬉しそうだ。私は恥ずかしさに今度は自分の顔を両手で覆った。

「よし、私が茜の相談にのってあげよう」

「え……？」

「ねえ、今日、お昼ごはん一緒に食べよう。空き教室で。そんで、そのこと話そうよ！」

正直なところ、気乗りはしなかった。人と一緒に食事をするのは苦手だし、誰かに自分のことを話すのはもっと苦手だ。悩みを友達に相談したこともない。

でも、彼女がよかれと思ってそう言ってくれているのは十分に伝わってきた。

私は今までずっと、人と深く関わることを避けて、一定の距離を保って、踏み込まれないように予防線を張っていた。

でも、少しは距離を縮めて歩み寄ることも、これからは必要だと思う。

こういうふうに思えるようになったのは、たしかに青磁のおかげだった。

「……うん。ありがと、よろしく」

微笑んでそう答えると、沙耶香が少し意外そうな表情をしてから嬉しそうに笑った。


「あ。ここ、誰もいない」

「ほんとだ。じゃあ、ここにしよっか」

昼休み。沙耶香と連れ立って空き教室を回り、誰もいない場所を見つけて中に入る。

「なんかレアだなー、茜とお弁当食べるとか」

彼女が手近な椅子に座り、お弁当の包みを開きながら言った。

「ええ？　そうかなあ」

「そうだよー。ほら、茜って、いっつもどこか別のところで食べるでしょ。それに、たまに教室にいるときも勉強とか本読んだりしながらささって食べちゃうから、誘うのもあれかなって思ってたんだ」

いつも昼休みは、図書室に行くというのを口実にして教室を出て、図書室前の自由コーナーでお弁当を食べている。

理由は簡単だ。マスクをつけたまま食事をする姿を、誰にも見られたくないから。

私は「そっか、そうだよね」とごまかし笑いを浮かべながら、彼女と同じように弁当箱を取り出す。

声をかけてもらったのをいいことに、誘われるままに来てしまったけれど、一対一で向かい合ってごはんを食べるこの状況に戸惑いを覚えた。

どうしよう、と焦りながらも、とりあえず、マスクはつけたままで箸を握りしめる。

沙耶香が美味しそうに大口を開いてお弁当のおかずを食べながら、「で？」と声をかけてきた。

「青磁とは、実際のところ、どんな感じなの？」

そういう話題になることはもちろんわかっていたので、私は箸を置いて口を開いた。

「みんなは私たちのこと、付き合ってるって思ってるみたいだけど、本当に違うよ」

「そうなの？　よく一緒にいるし、てっきりもう付き合ってるのかと思ってたよ。恥ずかしいから隠してるのかなって」

「いやいや……たしかに一緒にいることは多いし、放課後もふたりで過ごしたりしてるけど、私も青磁も、付き合おうとか、そういうことはいっさい言ってないから。ただ、一緒にいるだけ」

そのことを不満に思っているような口調になっていないか、不安だった。

「ふうん……そうなんだ。でもさあ、めっちゃ仲いいじゃん。茜と青磁が話してるときって、ふたりの世界って感じで近寄りがたいくらいだよ」

そうか、周りからはそういうふうに見えているんだ。なんだかくすぐったい。

「ねえ、茜はさ、どう思ってるの？」

沙耶香がプチトマトを飲み込んで、ぐっと顔を近づけてくる。

「どう、って……」

「青磁のこと、どう思ってるの？」

「え……と」

それを口に出すのはさすがに勇気がいる。言葉に詰まっていると、彼女はにやりと笑った。

「好きなの？　嫌いなの？　どっち？」

喉がからからに渇いていた。

「どっち、って……そりゃ、嫌い、ではないよ」

もごもごと答える。

「じゃ、青磁のこと好きなんだ」

沙耶香はくすくすと笑ってそう言った。

青磁が好き。

それは、自分の中では何度も考えたことだけれど、言葉にしたことは一度もなかった。しかもそれを人の口から言われたことで、一瞬にして動悸が激しくなった。

顔から火が出るんじゃないかと思うくらい、紅潮（こうちょう）しているのが自分でもわかる。マスクで隠れてわからないかなと思ったけれど、やっぱり気づかれてしまった。

「あははっ、真っ赤だし。図星でしょ」

彼女は笑いを堪えもせずに言った。

「いや……まあ、うーん……そういうことかな」

ここまで来てごまかしたり嘘をついたりするのも意味がないと思って、素直に認める。

顔が熱くてどうにかなりそうだ。

「そっかあ、茜が青磁をねえ」

「…………」

「うん、なんか、いいよ。お似合いだと思うよ」

「そう、かな……？」

うんうん、と彼女がうなずきながら玉子焼きをもぐもぐと噛む。

私は気分的にお弁当どころではなくなってしまって、まだ一口も食べていない。

「でも、あれだね。青磁って変わり者だからさ、女子と付き合ったりするの、なんか想像できない」

その言葉に、私は「やっぱり？」と返す。私もずっと同じことを思っていたから。

「ああ、やっぱ茜もそう思う？ 青磁ってさ、付き合うとか興味あるのかなあ。彼女と買い物デートして、アクセサリープレゼントして……みたいなの、全く知らなそうじゃない？」

「そりゃあね、青磁だもん」

こくこくとうなずきながら、沙耶香はよくわかっているなと感心した。

青磁と私がしたデートらしきものといえば、河原で朝焼けを見たこと。

青磁が私にプレゼントしてくれたものといえば、手作りの水鉄砲から発射された、降り注ぐ光の雨。それと、傘に描かれた雨上がりの虹。

普通とは違うかもしれないけれど、どれも信じられないほど綺麗だった。

たぶん一生、私の目に灼きついて離れない。一生の宝物を青磁はたくさん私にくれたのだ。

そんなことを思ってひとりで恥ずかしくなっていたら、

「私が思うにね」

と、沙耶香が急に真剣な顔をして言った。

「青磁のほうも、茜のこと、好きだと思うんだよね」

また鼓動が速くなる。

なにも返せずにいると、彼女はさらに言葉を続けた。

「だって、青磁って、もともとは自分のことしか見えてないっていうか、あ、悪い意味じゃなくてね？」

「うん、わかるよ」

「なんていうか、自分以外には興味ない、って感じで、私たちとは違う次元で生きてるな、って気がしてたんだよね」

「そうだね。なんだろ、宇宙人、みたいな？」

「そうそう！」

私も数ヶ月前まではそう思っていた。なにを考えているのかわからない、ひとりだけ別世界で生きているような、理解不能な存在。

それは今でも変わらないけれど、少しは彼と同じ場所に立てるようになって、前よりは近づけたと思う。

「でもさ、今はちょっと違う印象」

沙耶香が微笑みながらそう言った。

「青磁はさ、茜に対しては、人間味がある気がする。自分から茜にどんどん話しかけるし、茜と喋ってるときは、私たちと違う人種って感じはしなくなった」

予想もしなかった彼女の言葉に、私は目を瞬かせる。

「そう……かな？」

「うん、そう思うよ。青磁にとって、茜は特別なんだと思う」

まさか、と思ったけれど、沙耶香の表情はいつになく真剣だったので、本気で言っているのだとわかった。

「でも、青磁がどう考えてるのかはよくわからないな。茜と付き合いたいとか思ってるのか、読めない」

うん、と私は小さくうなずく。

「わからないね。あいつ、変人だもん」

そう呟いたら、彼女が小さく噴き出して「変人だもんね」とおかしそうに言った。

「ああいうミステリアス男子と付き合うには、どうすればいいんだろうねえ」

彼女はペットボトルの蓋を開けながら、ため息とともに言った。

「付き合う、っていうと、なんか、どうなんだろう……」

と私はひとり言のように呟く。

「私もよくわからないんだよね。青磁と付き合いたいのかって聞かれると、よくわからない」

それが私の正直な気持ちだった。でも、沙耶香は驚いたように目を丸くする。

「え、そうなの？　付き合いたくないの？」

「いや、付き合いたくないっていうか……。私、今まで誰とも付き合ったことないから、イメージできないんだよね」

「そうなんだ、彼氏いたことないの？　意外。モテそうなのに」

「いや、モテないよ全然、モテるわけないじゃん。それに……今までは、なんか自分のことでいっぱいいっぱいで、恋愛とか全く興味なかったんだよね。彼氏がほしいとかも思ったことないし」

「そっかあ。だよね、茜って、勉強すごく頑張ってるもんね。恋愛どころじゃないよね」

「う一ん、勉強のせいってわけでもないんだけど……どっちかと言うと私の心の問題かなあ」

私は恋愛経験がないから、自分が今、青磁に対して抱いているこの気持ちを、どうすればいいのかわからないのだ。自分がどうしたいのか、青磁とどうなりたいのか、自分の気持ちなのによくわからない。

ただ、彼のことが好きだと感じているだけ。彼に会えないと退屈で、できればずっと隣にいたいと思うだけ。それは『恋』に限りなく近い感情だとは思うけれど。

「……恋愛の好きって、どういうことなのかな。家族とか友達に対する好きと、どう違うんだろう。付き合うって、どういうことなのかな……」

　考えているうちに混乱してきて、私は頬を押さえて呟いた。

　すると沙耶香がきょとんとしてから、なにかを思いついたようににっこりと笑う。

「それはさ、わかりやすく言うと……」

　私が、うん？と首を傾げると、彼女は今度はにんまりと笑って言った。

「青磁とキスしたいかどうか、でしょ」

　一瞬、硬直してしまった。考えもしていなかった言葉が飛び出してきて、思考が停止してしまったのだ。

「え……っ」

　キス？と言いたかったけれど、恥ずかしくて言葉に出せない。

　本で何度も読んだし、頭の中で復唱するのは恥ずかしくないのに、いざ唇にその単語をのせようとすると、喉が絞られたように声が出なくなった。

「あはは、茜ってば照れちゃって～」

　からかうように言われて、恥ずかしくなって「照れてないよ」と返す。すると沙耶香が、「嘘つけ」とおかしそうに笑って、ふいに右手を上げた。

　その瞬間、嫌な予感に襲われる。彼女の手が、私の顔へとまっすぐに向かってきたからだ。

「照れてないとか言って、顔、真っ赤になってるんじゃないの？」

彼女がなにをしようとしているのか悟る。

ほんの数秒前までの、恥ずかしいけれど浮わついたような気持ちが、一瞬にして凍りついた。

反射的に身を引く。でも、間に合わなかった。

彼女の手が私のマスクをつかみ、さっと引き下げた。

どくん、と全身が心臓になったみたいな衝動が、体の内側から膨れ上がってくる。

激しすぎる動悸に聴覚が支配されて、どくどくという脈の音しか聞こえなくなる。

息が苦しい。

頭が真っ白になったまま、私は反射的に沙耶香の手をばしっと振り払い、勢いよくマスクを引き上げて顔を隠した。

ぜえぜえと激しく喘ぐ自分の呼吸音が耳障りだ。

「え……っ、ごめん」

彼女は初め、ぽかんとしていたけれど、私の行動の理由に気がついたのか、手を引っ込めて謝ってきた。

彼女が悪いわけではない。マスクを外されたくらいで混乱する自分が悪いのだ。

わかっているけれど、どうしようもない。

無理やりマスクを外されて、誰にも、いちばん仲良しの沙耶香にさえ見られたくない素顔をさらけ出されて、言葉にならないほどのショックと羞恥を感じずにはいられなかった。私にとっては、いきなり服を脱がされたようなものだから。

重苦しい沈黙がふたりの間に漂う。

気まずさに、私は彼女から顔を背けた。両手でマスクの縁を押さえる。

空き教室の埃っぽいにおい。窓から届く冬の陽光が、傷んだ床板を弱々しく照らしている。

私のほうにじっと視線を向けていた沙耶香が、口を開く気配がした。

「……茜、もしかして、マスク……」

マスク外せないの？　依存症？　そんな言葉が続くのは明らかだった。

彼女にそれを言われてしまったら、私の中のなにかが崩れてしまう。今まで築き上げてきた私が壊れてしまう。

「やめて」

かすれた声で叫ぶように、私は彼女の言葉を遮った。

放っておいてほしかった。見て見ぬふりをしてほしかった。こんなぺらぺらの紙一枚に依存して、外せなくなってしまった情けない自分を、知られたくなかった。

でも、沙耶香は私の願いを叶えてくれない。心配そうな声で続ける。

「マスク外せないの？　大丈夫？　保健室の先生に相談とか……」

私が今いちばん言われたくないことを、彼女ははっきりと口にした。

かっと頭に血が昇るのを感じた。頬が引きつるのを我慢できない。

醜く歪んでいるであろう顔で、私は彼女をきつく見据えた。

「うるさい……ほっといて！」

もう私にかまわないで。

それなのに、沙耶香が手を伸ばしてくる。その手を、さっきよりも容赦なく振り払って、私は叫んだ。

「触らないで!!」

ああ、言ってしまった。心の片隅にいるまだ冷静な自分が、落胆の声を上げた。

でも、後悔しても遅い。

呆然としている彼女を置いて、私は教室を飛び出した。


苦しい。息ができない。胸が痛い。

人をかきわけるようにして俯いて歩きながら、私の顔は苦痛に歪んでいた。

昼休みのごちゃごちゃとした校内。廊下や教室を埋め尽くす生徒たち。なにも悩みごとなんてなさそうな、あっけらかんとした顔で笑っている。

見たくない。でも、どこに行っても人がいて、私の息苦しさは増すばかりだった。

どこか、誰もいない場所へ。少しでも楽になれる場所へ。

そのことばかりを考えて、気がついたら旧館に来ていた。

小走りに廊下を駆けて、美術室に飛び込む。力任せにドアを閉めると、一気に全身の力が抜けた。

閉めたばかりのドアに背中をつけて、ずるずると床にへたり込む。

膝に顔を埋めて、乱れた呼吸を整えるために大きく肩で息をする。それでも息苦しさはなかなか去ってくれなかった。

両手で顔を覆って、ただひたすらに耐える。荒ぶる感情の波が引くのを待つ。

目の奥がずきずきと痛んで、喉が引き絞られるように痛んで、頭も痛くて、自分の体なのにどうにもならなくて、捨ててしまいたいほどだった。

目頭が熱くなって、涙がにじみ出すのを自覚する。

ふ、と息を吐くと、嗚咽のような震えた声が唇から洩れて、泣きそうになっている自分に嫌気が差した。

最低だ。

心配してくれた沙耶香に対して、あんな仕打ちをするなんて。手を振り払って、睨みつけて、怒鳴った。自分があんなことをしてしまうなんて、思いもしなかった。

いや、違う。私は本当はああいう人間だ。相手の気持ちも考えずに、自分の感情をぶつけて、相手を傷つける。そういう最低の人間なんだ。

わかっているから、それを必死に隠して生きてきたのに。

マスクで本心を隠すことに慣れてしまって、頼りすぎてしまって、手離せなくなって、そして結局、マスクを外されたことで逆上して、彼女を傷つけた。ひどいことを言ってしまった。

苦しくて、息を吸い込みたくて、唇を少し開く。

うあ、と声が洩れた。それでたがが外れたようになってしまって、私はぼろぼろ涙をこぼしながら、声を上げて泣いた。

自分の感情のコントロールができない。

相手の傷ついた顔なんて見たくないのに、言ってはいけないことを言ってしまう。

泣く資格なんかないのに、泣いてしまう。

自分の泣きわめく声をどこか他人事のように遠く聞きながら、私は美術室の片隅で泣き続けた。

どれくらい経ったころだろうか。

なかなか収まってくれない嗚咽の合間に、ドアの向こうの廊下をこちらへと向かってくる足音を、耳がとらえた。

反射的に口を押さえる。ちらりと振り向いて鍵を確認して、きちんと施錠しておいたことにほっとする。

ぎゅっと唇を噛んで、声が洩れないようにしたつもりだった。でも。

「おい、茜」

ドア越しにまっすぐ突き刺さる声。

「開けろ」

容赦なく命じられて、私はさらに息を殺した。

「そこにいるんだろ、わかってるんだぞ」

高圧的な口調に、これはどうやらごまかせそうもない、と諦めた。

ゆっくりと立ち上がり、鍵をかちゃりと開ける。

すぐさまドアが開かれて、青磁が顔を出した。俯いて一歩下がると、するりと中に入ってくる。

「聞いたぞ」

どくっと心臓が跳ねる。

なんのこと、と聞くまでもなく、彼は続きを口にした。

「沙耶香が俺に謝ってきた。茜のこと傷つけちゃったって。どこかに行っちゃったから迎えに行ってあげてって」

「…………」

「あいつ、すげえ慌ててたぞ。心配してたし。あとで謝っとけよ」

手を振り払われてショックを受けていた彼女の顔が目に浮かぶ。

申し訳ないとは思っている。でも、抑えきれない複雑な感情が込み上げてきて止まらない。どうして青磁に言っちゃったの？と。

私は彼にだけは知られたくなかった。こんなに情けなくて醜い自分を、彼には見られたくなかった。みっともないところは何度も見られているけれど、これ以上は見せないようにしようと思っていたのに。

マスクに依存しなければ生きていけない、弱くて醜い自分。それだけでなく、自分の弱さのせいで友達を傷つけてしまう、最低な自分。青磁にだけは、知られたくなかったのに。

「…………」

なにも言えず、涙でびしょ濡れになったマスクを目許まで引き上げる。泣き腫らした醜い顔も見られたくなかった。

青磁が、ちっ、と舌打ちをする。

「お前さあ……」

青磁が苛々したように近くの椅子に腰を下ろし、腕組みをして私を見上げた。

なにか嫌なことを言われる、と直感した。

いつだって正しいことを、でも深く胸をえぐる残酷なことを、彼は容赦なく口にする。でも、今そんな言葉を吐かれたら、私はどうにかなってしまうと思った。

だから、彼がなにかを言う前に、私は「うるさい！」と叫んだ。

彼が「ああ？」と不機嫌に眉をひそめる。

顔が上げられない。

自分の爪先を睨みつけて、ぎゅっとを握りしめて、私はさらに言葉を続けた。

「青磁にはわからないよ！　あんたみたいな恵まれたやつには、私の気持ちなんて一生わからない！　だから、ほっといて!!」

「……は？　なに言ってんだよ」

彼の声はさらに不機嫌さを増した。それに気づいても、私の口は止まらない。止められない。

「青磁はいいよね。夢中になれることがあって、才能があって、夢があって。好き勝手やってるのにみんなから好かれてて、見た目もよくて」

「………」

「なんにでも恵まれてて、悩みなんかひとつもないでしょ？　思い通りにならないこと、ひとつもないでしょ？　そんな幸せなやつに、私みたいな人間の気持ちがわかるわけないじゃない」

私の言葉を、青磁は険しい表情で聞いていた。

窓から射し込む光に浮かび上がるその姿は、はっとするほど綺麗に見えて、しかめられた顔も整っていて、私はそれに対する複雑な思いを抑えきれない。

中身も外見も平凡な私に対して、どちらも非凡で周囲から際立つ青磁。才能に溢れていて、それを自他ともに認めていて、その瞳はいつだってきらきら輝いている。

眩しくて、うらやましい。

そんな彼に、自分の恥部を知られるのは苦しい。

「……青磁には……絶対、わからないよ」

かすれた声で繰り返すと、彼が舌打ちをした。

「お前、また自分だけ悲劇のヒロイン気取りか」

苛立ちを隠さない口調。

ずきずきと胸が痛む。

「自分だけが悩んでて苦しくて恵まれない、なんて思い上がりもいいとこだぞ。お前こそ、俺のことなんかわかってないだろうが」

予想外の言葉に、私はちらりと目を上げた。

青磁が険しい表情のまま外を見る。冬らしい薄ぼんやりとした淡い青空。

「俺が……、どんな気持ちで空を見てるか、どんな気持ちで絵を描いてるのか……お前にはわからないだろ」

そんなの、わかってる。どうせ、楽しくて仕方がないんでしょ。

自分がやりたいことをやれて、思い通りに描けて、思う存分に才能を発揮して。楽しくて仕方がないって気持ちで毎日描いてるんでしょ。それは隣で見ていればわかる。

「……私と青磁は違う。青磁には私の気持ちは一生わからない。だから、もう、ほっといて！」

吐き捨てるようにそう言って、私は激情のままに青磁を押しのけ、美術室を飛び出した。

少し気持ちが落ち着いたあとは、自己嫌悪の嵐だった。

沙耶香に対しても青磁に対しても、自分が最低なことをしてしまったと、わかりすぎるほどにわかっていた。

すぐにでも謝らなきゃ、と思っていたのに、結局私は、午後の授業を俯いたままやり過ごして、ホームルームが終わると同時に、逃げるように学校を出てしまった。

ひどい顔をしているという自覚があったので、家に帰っても家族にさえ素顔を見られたくなくて、初めてマスクをつけたまま家に入った。

　こっそりと玄関を開けたつもりだったのに、お母さんがすぐに気づいてリビングから顔を出した。

「おかえり、茜」

「……ただいま」

「あら、マスク？　風邪引いたの？」

「………」

　どう答えればいいかと迷っていたら、お母さんが私の額に手を当てて首を傾げた。

「熱はなさそうだけど……顔色は悪いわね。今日は家のことはいいから、早く部屋に入って寝なさい」

「……うん」

「あとで薬とおかゆ持っていくから」

　私は「いい」と首を振る。

「食欲ないから、おかゆもいらない。このまま寝るね」

　なにか言いたそうなお母さんに背を向けて自分の部屋に直行し、ドアを閉めて鍵をかけ、引きこもった。

　ふとした瞬間に鏡に映る自分の顔も見たくないので、ひとりきりの部屋でもマスクのまま、じっとベッドの上にうずくまっていた。

一時間もしないうちに日が落ちて、部屋は真っ暗になった。それでも私は明かりもつけず、闇を睨みながら何時間も膝を抱えていた。

どうして私はこうなんだろう。

青磁に出会って、一緒に時を過ごすようになって、彼の自由さに憧れて影響されて、私は変わったと思っていた。

世界が色づいて見えて、息苦しい生き方しかできなかった自分から変われたんだと思っていた。

でも、違う。

私は相変わらずマスクを外せないし、青磁以外の人と接するときには、相手の顔色を窺って機嫌をとることばかりを考えてしまう。

結局、私は全然変われてなんかいないのだ。

苦しくて、つらくて、涙が溢れてきて、ひとしきり泣いた。

そうして少し気持ちがおさまってきたとき、青磁と沙耶香に謝ろうとスマホを手に取ったけれど、やっぱり直接顔を見て言うべきだろうと思い直して、やめた。

でも、それはただの言い訳だ。

実際は、私が悪かったというのを認めて、自分の痛いところをさらすのが嫌で、問題を先送りにしただけだった。

――このときの私には、すぐに行動を起こさなかったことを、のちに死ぬほど悔やむことになるとは、知るよしもなかった。

はてしない

翌朝。

地下鉄の駅から地上へ出たとたんに、切れそうなほど冷たい風が容赦なく吹きつけてきた。あまりの寒さに震えがくる。コートの襟をきっちりと合わせてマフラーを何重にも巻き、肩を縮めて早足で学校へ向かう。

どんよりとした薄暗い空に、霜の降りた道、走り過ぎていく車が吐き出す白い排気ガス。

冬の景色には冬の景色の良さがあるけれど、寒さのせいでゆっくりと眺める気にもなれない。

早く学校に行こう。そして、青磁と沙耶香に謝ろう。

一晩ゆっくりと考えて、やっぱりそうするべきだと思った。マスクのことは、外せないのだから仕方がないとはいえ、私が彼らに嫌な思いをさせたのは確かだ。

どうやって声をかけよう、どんな顔をすればいいのだろう。

昨日から何度も考えたことをまた繰り返し、ぐるぐる悩みながら足を動かすうちに、気がついたら校門をくぐっていた。

昇降口で上履きに履き替えて、冷気の立ち昇るような廊下を歩いていく。

教室に入る直前、緊張のあまり足が震えているのに気がついたけれど、甘えたくなる心に鞭打って、意を決してドアを開けた。

「茜！」

　待ちかまえていたように駆け寄ってきたのは、沙耶香だった。

「ごめんね、昨日……大丈夫だった？」

　申し訳なさそうな顔で謝られて、泣きそうになる。

　彼女が謝ることはないのに。自分が悪いとわかっているのに、私は謝る勇気さえ持てずにいた。それなのに、彼女のほうがこんなにすぐ謝ってくれるなんて。

「……うん、大丈夫。私こそ、ごめん。本当に、ごめん」

　うまく笑顔を作れないままそう呟くと、沙耶香は微笑んで私の肩をぽん、と叩いてくれた。マスクのことも全てわかってくれて、なんとかなるよ、と励ましてくれているような気がした。

　温かくて、優しい。彼女のことを疎ましく思ってしまった自分は、やっぱり最低だと思った。

　次は、青磁だ。うまく謝れるだろうか。ちゃんと謝らないと。

　そんなことを考えながら席について待っているうちに、いつの間にか朝礼が始まる時間になっていた。

「あれ、青磁は？　遅刻？」

　隣の席の男子に訊ねられて、私は小さく首を振る。

彼は私たちが付き合っていると誤解しているので、私なら青磁のことをなんでも知っていると思っているのだ。

でも、実際は私はなにも知らない。学校にいる青磁のことと絵を描いている青磁のこと以外、実はなにも知らない。彼は自分の話を全然しないから、家族のことも、家ではどう過ごしているのかも、私はなにも知らないのだ。


結局、青磁は授業が始まっても教室に来なかった。

窓際の彼の席は、一日中、冬の穏やかな木洩れ陽を静かに浴びていた。

風邪でも引いたのだろうかと、迷惑かもしれないと思いつつもメールを送ってみたけれど、いつまで待っても返信は来なかった。

だんだんと不安と恐怖が込み上げてくる。

寝込んでいて携帯を見ていないのか、それとも、もしかして昨日のことで腹が立っていて、私なんかに返事もしたくないのか。

怒らせてしまったんじゃないか、嫌われてしまったんじゃないか。そう考えれば考えるほど怖くなって、もう一度メールをしてみようとは思えなくなり、結局夜になっても、再び連絡をとる勇気はひとかけらも出てこなかった。

明日、謝ろう。面と向かって、ちゃんと謝ろう。

そう考えながら浅い眠りにつき、翌朝まだ暗いうちに起きて、早々に登校した。

でも、その日も青磁は来なかった。

その次の日も、さらに次の日も。土日を挟んで翌週の月曜日も。

彼は一週間、学校に姿を現さなかった。

担任の先生はなぜか、彼の欠席についてなにも言わない。名前すら口に出さない。

そのことがひどく私を不安にさせた。


「先生、青磁はどうしたんですか」

耐えきれなくなって、私は担任のところへ行って訊ねた。

先生は少し目を見開いて、

「丹羽のところに連絡はないのか？　付き合ってるんだろ」

「……いえ。ただの友達です」

私が小さく答えると、先生は「そうか」と納得したようにうなずいた。

「でも、特別な存在なんです」

気がついたら、そう口にしていた。

先生が突然の宣言に驚いたように目を瞬かせる。

「青磁は私にとって特別な人で、すごく大事なんです。だから、こんなに休みが続くと心配です」

言葉が一気に溢れて、口から飛び出していく。

「心配なんです。青磁はどうしたんですか？　法事とかなら、みんなに言いますよね。言わないってことは違うんですよね。じゃあ、どうして休んでるんですか？　ただの風邪ではないですよね？」

興奮しているせいか、マスク越しの呼吸が苦しくて仕方がない。

ぜえぜえと喘いでいると、先生が困惑した表情になった。

「……丹羽、ちょっと落ち着け」

「嫌です」

私はぶんぶんと首を横に振る。

「ねえ先生、なにか知ってるんでしょ？　教えてください。青磁は今、どこでどうしてるんですか？」

すがるように言うと、先生は困ったように眉をひそめた。

「……すまん、丹羽。個人情報だからな、先生から言うわけにはいかないんだよ」

全身が脱力しそうだった。

ただ純粋に青磁のことを心配しているだけなのに、個人情報だからと、欠席の理由さえ教えてもらえないのだ。

つまり、私と彼はそれほどに希薄な関係だということだ。

「ごめんな。深川が丹羽に言わないってことは、少なくとも今は丹羽に知られたくないってことだろうから、先生からは言えないよ」

「……わかりました」

先生だって、立場上、生徒に言ってはいけないと決められているのだろう。これ以上問いつめても困らせるだけだ。

うなだれて踵を返したとき、先生が「丹羽」と呼んだ。私は下を向いたまま小さく答える。

「はい……」

「丹羽は、変わったな」

唐突な言葉に動きを止めて振り向くと、先生が微笑んで私を見つめている。

「……え？」

「前までは、今みたいに自分の気持ちをぶつけてきたりしなかっただろう。いつも周りに気を遣って、自分の気持ちは抑えてただろう」

意外だった。まさか先生にまでそんなふうに思われていたなんて。

「意外って顔してるな」

「……いえ」

「これでも色んな生徒を見てきてるからな、なんとなくわかるよ」

先生がおかしそうに笑いながら言った。

「丹羽は家のことも大変みたいだし、学校でも優等生で頑張ってくれてるし、どこにいても力が抜けなかったんだろう」

「………」

「文化祭のときも、あとから他の生徒に話を聞いて知ったんだが、いろいろ大変だったらしいな。でも先生にはなにも言わなかっただろ。あのころちょっと忙しくて、丹羽に丸投げしちゃってたもんな。悪かった」

「……いえ」

「でも、今は深川とよく一緒にいるよな。あいつみたいな自由なやつのそばにいたら、丹羽も少しは息が抜けるんだろうと思って見てたよ」

はい、と答えたけれど、声がかすれてしまった。先生が腕を組んで、うんうん、と何度も首を縦に振る。

「あいつが丹羽を変えてくれたんだろうな」

はい、と、今度ははっきりと声に出してうなずいた。

先生が少し口を閉ざしてから、ゆっくりと言葉を続ける。

「……詳しいことは言えないけどな。深川には、普段見せてるのとは違う顔がある」

なにか大事なことを先生が言おうとしているのだとわかって、私はじっとその目を見つめ返した。

「みんなから見たら、あいつは風みたいに自由で、なんにも悩みなんかなさそうに見えるだろ」

「……はい」

「でもな、あいつの心には、簡単には言葉にできないような苦悩が……なんていえばいいかな、深い闇みたいなものが、あるんだと思う」

先生の声音は、今まで聞いたことがないくらい重々しくて真剣だった。

それが、私の知らない青磁の秘密の大きさを、その苦しみの深さを、物語っているように思えた。不安に胸が疼く。

「でも、それはひとりでは抱えきれないような、とても重いものだ」

「……はい」

「だからな」

先生はそこで言葉を切って、強い眼差しで私を見つめる。

「丹羽にあいつを支えてやってほしいと、先生は思ってる」

なにも言えずにただ視線を返していると、先生が緊張の糸を切るように目を細めた。

「これ以上は、言えない。あとはふたりの間のことだから、丹羽に任せるよ」

あまりにも隠れた部分の多すぎる言葉で、先生がなにを伝えたいのか、全てを理解することはできなかった。それでも、先生が私と青磁のことを真剣に考えてくれているのだとわかって、私は大きくうなずいた。

失礼します、と頭を下げて職員室を出るとき、先生が「あのな」と声をかけてきた。

「深川の休みのことは、あんまり深刻に捉えなくてもいいぞ。まだわからないから」

まだわからないって、なにが？

そう訊き返したい気持ちを抑えて、私は「はい」とだけ答えた。

その晩、青磁の携帯に電話をかけた。

彼から返信が来なかったことですっかり自信を喪失してしまって、それ以降はメールさえ送れずにいたけれど、このまま連絡もせずに彼の安否ばかりを思い悩んでいても意味がないと思ったのだ。

でも、たぶん出てくれないだろうな、と予想していた。それなのに、意外にも、三コール目で通話がつながったので、呼び出し音が途切れた瞬間に驚いて「えっ？」と声を上げてしまった。

『……なんだよ？』

青磁の声が、鼓膜を揺らす。

あまりの懐かしさに、喉が震えるのを自覚した。

「あ……久しぶり」

かすれた声で言うと、無言の数秒があって、小さな声で『ああ』と返ってきた。

様子がおかしい、とすぐに気づいた。

いつもの声じゃない。いつもの口調じゃない。

ひどくそっけなくて、電話がかかってきたことを迷惑に思っているようだった。

「ごめん……今、忙しかった？　あとでかけ直すね。何時ごろなら……」

『別に、忙しいわけじゃない』

私の言葉を遮るように青磁が言った。

「え……？」

『……なあ、茜』

とても重大な宣言をするような声音で彼が私の名前を呼んだ瞬間、電話を切ってしまいたくなった。

今から告げられる言葉は、きっと、私が聞きたくない言葉だ。

でも、通話終了のボタンを押す前に、耳を塞ぐ前に、青磁の冷ややかな声が私を突き刺した。

『……もう二度とお前とは話したくない』

＊

「……茜、大丈夫？」

翌日の休み時間、机に突っ伏して微動だにせずにいたら、沙耶香が心配そうに声をかけてきた。

私はわずかに顔を上げてマスクの中で「大丈夫」と答え、そのまま再び顔を伏せる。

それでも彼女はその場を離れず、私の横で様子を窺っているようだった。

「具合、悪いの？　保健室行く？」

「いい、本当に平気」

「でも……」

そのとき、後ろを誰かが通る気配がした。

わかりたくもないのにわかってしまう。青磁の足音だ。

「あ、ねえ、せい……」

沙耶香が彼を呼び止めようとしたのがわかって、私は反射的に彼女の腕を強く引いた。

「えっ、茜、どうしたの」

「だめ」

すがるように止めると、彼女は「え？」と目を丸くした。私は小さく続ける。

「呼ばないで」

「え……、でも、青磁に保健室連れてってもらおうかと思って」

「ううん、だめ。呼ばなくていい。青磁は……」

言葉が続かなかった。必死に沙耶香を見上げていると、なにかを察したようで、彼女は青磁から視線を逸らした。

「……私は大丈夫だから。心配してくれてありがとう」

そう言って手を離すと、沙耶香は私の前の席に腰を下ろした。

「どうしたの？　青磁と喧嘩でもした？」

「……ううん。そういうのじゃなくて」

「うん」

「……もう、終わり」

的確な表現が思いつかなくて、そう言うしかなかった。

「もうあいつとは縁が切れたっていうか……これまでみたいに一緒にいたりするの、やめたの」

沙耶香が息をのんだ。

一週間休み続けた青磁が、やっと登校してきた。

ずっと欠席していたくせに、久しぶりに教室に現れた彼は、あまりにも普通だった。いつものように好き勝手なことを言ったり、頬杖をついて窓の外を見つめていたり、仲の良い男子とふざけ合って笑ったりしている。

でも、私とは視線さえ合わせてくれなかった。

青磁が学校に来たらとにかく声をかけよう、謝ろう、と思っていたのに、彼はそれすらさせてくれないほどの冷たさで、私の横を完全に素通りした。まるで私の姿など見えていないかのように。

だから私はそれ以来、全く彼に近寄れなくなってしまった。不用意に近づいて無視されるのが怖かった。

あの日、電話で『もう二度とお前とは話したくない』と言われたときは、まだ信じられなかった。なにかの冗談かと思ったし、どこかでボタンの掛け違いが起こっただけだと思った。きちんと会って話せば、誤解は解けるに違いないと。

でも、そういう次元の話ではないらしい。彼は完全に私を避けて、拒絶(きょぜつ)している。顔を見ればそれがわかってしまって、彼の意思の固さが痛いほどに伝わってきて、もうどうしようもないことなのだと実感した。

私は今、人の出入りが多い廊下側のいちばん後ろの席だから、青磁もたまに私の背後を通り抜けていく。そのたびに、もしかしたら声をかけてくれるんじゃないかと淡い期待をするけれど、いつも無視されて期待を踏みにじられた。

青磁は本気で私との関係を絶とうとしているのだ。

体の真ん中がきりきりと痛んで、私は唇を噛んで俯いた。

最近、食欲がなくてあまり食べられない。そのせいか、頻繁に胃が痛くなって苦しい。

だからと言ってそれを顔に出すと、周りに余計な心配をかけてしまいそうなので、なるべく平静を装うようにしている。

それでも沙耶香にはなにか気づかれているようだった。

「……なにがあったのか知らないけど、無理はしないでね」

彼女に背中を軽くさすられて、私は小さくうなずいた。

「よかったら話聞くから。誰かに話したくなったら、いつでも聞くからね」

「うん……ありがと」

誰かに弱音を吐くのはとても苦手だから、きっと沙耶香にもこの思いを打ち明けることはないだろう。でも、そういうふうに言ってくれる人がいるというだけで、とても励まされたし心強かった。

チャイムが鳴り、授業が始まる。

教科書を開きながら前を向くと、ぼんやりと外を見ている青磁の姿が目に入った。

彼は今、窓際のいちばん前の席で、対角線上にいる私が黒板のほうを向くと、否が応でも彼を視界に入れることになってしまうのだ。

いつも隣にいたのに、今はこんなに遠い。たったの数メートルだけれど、果てしない隔たりが私たちの間にはある。

青磁は決して私を見ない。私がどんなに見つめても、彼があの綺麗な硝子玉の瞳をこちらに向けてくれることはない。

自分が悪いのはわかっていた。考えなしの言葉と行動で青磁を怒らせた私が悪い。彼にとっては許せない言葉だったのだ。

でも、それでも。

もう一度、私を見てほしい。また、絵を描くところを見せてほしい。

それがだめなら、ただ隣にいさせてくれるだけでもいい。

そう願う気持ちは、ごまかしようもなかった。

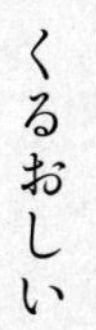
くるおしい

青磁と言葉を交わすことのないまま、一ヶ月が過ぎた。

あれから何度も声をかけようかと思ったけれど、あからさまに避けられてしまって、近づくことすらできなかった。

メールも電話も、勇気を出して二回ずつしてみたけれど、無視された。彼の怒りの深さが伝わってきて、それからは動けなくなってしまった。

どうすればいいかわからないまま、時間だけが過ぎていった。

私と青磁は、同じ教室の中にいるはずなのに、まるで別々の世界線で生きているかのように、全く接触しない。クラスのみんなも、もちろん私たちが会話しなくなったことに気がついているだろうけれど、別れたのだと思っているらしく、なにも聞かないでいてくれた。

このまま、もう二度と彼とは話せずに終わってしまうんだろうな、と思った。

今は吐きそうなほど苦しいけれど、時間が経てばきっと、彼への気持ちは薄れていって、このつらさも感じなくなるんだろう、とも思った。そうじゃないと困る。

でも、思い通りにはならなかった。

青磁への気持ちは薄れるどころか、どんどん強くなっていく。

学校では、いつも彼の姿を探してしまう。

決して振り向かない後ろ姿を、絶対にこちらには向けられない冷たい横顔を、気がついたら見つめてしまっている。

毎晩、青磁の描いた美しい空の絵を、瞼の裏に思い浮かべながら眠りにつく。

距離が開いてからますます、私は彼のことばかり考えるようになっていた。

苦しい。

諦めたいのに、諦められない。嫌いになりたいのに、嫌いになれない。共に過ごした、あのきらきらした日々を忘れたいのに、忘れられない。

深く刺さっていつまでも抜けない棘のように、青磁のことを思うたびに胸がずきずきと痛んで、どうしても忘れられなかった。

*

そんなある日のことだった。

帰りのホームルームの最後に、先生が私と青磁の名前を呼んで、職員室に来るようにと言った。

なんの呼び出しかと驚いて、俯いていた顔を上げたけれど、そのときにはすでに先生は教室を出てしまっていた。

「青磁、呼び出しくらってやんの。一体なにしたんだよ？」

男子のひとりが彼の肩に腕を乗せて、からかうように話しかけているのが目に入る。

「あー？　別になんもしてねえし」

「うっそだー、なんもしてないのに呼び出されるわけないじゃん」

「知らねえし……まあ、とりあえず行ってくるわ」

青磁がだるそうにポケットに手を突っ込みながら歩き出す。鉢合わせしないように、彼が廊下に出てしばらく経ってから私も教室を出た。

廊下の奥のほうに、肩をすくめて寒そうに歩く青磁の姿がある。

一定の距離を保ちながら、そのあとを追う。

別に悪いことをしているわけではないのに決まりが悪くて、足音を立てないように、気配を悟られないように歩く。

青磁は私に気づいているのかいないのか、いつものようにマイペースな足どりで歩いている。ときどき、窓の外に目を向けて、冬の空の薄い青をじっと見つめる。

ああ、青磁だ。前と全然変わらない。マイペースで、空が大好きな青磁だ。

そう思ったとたんに、胸の奥からせり上がってくるような切なさに襲われた。

青磁は変わらない。変わったのは、私と彼との距離だけ。彼の隣にいられなくなった私だけ。

青磁の足跡をなぞるように、ゆっくりと歩く。

少し遅れて職員室に着くと、彼がドアを開けて先生を呼んでいるところだった。

「おー、来たか」

先生がにこにこしながらやってくる。私は青磁の五歩くらい後ろに立って、先生に目を向けた。

「悪いけどな、深川、丹羽」

「はい」

「上の階の進路指導室に行って、取ってきてほしいものがあるんだけど、頼まれてくれるか」

「あー、まあ、いいっすよ」

「そうか、助かる。あのな、指導室の前の机に、進路ノートっていう冊子がクラス全員分置いてあるから、ふたりで教室まで運んでほしいんだ」

ふたりで、というところで先生が語気を強めた気がして、私は目を上げた。すると先生が、含みのある笑みで私を見た。

どうやら、気をきかせてくれたらしい。私と青磁がふたりきりになれるように。

先生も私たちの様子がおかしいことには気づいているはずだから、仲直りをさせようと考えているのだろう。

でも、それは無理だ。彼には仲直りするつもりなんて微塵もないから。

「へいへーい」

青磁が気だるげに答えて、ゆっくりと踵を返した。そして、私をちらりとも見ずに横をすり抜けていく。

「……丹羽」

思わず俯きかけたときに、声をかけられて目を向けると、先生が少し困ったように微笑んで私を見ていた。

「頼んだぞ。頑張ってな」

それは、進路ノートのことなのか、それとも以前言っていたように、青磁のことなのか。

聞いただけではわからなかったけれど、もし後者のほうだとしたら、きっと私にはもうどうしようもないことだ。だから、私はなにも答えずに頭だけを下げて先生の前を離れた。

階段を上り、上階へ向かう。

本当はもう教室に戻りたかった。たぶん青磁は私なんかと一緒にいるのは嫌だろうし、私も気まずい。

でも、クラス全員分の教材ということはかなりの量になるだろうから、きっとひとりで運ぶのは大変だ。仕方なく私は進路指導室へと足を運んだ。

ドアの前の机に、冊子が大量に山積みになっている。この中から、うちのクラスの分を探し出さないといけないらしい。

青磁がノートの山に視線を滑らせていたから、私は少し離れたところに佇み、彼が見つけるのを待とうと思っていた。でも、すぐには見つからないらしく、さすがに任せっきりにしておけなくて、私は黙って近づいた。

青磁の隣に立つ。

彼が少し身じろぎをした拍子に、あの香りがふわりと鼻をくすぐった。青葉のような、柑橘のように爽やかな、青磁のにおい。

懐かしさに胸が苦しくなる。

この香りを、私は誰よりも近くで感じていたはずなのに。

今は、真横にいても、誰よりも遠い。

青磁は無言だった。私なんていないかのように、ただ静かに視線を巡らせている。

私は自分が透明人間になったかのような錯覚に陥った。

ぼんやりと資料の山を見ていると、ふと奥のほうに、【2—A】という付箋紙の貼られたノートの束が、隠れるように置かれているのが目に入った。

先生はもしかして、時間がかかるようにわざとこんな見つけにくい場所に置いたんじゃないだろうか。たぶん、そういう気がする。

前に置いてある資料をよけて、クラス分のノートを手前に引き寄せようとしていると、ふいに横から手が伸びてきた。

びくりと肩が震える。その間に、青磁の長い指が周りの資料をよけて道をつくった。

俯いたまま、ありがとう、と呟いて、奥の冊子を引き寄せる。

真ん中から上の部分、約二十冊分を持ち上げて抱えると、一冊ずつがかなり分厚いので、ずしりと重かった。

青磁が残り半分を抱えたのを確認して、私は教室棟に向かって歩き出そうとする。

すると、また横から手が伸びてきて、私の抱えている冊子の半分ほどをさらっていった。

「え……っ」

心臓が音を立てる。

「…………」

驚く私をよそに、青磁は無言のまま歩き出した。その後ろ姿に声をかける。

「……っ、ありがとう」

彼はやっぱりなにも答えてはくれなかったけれど、その背中には、このところの冷たさはないような気がした。

渡り廊下をゆっくりと進んでいく背中を追う。

両側の窓から淡い冬の光が射し込んで、青磁のほっそりとした姿を柔らかく照らし出している。

鼓動が高まるのを、抑えようがなかった。

ねえ、青磁、と心の中で問いかける。

どうして優しくするの？　いつもあんなに冷たいのに、どうして今日は、そんなに優しくしてくれるの？　それなのに、背中しか見せてくれないのは、視線を向けてくれないのは、どうして？　どうして声すら聞かせてくれないの？

窓ガラスから伝わってくる冷気で、渡り廊下は凍えそうなほど寒かった。吐く息が白い。ノートを持つ指が切れそうなほど冷えきっていく。

窓の外には、一面ぼんやりと灰色の雲に覆われた空と、葉の落ちた木々の寒そうな枝、そして凍ったように動かない校舎。しんと静まり返って、全てが時を止めたかのような、薄ら寒い世界。

その中で、私の目には、彼の姿だけがきらきらと輝いて見えた。

やっぱり、青磁のことが好きだ。

どんなに怒らせてしまっても、嫌われてしまっても。そっけなくされても、冷たくされても。

どうしようもなく彼が好きだ。

頑なな後ろ姿を見つめながら、ふと気がつく。

もしかして、これは青磁との関係をもう一度やり直すための、最後のチャンスなんじゃないか。今を逃したら、もう二度と私は青磁と関わることができなくなってしまうんじゃないか。

そう思いついたときに、私の足は勝手に歩みを速めていた。遠かった背中が、みるみるうちに近づいてくる。

そうか、たったこれだけのことだったんだ。私が勇気を出して近づけば、彼との距離は簡単に縮めることができたんだ。

触れられそうなほど近くまで来たときに、私は唇を開いた。

マスクの隙間から白い息がふわりと立ち昇る。

「……せい、じ」

かすれて震えた、小さな声だったけれど、誰もいない廊下では充分だった。彼の足が止まったので、それがわかった。

「青磁」

それでもまだ振り向いてくれない背中に、もう一度呼びかける。

「ねえ、こっち向いて」

懇願するように言うと、小さな舌打ちが聞こえてきた。

それから、銀色の髪がゆっくりと動いて、横顔が見えた。

「……ごめんね」

もっとたくさん言いたいことが、言うべきことがあるのに、私の唇から洩れた言葉は、たったひと言だけだった。

「ごめんね……傷つけてごめん。謝るから、許して」

俯かないように必死で自分を励まして、そう言った。

すると彼がこちらを向いた。どこか驚いたような顔をしていた。

「……なんで謝るんだよ」

久しぶりに聞いた、私に向けられた青磁の声だった。震えがくるほど嬉しくて、泣きそうになる。

でも、少しして冷静になって、彼の言葉に首を傾げた。

「なんでって……あのとき私が言ったことに怒ってるんでしょ？　だから……」

青磁がまた前を向いてしまった。

もしかして置いていかれるのかと思ったけれど、彼はそのまま佇んでいる。

なにか言葉を続けようかと悩んでいたら、ふいに青磁が「そうだよ」と小さく言った。

「お前の言う通りだよ……俺は、お前に、怒ってる」

噛みしめるように、確かめるように、言い聞かせるように。

「だから、……もう、終わりだ」

吐き捨てるように言って、青磁はゆっくりと歩き出した。

終わり、という言葉に、心臓がぎゅっとつかまれた気がした。わかっていたことなのに、実際に彼からぶつけられると、ショックを隠しきれない。

俯いてしまいたくなる。

でも、だめだ。ここで諦めたら、もう二度と。

だから。

「青磁！」

離れていく後ろ姿に声をぶつける。

震える足で床を踏みしめて、追いかける。

「青磁……！　お願い、終わりだなんて言わないで。何度でも謝るから、許してくれるまで謝るから、だから……っ」

隣に並んで、その冷たい横顔を見上げる。彼はなにも聞こえていないかのように、前だけを見て歩いていた。

「青磁。ねえ、青磁」

銀色に光る髪の下で、形のいい眉がぐっとひそめられるのが見えた。ちゃんと聞こえてるんだ、とわかって、少しほっとする。

今ここで言いたいことを言っておかないと後悔すると、わかっていた。だから、どんなに迷惑がられても、言わなきゃ。

「……青磁が、好きなの」

その言葉は、ぽろりと零れるように口をついて出た。言うつもりなんてなかったのに、言うべきことは今言わなきゃ、と思っていたら、言ってしまった。

青磁がぴくりと眉を上げた。でも、こちらを見てはくれない。

だから、私はさらに言葉を続けた。なんとかして彼にこちらを向いてほしかった。

「好きだから、もっと話したいし、一緒にいたい。青磁が絵を描くところを、また見たい」

どうやったら彼の心に響くのか、そればかりを考えていた。

すごく恥ずかしいことを言っていると、頭の片隅にいる冷静な自分はわかっていたけれど、そんなことはどうでもいい。私の気持ちが青磁に届くのなら。

「青磁が隣にいないと、毎日つまらなくて退屈で、寂しい。青磁の声が聞けないと、空っぽで虚(むな)しくてたまらない。青磁に冷たくされたら、世界の終わりみたいに悲しくなる」

彼への思いを、うまく言葉にするのは難しかった。

私にとって青磁は、太陽みたいな、希望の塊みたいな、きらきらと輝くものの全てだ。青磁という光を知ってしまったから、彼がいないともう、私の世界はどんよりと曇ってくすんだ灰色に沈んでしまう。

「青磁が好きなの。だから、前みたいに、一緒にいたい」

精いっぱいの気持ちを、できる限りの言葉にしてぶつけた。

でも、彼の表情は変わらなかった。

すがるように、青磁、と呟くと、

「……知らねぇよ」

氷のように冷たい言葉が返ってきた。

息をのんで目を見張り、青磁を見つめる。

彼はちらりとも私を見ないまま、虚空を睨んで言った。

「知らねぇよ、お前の気持ちなんか」

どくどくどく、と胸が早鐘をうつ。耳が痛いくらいに全身が脈打っている。

「俺は、お前とは話したくない。だから、もう二度と話しかけるな」

冷たい、冷たい声だった。情けのかけらもない言葉だった。

呆然と立ち尽くしていると、彼はそのまま早足で歩き出して、廊下の突き当たりで曲がって姿を消した。

私はしばらく凍えた廊下に立ちすくんでいた。

もう、だめなんだ。そう思い知らされる。

本当にもう終わりなんだ。

青磁はもう二度と私と近づくつもりはない。それが嫌というほどわかった。

あんなに近くにいたのに。たくさんの時間を共に過ごして、ふたりきりの世界を共有していたのに。ふたりでいるのが当たり前のようだったのに。

もう二度と、あの時間は帰ってこない。

青磁がいなくなった廊下は、震えが止まらないほどに寒かった。

＊

家に帰ると、リビングは真っ暗だった。

空っぽのダイニングテーブルをぼんやりと眺めているうちに、今日は玲奈の保育園の行事があったことを思い出した。お母さんと玲奈は帰りが遅くなるだろう。

ふらふらと歩いてソファに体を埋ずめる。そのまま横になって、なにも映っていないテレビの黒い画面を見つめていた。

しばらくそうしていると、階段を下りてくる足音が聞こえてきた。でも、体を起こす気力がない。

階段を下りきったお兄ちゃんがリビングに入ってきて、ぱっと明かりが灯る。とたんに「茜、いたのか」と驚いたような声が聞こえた。

「電気くらいつけろよ、びっくりするだろ」

「……うん……ごめん」

上の空で謝ると、足音が近づいてくる。お兄ちゃんが怪訝そうな顔で覗き込んできた。

「……どうしたんだよ。なんか暗いぞ」

「ううん、なんでもない……あ、ごはん作るね」

ゆっくりと身を起こすと、「いいよ」とお兄ちゃんに止められた。

「具合が悪いんだろ。休んどけ」

「え……でも」

「俺がなんか作るよ。たいしたものはできないけど」

そういえば、お兄ちゃんは不登校になる前までは、ときどき家族にごはんを作ってくれることがあった。

なにか手伝おうかと立ち上がりかけたけれど、「座ってろ」とキッチンカウンター越しに言われて、その言葉に甘えることにする。

冷蔵庫のドアを開け閉めする音、野菜を洗う音、包丁の刃がまな板をとんとんと叩く音。心地よい音を聞きながら、クッションを抱えてぼんやりと座っていたら、お兄ちゃんがこちらをちらりと見て言った。

「あのさ、茜」

「……ん？」

「俺、高校やめることにした」

突然の告白に、すぐには内容を理解できなくて、私は無言で見つめ返す。お兄ちゃんは少し笑って、

「予備校行って、高卒認定試験受けて大学に行くよ」

「え……」

「不登校も引きこもりも、もう終わりにするって決めたんだ。父さんと母さんにも話して、了解もらったよ」

いつの間にそんな話になっていたんだろう。全然知らなかった。

最近の私は青磁のことばかり考えていて、家にいても自分の部屋にこもりがちだったから、なんにも気づかなかったのだ。

呆然とお兄ちゃんを見ていると、お兄ちゃんは再び包丁を動かしながら、ぽつりと呟いた。

「……今までごめんな。心配も、迷惑も、いっぱいかけたよな」

「そんなこと……」

「本当ごめん。これからは自分のことも家のこともしっかりやるから」

照れたように微笑むお兄ちゃんが、昔に戻ったみたいで嬉しくなる。お兄ちゃんはやっと長い充電期間から抜け出せたんだ、と思った。

「うん……よかったね。頑張ってね、お兄ちゃん」

「おう。ありがとう」

沈黙が戻ってきた。

私はゆっくりと視線を動かし、天井の片隅をぼんやりと見つめる。

会話がなくなると、また青磁のことを思い出してしまって、あの冷たい背中が目に浮かんで悲しくなった。顔を両手で覆って俯く。

「……自分の進路が決まったらさ」

お兄ちゃんがふいに言った。

「ちょっと心の余裕が出てきて……そしたら、家族の様子とかも気になるようになって。そんで、今は、茜のことがいちばん心配だ」

私は「え？」とお兄ちゃんに目を向ける。すると、

「あいつか？」

ぽつりとお兄ちゃんが呟いた。

意味がわからなくて黙っていると、お兄ちゃんは手もとに視線を落としたまま、ゆっくりと言った。

「お前がそんなふうにへこんでるのは、あいつのせいか？」

「え……？」

予想外の問いかけに困惑を隠せない。すると、お兄ちゃんが顔を上げてまっすぐにこちらを見た。

「青磁だろ、あいつ」

息が止まるかと思った。

どうしてお兄ちゃんが彼のことを知っているのか、わけがわからなくてなにも言えない。

「名字はなんだったか……。たしか、深……田？　違うな、深川か」

「なんで……知ってるの？」

ぽかんとしたまたずねると、今度はお兄ちゃんのほうが変な顔になった。

「は？　なに言ってるんだ、お前」

「え、え？」

「俺のほうが知ってるに決まってるだろ」

お兄ちゃんはいったい、なんの話をしているんだろう。どうしてお兄ちゃんが青磁のことを知っているんだろう。しかも、私よりも知っているというのは、どういうことだろう。

言葉を失っていると、お兄ちゃんが料理の手を止めてこちらへやってきた。

「そりゃ、大きくなってからは会ってないけど、あいつってなんか忘れられない顔してるからさ。この前、玄関でちらっと見ただけですぐわかったよ」

驚きでぼんやりしている頭をフル回転させて、青磁とお兄ちゃんが顔を合わせるタイミングがあったことをやっと思い出した。

一緒に朝焼けを見にいった日。私を迎えにきて玄関の外で待っていた彼の姿を、いつになく早起きをしてきたお兄ちゃんは偶然見たのだ。

まさか顔見知りだったなんて、ふたりともなにも言わないから、全く気づかなかった。

「お兄ちゃん、いつの間に青磁と知り合いになったの?」

「……は?」

お兄ちゃんはさっきよりもさらに怪訝な面持ちになった。

その奇妙な反応を見ながら、こんなにたくさんお兄ちゃんと会話したのは、いったいいつぶりだろう、と私はふと関係のないことを考える。

そうしているうちに、お兄ちゃんがなにかに気がついたようにはっと目を見張った。

「お前……もしかして、あいつのこと覚えてないのか？」

「え？　どういうこと？」

お兄ちゃんはしばらく考えるような顔つきをして、それから「あのさ」と口を開いた。

「お前、青磁とどこで知り合ったの？」

「どこって……普通に高校だけど。二年で同じクラスになって」

「やっぱり、そうか」

お兄ちゃんが頭を抱える。それから疲れたようにカーペットの上に腰を下ろして、じっと私を見た。

「茜と青磁は、高校が初対面じゃない。小学生のときに会ってるよ」

私はこれ以上は無理というくらいに目を見張って、お兄ちゃんを凝視した。

「え、小学生のとき……？　でも、青磁とは学校も違うし」

「学校じゃなくて、俺が小学生のころに入ってたサッカークラブだよ」

本当に覚えてないのか、とお兄ちゃんは少し呆れた顔をした。

「同じクラブに青磁もいたんだよ。学年は違ったけど、あいつ上手かったから、俺らの代のときからレギュラーに入ってた。だから同じ試合にも出てたよ」

まさか、と思ったけれど、よくよく考えてみると、それでいろいろなことが符合する気もした。

体育のサッカーのとき、青磁は目を引くほどに際立って上手かった。あの朝焼けを見た日に、河川敷のサッカーコートの話をしたとき、彼は少し様子がおかしかった。

まさかそれがこんなところでつながるなんて。

「お前はたまに練習とか試合を観にきてたから、青磁とは何回か会ってるはずだよ」

「そう……だね。お兄ちゃんと同じチームにいたなら、そりゃ、会ってるよね……」

私はまだ信じられない思いで、小さく呟く。

「あいつは茜になにも言ってないのか？　昔会ってるとか」

「ううん、なにも……。たぶん青磁も覚えてないんじゃないかな。覚えてたら言うだろうし……」

「そうか……」

お兄ちゃんはテーブルに頬杖をついて、天井と壁の境目のあたりをじっと見ながら、難しい顔をしていた。

「お前が最近ふさぎ込んでるのは、もしかして、あいつの病気のせい？」

一瞬、思考が止まる。

「……え？」

――病気。病気？

唐突に打ちつけられたその言葉に、殴られたような衝撃を覚えた。どくどくっ、と心臓が嫌な音を立てる。

私の反応で全てを察したのか、お兄ちゃんが、しまった、とでも言いたげな表情になる。

「あ、知らなかったのか……」

「……どう、いうこと？　病気って」

震える声でなんとか呟いたけれど、お兄ちゃんは答えずに首を横に振った。

「ごめん、聞かなかったことにしてくれ。本人が話してないなら、俺が言うべきことじゃない」

そう言って腰を上げ、話を切り上げようとしたので、私はお兄ちゃんのトレーナーの裾をつかんで止めた。

「待って、お兄ちゃん！　教えて、青磁は病気なの？」

「……あいつが隠してるなら、勝手に教えるわけにはいかないよ」

「そんな……！　無理だよ、ここまで知って、聞かなかったことになんてできない！」

きまり悪そうな顔で視線を逸らすお兄ちゃんにすがりつくように、必死に訴える。

彼が病気だというのは本当なのか、だとしたらなんの病気なのか、訊かずにいられるわけがなかった。

「ねえ、お兄ちゃん、お願い……。青磁には言わないから。知らないふりするから。だから教えて」

「…………」

「なんの病気なの？　重い病気なの？」

自分で言ってから、全身が凍りそうなほど寒くなった。

もしかして、治らないような病気なんだろうか。だとしたら……。

ぶるぶると体が震える。怖かった。言葉にならないくらいに怖かった。

でも、お兄ちゃんは私をちらりと見て、「いや」と首を横に振った。

「違うよ、今は病気ではない、と思う」

「え……」

病気ではない、という言葉に、今度は全身の力が抜けた。

へなへなと床に座り込むと、お兄ちゃんも同じように私の前に再び腰を下ろす。

「今は普通に学校に来てるんだよな？」

「うん……」

「じゃあ、やっぱり治ったんだな。よかった」

強張っていたお兄ちゃんの顔が少し緩んだので、安堵を覚える。

「……俺は中学生になってからはクラブに行ってないから、小学校までの青磁のことしか知らないんだけど」

「……うん」

「クラブのチームメイトとたまたま部活の大会で会ったときに、昔の仲間の話になったりしてさ。それで、三年以上前だったと思うけど、青磁が病気になって半年くらい入院してるらしいって聞いて……」

鼓動が速まる。半年も入院するなんて、かなり重い病気だったんじゃないか。

私が知っている青磁は、いつも生き生きしていて、きらきら輝いていて、生命力の塊のように見えて、病気や入院という言葉のイメージとは正反対だ。だから、にわかには信じがたかった。

「そのあとどうなったのかなって心配してたんだけど、しばらくして他のやつから、病気が治って退院したらしいって聞いてほっとしたよ。でも、激しい運動はできないとかでクラブはやめて、中学の部活もやめてサッカーからは離れたって聞いて、もったいないなと思ってた」

お兄ちゃんはそこで言葉を切って、小さくため息をついて私を見た。

「……まさか、お前と青磁が同じ高校に通ってるなんてな……。しかも、付き合ってるんだろ？」

私はふるふると首を横にふった。

「付き合ってるわけじゃないよ。……仲は、よかったけど」

私の答えを聞いたお兄ちゃんが、

「なんで過去形？」

と眉を寄せた。

「……今は、全然会ってないし、話してもない」

「……どうして」

「私が青磁のこと怒らせちゃったから……」

するとお兄ちゃんがさらに眉間のしわを深くした。

「怒らせた？」

「うん……。ちょっと、苛々してるときに青磁に八つ当たりして、無神経なこと言っちゃって。それでなんか傷つけちゃったんだと思う、たぶん。青磁ははっきりとは言わないけど……。それから口もきいてもらえなくなっちゃったの」

暗い声で告げると、

「……おかしいな」

とお兄ちゃんが首を傾げた。

「青磁は、昔はなんていうか、思ったことはなんでも口に出すタイプだったよ。気に食わないことがあれば相手が誰だろうが食ってかかって」

　私はこくりとうなずく。

「それは今も一緒だよ。自由奔放で、言いたいことは言うし、やりたいことはやるって感じ」

「そうか。それなら、なおさらおかしいよな」

　お兄ちゃんの言わんとすることがわからなくて、私はぱちりと瞬きをする。

「あいつの性格を考えたら、茜に言われたことにむかついたんなら、溜め込んだりしないで、その場で言うんじゃないか？　そして、解決したら根には持たない。そういうさっぱりしたやつだと思うんだよな」

「………」

「それなのに、なんで今回は、なにも言わずに無視するようなことするんだろう。青磁らしくないよな」

　私が今までに感じていた違和感を、お兄ちゃんが言葉にしてくれたような気がした。

　そうだ。青磁は腹が立ったことにいつまでもこだわって、しつこく怒りを持ち続けるような性格ではない。それなのに、今回は彼らしくない態度をとっている。

　なにかがおかしい。違和感がどんどん濃くなって、不安が大きくなる。

　青磁に会いたい。

無視されても、冷たくされても、嫌がられてもいい。会って、確かめたい。

私は勢いよく立ち上がった。

お兄ちゃんが目を細めて私を見上げる。

「茜」

呼ばれて、私は視線を落とした。心配そうな色を浮かべた目が私を見ている。

「青磁のこと、好きなのか」

私は首を大きく縦に振った。

普段の私なら、そんなことを聞かれたら恥ずかしくてごまかすだろうけれど、今は驚くほど迷いなくうなずくことができた。

お兄ちゃんが「そうか」と小さく言う。

「……今は治ってるのかもしれないけど、でも、病気持ちのやつを好きになったら、きっと大変な思いをすることになるぞ」

私はまたうなずいた。

「たぶん、茜が思ってるよりずっと大変だぞ。……それでも青磁がいいのか?」

唇に笑みが浮かぶのが、自分でもわかった。

「そんなの……」

言うまでもない。

あいたい

「……こんにちは」

声がかすれてしまった。

美術室に来たのはもう二ヶ月ぶりで、前はどんな顔をしてこのドアを開けていたのか思い出せない。

「こんにちは」

里美さんがちらりと本から顔を上げて言った。

「あ、こんにちは」

遠子ちゃんも前と同じように控えめに微笑んで挨拶を返してくれる。他のふたりは、いつも通りの無反応。

全く変わらない顔ぶれの、全く変わらない反応が返ってきて、がちがちに緊張していた私は拍子抜けした気分だった。

「……どうも、ご無沙汰してます」

マスクの中で呟くと、里美さんは本に目を落としながらこくりとうなずいた。遠子ちゃんは今日も窓際の席で油絵を描いている。

ここだけ時が流れていないんじゃないか、と錯覚してしまうほど、あのころとなにも変わっていない。毎日ずっと彼と一緒にいた、あの幸せだったころと。

しばらく青磁を待たせてください、と断ろうかと思ったけれど、それぞれの作業に没頭している彼女たちを見ていたら、話しかけて邪魔をするのも悪い気がしてやめた。

後ろの隅っこの机に荷物を置き、椅子に腰かける。そして、いつも青磁が座っていた席のあたりに視線を向けた。ここに来れば会って話せるかと思っていたのに、彼はいない。

教室でつかまえて話をしようと思っていたけれど、青磁は決して私が近づけないように距離を置いていて、どうしても声をかけられなかった。だから、美術室に押しかけるしかないと思ったのだ。ここでなら彼も私と距離を置けないし、私を無視することもできないだろう。

そう思って来たのに、彼は今日は美術室にはいない。

「深川くんを待ってるの？」

ふいに声がして、顔を上げると、里美さんがこちらを見ていた。

「はい」

うなずきながら答えると、里美さんが「そう」と小さく言った。

「深川くん、最近はあんまりここでは描かないのよ」

「え……じゃあ、屋上ですか？」

「こんなに寒いのに、それは無理でしょう。たぶん、家で描いてるんじゃないかな」

ショックで目の前が暗くなった。

教室では青磁と話せなくても、美術室に来れば会えるはずと、一縷の望みをかけていたのに。ここがだめなら、一体どうやって彼をつかまえればいいのだろう。

絶望的な気持ちでぼんやりと窓の外を眺めていたら、里美さんがこちらにやって来た。

「あのね、茜ちゃん」

彼女が私の隣の席に腰を下ろす。私は姿勢を正して前に向き直った。

「はい」

「本当は深川くんから口止めされてるんだけど」

なんの話が始まったのかと、私は目を瞬かせながら里美さんを見上げた。

彼女は一瞬、少し困ったような顔をして、それから意を決したように口を開いた。

「深川くんの絵がね、県の高校美術展の大賞に内定したの」

予想もしていなかった言葉が飛び出してきて、私はしばらくぽかんとしてしまう。

それから、じわじわと彼女の言った内容が心に染みてきて、嬉しさと興奮が湧き上がってきた。

「え……すごいことですよね、それって」

「そうよ。県の代表として来年度の全国美術展にも出品されるの」

「えっ、全国？　すごい、すごい！」

「先生もすごくびっくりして興奮しながら伝えてたもの。本人は『へえ』って感じだったけど」

その様子が容易に想像できて、思わず笑ってしまった。里美さんもくすりと笑う。

「その美術展で入賞した作品は、明日の授賞式のあと、一週間、県立美術館で展示されるんですって」

「え……」

県立美術館は、ここから電車で一時間ほどの大きな街にある。世界的に有名な画家の作品を集めた展覧会もよく開催されているらしく、テレビなどでしょっちゅう名前を聞く。まぎれもなく、この県でいちばん大きな美術館だ。

そんなところに青磁の絵が飾られるなんて、想像しただけでどきどきする。でも。

「茜ちゃん、ぜひ見にいってあげてね」

その里美さんの言葉に、高揚していた気持ちが一瞬にして萎んだ。

「……いえ、あの。青磁とは、ちょっと、気まずくなってて。行ったら嫌がられるかも……」

彼の大切な晴れの舞台に私が邪魔をして、不快な思いはさせたくなかった。

「それはまあ、見てたらなんとなくわかるわよ。でも、ぜひ茜ちゃんに見てほしいの」

「でも……青磁は口止めしてたんですよね？　受賞したこと、私には知られたくないってことでしょう？　つまり絵も見られたくないんですよ……」

私は青磁の絵が大好きだから、もちろん見たい。彼の絵が大きな美術館に飾られるのならなおさら、絶対に見たい。

でも、そんな喜びの場に押しかけて、嫌な思いはさせたくない。

「そう、口止めされた。俺の絵が飾られるってことは、美術部以外の誰にも言わないでほしいって。特に茜ちゃんには絶対に言わないでくれって」

「……そう、ですか」

あらためて青磁に強く拒まれていることを実感させられて、つらかった。

「でもね」

里美さんがはっきりとした声で言う。

思わず顔を上げると、目が合った。

「深川くんが茜ちゃんにどんな態度をとってるのか、なにを言ってるのか、私は知らないけど」

彼女はにっこりと微笑んで言った。

「きっと、あの絵が彼の本心よ。あの絵には、彼が言葉に出せない気持ちが全て込められてるんだと思う」

「………………」

「あの絵を見てると、彼の心の叫びが聞こえてきそうな気がした。それくらい、素晴らしい力をもった絵なの」

　里美さんがふっと窓の外を見た。私も目で追う。

　冬らしい、白っぽい空が広がっている。きっと青磁も今どこかで、この空を見ているだろう。

「……あなたにあの絵を見てほしい。だから、口止めされてたけど、どうしても言いたかったのよ」

*

　翌朝、まだ暗いうちに起きて準備をして、十時の開館時間に間に合うように、県立美術館へと向かった。

　うちは芸術なんて縁のない家だから、学校行事以外で美術館に行くのは初めてのことだった。

　県立美術館に行くには、いつも使っている駅から電車に乗って三回も乗り換えなければならない。迷わないかと心配だったけれど、前の晩にネットで下調べをして何度も確かめたので、思いのほかスムーズに美術館の最寄り駅に着くことができた。

駅から美術館までは、一本道だった。車道の両側に、冬枯れの街路樹の並木と歩道がある。まだ午前中だからか車はあまり通らず、歩行者もほとんどいない。

綺麗なタイルで舗装された道を踏みしめ、肩をすくめて歩いていく。

今日はいちだんと寒い。マフラーを口もとまでぐるぐる巻きにして、手袋をつけた手をコートのポケットに入れていても、足もとから震えがくるほどだ。

美術館が見えてきた。門柱には【県高校美術展】と書かれた大きな看板がかかっている。

胸が高鳴った。あの中に青磁の絵が飾られていると思うと、鼓動が速まるのを抑えようがない。

美術館の前に辿り着くと、十人ほどが入り口に向かっているところだった。早い時間に来て開館を待っていた人もいるようだ。

立派な装飾が施された正面玄関を通って中に入り、券売所の前の列に並ぶ。

エントランスホールは三階までの吹き抜けになっていて、色ガラス張りのドーム状の天井から光が流れ込んでいた。ホールの真ん中に立つと、ぐるりと取り囲むように各階の回廊が見えた。

入場券を買って、案内に添って階段を上り、美術展の会場へと向かう。少しずつ来場者が増えていて、周りには三十人くらいの人がいた。

美術展の受付で入場券を渡して、半券をもらって中に入る。

中は細い廊下のようになっていて、両側にたくさんの絵が展示されていた。絵の下には大きく作品のタイトルの書かれたプレートが貼られていて、高校名と学年、氏名も添えられている。

ひと目見ただけで、どの作品もとても丁寧に時間をかけて、そして力を注いで描かれたということがわかった。

風景画や静物画が多かったけれど、人物画や動物画もあり、中にはデザイン画や抽象画などもあった。控え目な色づかいだったり、とてもカラフルだったり、白黒だったり。本当にいろんな絵があった。

同じ高校生とは思えないほど、みんな上手い。美術展なんて初めてだったけれど、たくさんの人たちの夢や思いが詰まっていて、とても活気のある空間だ。

きっとみんな、たった一枚のこの絵に、途方もない気力と時間をかけたのだ。半年前の私だったら、そんなことなど思いも寄らなかっただろうけれど、青磁の絵を描く姿を見続けてきた今なら、それが理解できる。

来場者たちは、一枚一枚をしっかり見ている人もいれば、知り合いの作品を探すようにきょろきょろしながら歩いている人もいた。

数えきれないほどたくさんの作品に両側から見つめられながら、私はゆっくりと歩を進めた。

そして、そのときは突然訪れた。

細い廊下が途切れて、ひとつの部屋に入る。その壁の両側には、今までの作品たちに比べてずいぶんと余白をもった形で、いくつかの作品がゆったりと展示されていた。上位入賞したものなのだと、なんとなくわかった。

床に貼られた順路案内の矢印に従って左に曲がったそのとき、ぱっと視界が開けて、瞬間——あたりが優しい朝焼け色の光に満たされた。

息をのむ。

目の前に、見上げるほど大きな、淡いピンク色の絵があった。

瞬きすらできずに、その絵を見つめる。

作者の名前なんか見なくても、その清らかで優しい色合いを見ただけで、それが青磁の絵だということがわかった。

そして、なによりも驚いたのは、

「……え、私……？」

驚きの声が唇から洩れる。

美しい光と優しい色に満ちた絵の中心には、私がいた。絵になった私がいた。

でも、それは私じゃなかった。顔立ちは私だけれど、表情も雰囲気も、まるで実物の私とは違う。

全面に、水色と淡い紫、そして優しいピンク色の空が広がっている。朝焼けの空に見えた。

その空には、無数の花びら、白に近い薄紅色の桜の花びらが風に舞っていた。

そして、美しい空と花びらの舞を背景にして、ひとりの少女が、かがみ込むようにしてこちらを覗き込んでいる。

それはまぎれもなく私だけれど、私の一部であるマスクをつけていない。

少女はむき出しの泣き顔をさらしていた。

今にも溢れ出しそうに涙が張った瞳は、朝の光を受けて星のようにきらきらと輝いている。

ほんのりと紅潮した頬に、ひと筋の涙がこぼれて、その涙の雫には、綺麗な朝焼けが映り込んでいる。

泣いているのに、それでも少女は、満面の笑みを浮かべていた。清々しいほどの顔で泣きながら笑っていた。

私はこんな顔はしない。できない。

でも、なんて美しい絵だろう。

写実的なのにどこか幻想的な、とても不思議な絵だけれど、目が離せない。問答無用で胸をわしづかみにされる。

周りの人たちも、魂を抜かれたように、言葉もなくその絵の前に立ち尽くしていた。

それくらい凄まじい力をもった絵だった。

私はしばらく言葉もなく、微動だにせず、もうひとりの私と——私ではない私と、向き合っていた。

初めて青磁の絵を見たとき、私はひどく心を揺さぶられて、思わず泣いてしまった。

でも、この絵はあまりにも圧倒的で、むしろ心が麻痺したようになっている。感動の涙すら流れないほどに。

どれくらい時間が経ったころだろう。

やっとのことで衝撃がおさまって、少しずつ落ち着きを取り戻した私は、ゆっくりと足を踏み出して絵に近づいた。

近くで見ると、無数に重ねられた淡い色の油絵の具が、細かい凹凸に光を反射させている。

その筆の跡のひとつひとつに描き手の息吹きを感じられるような気がして、無性に嬉しくなった。

下に貼られたプレートを見る。

【大賞　色葉(いろは)高等学校二年　深川青磁】

青磁、という文字を何度も目でなぞる。

愛おしさが込み上げてきた。青磁、と呟く。

次の瞬間、作品のタイトルが目に入って、時が止まった。

周りにいるたくさんの人たちの足音も、ひそひそ話の声も、なにも聞こえなくなった。そこに書かれた文字しか見えなくなった。


【夜が明けたら、いちばんに君に会いにいく】


それが、この絵のタイトルだった。

瞬く間に時が巻き戻されて、三ヶ月前を思い出す。私が読んだ小説の中に出てきたセリフを、青磁に教えた。

——夜明けに会いたいと思った人が、一緒に朝焼けを見たいと思った人が、あなたにとっていちばん大切な人。

私は視線を上げて絵を見る。

とても、とても優しい筆致で描かれた私と、見つめ合う。

溢れる涙に瞳を潤ませながら、それでも心から嬉しそうに輝くような笑みを浮かべている私。これはきっと、ずっと昔に私が失くしてしまった笑顔。

頬がひんやりとして、絵の中の私と同じように、自分も泣いていることに気がついた。

マスクの中で、熱い嗚咽が洩れる。

青磁に会いたい。青磁の顔が見たい。青磁の声が聞きたい。

今すぐ青磁に会いにいこう。迷惑がられたって、嫌がられたってかまわない。

最後に目に灼きつけるように絵を凝視してから、私は美術展の会場をあとにした。

回廊を歩いて、階下に続く階段へと向かう。その途中で、私の目は吸い寄せられるように一階のホールに向かった。

吹き抜けになった空間の底。たくさんの人が歩いたり、立ち止まったり、話したりしている。

その真ん中で、ガラス張りの天井からさんさんと降り注ぐ光を全身に受けながら立っている姿。

青磁だ。

こちらに背を向けているし、遠くてはっきりとは見えないけれど、私にはわかる。

青磁の姿は、どんなに離れていても、たくさんの人に囲まれていても、私の目には誰よりもきらきら輝いて見えるから。

彼は、きっちりとしたスーツを着た偉そうなおじさんふたりと会話をしているようだった。大賞をとったことに関係しているのかもしれない。

回廊の手すりにつかまって視線を落とし、その様子をしばらく見つめていると、青磁が彼らとの会話を終えたらしく、こちらへと歩き出した。

会場を見にくるのだろうか。それなら、会える。

期待に胸を膨らませながら見つめていると、ふいに青磁が目を上げた。

十メートル以上も離れているけれど、私たちの視線がたしかに絡み合うのを感じた。

彼は驚いたように足を止めて、呆然とこちらを見上げている。それから、ゆっくりと踵を返した。

どくんと心臓が音を立てる。

青磁はたぶん、帰ろうとしている。私に会わないように、ここから立ち去ろうとしている。また、私の前から消えようとしている。

それがわかったと同時に、私は声を上げていた。

「……青磁!!」

大声で呼んだつもりだったけれど、声はかすれて震えて、マスクに吸収されてしまった。

今度は深く息を吸って、もっと大きな声で叫ぶ。

「青磁！　待って！」

たぶん、声は聞こえたと思う。出口に向かう彼の肩が、少し震えた気がした。

それでも青磁は振り向いてくれなかった。

私の声は、増えてきた来場客たちのざわめきに包まれて、すぐにかき消されて聞こえなくなった。

青磁の姿が、天井からの光に包まれて薄らいでいく。今にも消えてしまいそうな錯覚に陥る。

だめだ、こんな声では届かない。彼の心まで届かない。彼の足を止めることはできない。こんな声では、マスク越しの声では、だめなんだ。

手すりをつかむ指が、かたかたと震え出した。

目の奥が熱くなって、視界がにじむ。

怖かった。

たくさんの人がいるこんな場所で、素顔をさらすのは、鳥肌が立つほど怖かった。

でも。

……青磁が消えてしまうのは、もっと怖い。

震えてうまく動かない指で、マスクの紐を右耳から外した。突然の外気に、右の頬だけが粟立つ。

反対側の紐も外した。ぽろりとマスクが床に落ちた。

　ほとんど一年ぶりに、自分の意志で、外でマスクを外した。

「……青磁！」

　外界との隔たりを失った私の声は、吹き抜けのホールに響き渡った。

「青磁、行かないで!!」

　彼が弾かれたように振り向いた。銀色の髪が揺れる。こちらを見上げた目が大きく見張られているのがわかった。

　無数の視線が突き刺さる。

　美術館中の人たちが私を見ている気がした。私の醜い素顔をみんなが見ている気がした。

　でも、いい。青磁が私を見てくれるなら、誰に見られたっていい。

　私は手すりに体を預け、足をかける。

　このまま逃げられたりしてしまわないように、下へ飛び降りようと思ったのだ。二階だから、きっと大丈夫。

　その瞬間、「馬鹿！」と叫ぶ声が響き渡った。

　青磁がこちらを見上げながら、ホールを突っ切って駆け寄ってくる。

「やめろ、馬鹿か！　危ねえだろ!!」

　珍しく慌てている彼の様子がおかしくて、ふふっと笑いが洩れた。

「青磁が逃げないなら、飛び降りないよ」

「……わかった。わかったから、大人しくそこにいろ」

彼は呆れたように言って、階段に向かって駆け出した。それを確認して、私は手すりから降りた。

美術展の会場前の柱に背をもたれて、床に目を向けると、さっき落としたマスクがひっそりと転がっていた。

拾い上げてポケットに入れる。お世話になりました、と心の中で呟いた。

きっと、私にはもうマスクは必要ない。でも本当に、すごくすごく必要なものだったのだ。このマスクに守られて、私は切れそうな糸をなんとか保つことができていたから。

だけど、これからはマスクがなくても大丈夫だ。

それは……。

目を閉じる。瞼の裏に青磁の絵を思い浮かべる。

あの絵に描かれているのは、たしかに私だけれど、私ではなくて、でもやっぱり私だった。

私は本当はあんなふうに笑えるのだ。

自然な笑顔を、そして心から嬉しそうな笑顔を、浮かべることができるのだ。

ありがとう、思い出させてくれて、と囁きながら彼を待つ。

足音が聞こえてきた。たくさんの人の声や足音の中で、たったひとつだけ、私の耳にまっすぐ届く音。

ゆっくりと目を開けて視線を向けると、きまりが悪そうにこちらに歩いてくる青磁と目が合った。

「久しぶりだね、青磁」

「……お前なあ」

呆れ返った声だけれど、それが私だけに向けられたものだというだけで、泣きたいくらいに嬉しい。

「なんて無謀なことするんだよ。本気で落ちるかと思ったぞ。怪我したらどうする」

「いいの。それで青磁が私のところに来てくれるなら」

「……馬鹿じゃねえの?」

青磁がため息をついて歩き出す。

私は慌ててあとを追った。彼のゆっくりとした足どりから、別に私から逃げようとしているわけではないとわかり、ほっとする。

回廊をめぐって美術展の反対側まで来ると、青磁は【展望台】と書かれた自動ドアをくぐった。

ドアを抜けると、真っ白な広い階段があって、上からは溢れんばかりの光が降り注いでいる。

青磁が階段をのぼり始めた。

目映い光の中に、彼の形の影ができる。

眩しさと、言葉にならない気持ちに目を細めながら、私も階段をのぼった。

半分くらいまで来たところで、大きな窓と、その外に広がる優しい水色の空が見えてきた。

展望台は、ガラス張りになったドーム天井の端から外が見られるように作られたものだった。

視界いっぱいに広がる大きな窓。

「……すごい眺めだね」

窓ガラスに張りつき、息を詰めて空を見つめながら言うと、青磁が「すげえだろ」と笑う。

「なんで青磁が自慢気なのよ」

「だって、俺が見つけて、俺がお前をここに連れてきたんだから、すごいのは俺だろ」

相変わらず自分勝手な論理だ。でも、その身勝手さがあまりに懐かしくて、目頭が熱くなった。

今日は涙腺がおかしい。少しの心の動きで涙がにじんでしまう。

ぽろりと零れた涙が頬を伝って、マスクに遮られることなく顎の先を濡らした。

視線を感じて目を向けると、彼が微笑んで私を見ていた。

「マスク、やっと外せたな」

手が伸びてきて、髪に触れられる。

どきりとして硬直していると、

「偉かったな」

柔らかい声がして、くしゃくしゃになるまで頭を撫でられた。

それだけで、震えるほどの怖さを押し切った勇気が報われた気がして、嬉しくなる。

ふ、と声が洩れる。ぽろぽろと涙がこぼれた。

「バーカ。なにこんなことくらいでぼろぼろ泣いてんだよ。ガキか」

ははっ、とおかしそうに青磁が笑った。

私は「うるさい」と言い返して、濡れた目許を指先でこする。

彼はまた「バーカ」とくすくす笑いながら、シャツの袖で私の頬をごしごしと拭ってくれた。胸がじわりと温かくなる。

「座ろう」

青磁がそう言って、近くにあったベンチに腰かけた。左側を空けて。

座ってもいいということだろうか。少し前までは彼の隣に座るのは当たり前のことだったのに、今は妙に気恥ずかしい。どきどきしながら、空いた場所に腰を下ろす。

「それにしても」

青磁が頭の後ろで腕を組み、ガラス越しの空を仰ぎながら唐突に言った。

「まさかお前が来てるとは思わなかった」

「……うん。風の噂で、大賞とったって聞いて」

里美さんから教えてもらったということは、いちおう黙っておこう。

「……絵、見たのか」

こくりとうなずく。なんと言えばいいのかわからなくて、思いついたまま、

「ありがとう」

と囁いた。

「すごく綺麗な絵だった。ありがとう」

ふん、と青磁が鼻を鳴らす。どうやら照れているらしい。

「ねえ、あれは、いつの私？」

訊ねると、彼が目を見開く。

「……え？　いつって……」

「小学生の私だよね？」

青磁がぽかんと口を開いた。

「だって、高校生になってから、私、あんなふうに笑ったことない。でも、あれは私の本当の笑顔だってわかったよ。青磁は私の作り笑いじゃない顔を、本当の笑顔を見たことがあったんだね。小学生のころに」

「……お前、なんで、それを……。忘れてたんじゃないのかよ」

唖然としている彼がおかしくて、笑いながら私は答える。

「うん、ごめん、忘れてた。でも、お兄ちゃんがね、青磁のこと教えてくれたの。小学生のとき、サッカークラブで一緒だったって。私も会ったことあるはずだって」

「……マジか」

青磁が呻くように言って、頭を抱えた。見ると、腕の隙間から覗く耳たぶが真っ赤に染まっている。私はびっくりして息をのんだ。

「……なに照れてんの？」

「いや……、そりゃ、恥ずかしいだろ。ガキのころの茜の笑顔ずっと覚えてて、絵に描くとか……」

「そう？　私は嬉しいよ」

また思ったままに答えると、青磁はばつの悪そうな顔で私を見た。

「……まあ、それならいいけど」

それからまた大きなため息をつく。

その横顔に「ねえ、青磁」と声をかけた。

「私、小学生のころのこと、覚えてないの。ごめん」

「あー、まあ、そうだろうな」

だから、と私は続ける。

「私たちがどうやって出会ったか、教えて?」

青磁は「しょうがねえなあ」と肩をすくめて笑った。

だいすき

青磁の話によると、私たちが初めて出会ったのは、小学三年生のときだった。私がお母さんに連れられてお兄ちゃんの練習を見にいったときだ。

そのころの私はサッカーのルールも知らないし、見ていてもなにもわからないから、ただぼんやりとお兄ちゃんを目で追うだけだったと思う。

でもクラブの人たちは、物珍しく私のことを見ていたらしい。そして、その中に青磁もいたのだ。

『茜ちゃんって言うんだって、お前と同い年だよ』とか言って、上の学年のやつに教えられたけど、俺はあのころサッカーやるのが楽しくて仕方なかったから、どうでもいいやと思ってちゃんと顔も見てなかった」

いかにも青磁らしくて笑ってしまう。

「それにしても、どうでもいいはひどくない？」

「でも、お前もどうでもよさそうな顔してたぞ」

「う……まあ、そうかも。最初のころはサッカーなんて興味なかったし、早く帰りたいなーとか思ってた気がする」

「あー、そういう顔だった」

あのころの私はなんでも顔に出すタイプだったから、さぞつまらなそうな顔をしていたことだろう。

でも、何度か練習や試合を見にいくうちに、だんだんとルールがわかってきて、そうなると急にサッカーを見るのが楽しくなってきた。試合のときには声を上げて応援して、負けたら悔しくて地団駄を踏むほどに熱中していた。

「最初はつまらなそうにしてたのにさ、お前、どんどんサッカーにはまっていって。練習で手抜いてるやつにダメ出ししたりとか、試合でも選手よりでかい声出したりとか、なんかうるさくてすげえ目立ってたから、いつの間にか顔、覚えたんだよ」

恥ずかしくて言葉が返せない。昔の自分が出しゃばりだったことを痛感させられて、穴があったら入りたい気分になった。

「で、あるときさ、地元のクラブチームが集まって、親交試合みたいなのがあって」

青磁がそこまで言って、ふいに口を閉ざした。

「うん、で？」

先を促すように言うと、彼はなぜか困ったような顔になり、それから、

「……やっぱ、この話はやめとこう」

と、突然そっぽを向いた。

「は？　なにそれ。気になるし。言いかけたんだから最後まで言ってよ」

「いや、たいした話じゃないから」

「それでもいいから、聞きたい」

彼はやっぱり気乗りしなさそうな顔をしている。

「青磁と話せなかった分、たくさん話をしたいの。たくさん、聞かせてほしいの」

私がじっと見つめながら言うと、彼は降参したように肩で息をした。

「お前、本当に覚えてないの？　小五の春に、あの河川敷でサッカーの親交試合やったこと。お前も見にきてたんだよ」

春、河川敷、サッカーの試合、と聞いて、ふいに浮かんだ光景があった。

きらきら光る川の水面と、河川敷のサッカーゴールと、その脇にある満開の桜の木。

「あ……ちょっと思い出したかも」

そうだ、たしか私は土手の斜面の芝生に腰を下ろして、試合を観戦していた。

「あのときの試合ってさ、地元のサッカー界を牛耳ってるお偉いさんが主催だったんだよ。元プロ選手で、県のサッカー協会の役員だとかで、めちゃくちゃ有名で力のあるおっさん」

「へえ、そうなんだ」

「でもさ、そいつの息子が、すげえ問題児で」

その言葉にも、なにか引っかかりを感じた。体が大きくて、きつそうな目つきをした男の子の顔がふっと思い浮かぶ。

「俺らがそいつのチームと当たったときに、そこはかなり上手くて負け知らずだったんだけど、俺らが調子よくて、先に点入れちゃったんだよ」

　青磁が懐かしげに目を細めて笑った。

「後半の半分くらいまできて、二対〇になった。そしたらそいつさ、完全に頭に血が昇っちゃったみたいで。わざと足ひっかけて転ばせたり、服とか腕とかつかんで引っ張ったり、しまいには思いっきり体当たりまでしてきやがって」

「うわ……最低。そんなの反則でしょ」

「だろ？　でもさ、そいつはお偉いさんの息子だから、審判やってるおっさんも、他のチームのコーチとか監督も、なんも言えないんだよな。黙って見てんの」

　話を聞いているうちに、当時の私がどんな行動に出たか予想できてしまって、頬が紅潮してくるのを自覚した。

「そしたら、急に、茜がコートに乗り込んできたんだよ」

　青磁はそこで噴き出し、けらけらと笑い声を上げた。私は恥ずかしさにうなだれる。

「やっぱり、そうか……うん、思い出した」

　そのときの光景が鮮やかに蘇ってくる。

　試合の邪魔になるのもかまわずに、私はコートの中に突撃した。目の前で傍若無人な振る舞いをするそいつをどうしても許せなくて、怒りを抑えきれなかったのだ。

「あれはマジでびっくりしたよ。いきなり駆け込んできて、あいつに突進して説教はじめて」

「『ずるばっかするな、いい加減にしろ馬鹿野郎！』、でしょ……」

「そう、それ！　あれは痛快だった」

青磁がお腹を抱えて笑う。私も恥ずかしさとおかしさで笑いが止まらなくなった。

私が無謀にもそいつに食ってかかったそのあとは、もうめちゃくちゃだった。

『なんだ？　このチビ』とあっけなく腕をひねり上げられてしまい、それが痛くて腹が立った私は全力でそいつの脛を蹴り上げて、それがさらに相手の怒りに火をつけた。

そして、今度は殴られそうになって……。

そこまで思い出して、「あ」と声を上げてしまった。

あのとき、殴られるのを覚悟して、私は頭を抱えて目をつむって備えた。

でも、衝撃は来なかった。あいつが私を殴る前に、誰かがあいつを殴ったからだ。

骨と骨がぶつかり合う鈍い衝撃音に驚いて目を開けた私の前で、細っこい男の子が暴れていた。自分より年上でずっと背も高くて体重もある相手に少しも臆することなく、つかみかかって殴りかかり、逆に殴り返されても、全く怯まずにまた挑んでいった、私と同い年くらいの男の子。

きつく相手を睨みつける横顔は、とても気が強そうで、でも思いのほか綺麗に整っていて。

……あれは、青磁だった。

あのとき、私を助けてくれた男の子は、青磁だったんだ。

急に動悸が激しくなってくる。隣にいる彼を、なぜか直視できなくなってしまった。

そんな私の動揺には気づかず、彼は話を続ける。

「俺があいつと喧嘩始めたらさ、なぜか茜まで入ってきて、むちゃくちゃだったよな。お前、あいつに髪の毛つかまれて泣き出すし」

そうだった、とさらに記憶が甦ってくる。

ふたりの殴り合いを、青磁が殴られているのを黙って見ていられなくて、私はそいつに再びつかみかかった。そしたら、三つ編みにしていた髪をつかまれて引っ張られて、驚きと痛みで泣いてしまったのだ。

「でもお前、泣きながらあいつのこと蹴ってたよな。こいつ強え！って俺マジでびっくりしたんだよ」

妙に嬉しそうに青磁はそう言った。

でもそれは、彼が私をかばってくれたからなのだ。私の髪をつかんだ太い腕に彼が噛みついて、そのせいでまた殴られそうになっているのを見て、自然と足が出ていた。

そこでやっと、ボールとは関係のない場所で行われていた乱闘に気づいた大人たちが、慌てて止めに入ってきた。私たちは引き離され、喧嘩は終わった。

「……あの絵はさ、あのときのこと思い出しながら描いたんだ」

青磁がぽつりと言った。

「喧嘩が終わったあと、なんか悔しくて地面に寝転がってたら、肩を叩かれて」

彼がこちらに目を向けたので、視線が絡み合う。私をひたむきに見つめる、まっすぐな瞳。その頬のあたりが、心なしかほんのりと赤い。

それに気づいたことで恥ずかしさが込み上げてきたけれど、目を背けることはできなかった。

「目を開けたら、茜がいた」

心臓の音はいつまで経っても落ち着いてくれない。

「風が吹いて、桜の花びらがたくさん舞い落ちてきて、茜の周りをひらひら踊ってた。お前はまだ泣き顔をしてて、目が潤んでて、頬には涙の跡があって」

「……うん」

「でも、笑ってた。満面の笑みで、俺に、『助けてくれてありがとう』って」

そのときの光景が蘇ってくる。

コートの真ん中に砂まみれのユニフォームで寝転がって、悔しそうに唇を噛んでいた男の子。

お礼を言おうと思って覗き込んだら、その瞳は今と同じで硝子玉みたいに澄みきっていて、春の青空を映してきらめいていた。

そのとき、私は思った。

「すげえ綺麗だなって思ったんだよ。その笑顔が」

青磁が静かに言って、でもそれは私の言葉でもあった。

なんて綺麗な目をした男の子だろう、と私はあのとき思ったのだ。

自分の鼓動の音がうるさいくらいだ。それに、頬が熱い。たぶん、顔中が真っ赤になっている。マスクがないから隠せなくて、恥ずかしい。

でも、青磁も同じように赤いから、まあいいか、と思う。思ったのに。

「あのときから、茜のことずっと気になってた」

彼のその言葉に、さらに顔の温度が上がるのがわかった。

「でも、お前、あれからしばらくしてサッカーに来なくなって……」

「……うん。あのことがあって、塞ぎ込んでたから……」

あの集団無視が始まって以来、私は自分のことで頭がいっぱいになって、サッカー観戦どころではなくなってしまったのだ。

「いつかまた会えないかなって思ってたよ、ずっと。また会えたら今度は自分から話しかけようって」

まさか青磁がそんなことを言うなんて、驚きだった。

どんな顔をすればいいかわからなくて俯く。

「でも、やっと高校で再会できたと思ったら、お前、なんか変な顔になってたからさ。マジでむかついた」

歯に衣着せない言い方に、恥ずかしさも吹き飛んで笑ってしまう。

「変な顔って。ほんと青磁って失礼だよね」

「だって本当のことだろ。昔はあんなに楽しそうに、弾けるように笑ってたのにさ、なんかアンドロイドみたいに不自然な作り笑い貼りつけて俺に声かけてくんだもん、すげえ苛ついたよ」

高校で初めて言葉を交わしたのは、窓から桜の花びらが舞い込む廊下だった。

私が声をかけると、青磁は不機嫌な顔で、『俺はお前が嫌いだ』と答えたのだ。

「その笑い方むかつくから嫌いって何回も言ったのに、お前全く変えないからさ、ずっと苛々してた」

はあ、と私は呆れてため息をつく。

「笑い方が嫌いなんて言ってなかったよ。ただ、気に入らないとか嫌いとかむかつくとかって。言葉足りなすぎでしょ」

「そうか？　わかるだろ、普通」

「わかんないって」

あのころは本当にこいつのことが大嫌いだったな、と懐かしく思い出す。

でも、今は。

「だって、お前の笑顔が好きだったから。作り笑いなんか見たくなかったんだよ」

さらりと言ってのける青磁は、やっぱりすごい。

「ついでに言うと、間違ったことが許せなくて、言いたいことは思い切りぶちまけて、相手がどんなやつでも食ってかかる強さも、好きだった」

連続で爆弾を投げ込まれたような気分になって、私は両手で顔を覆った。もう、今にも火が出そうだ。

「だから、高校生になったお前が、言いたいこと言わずに飲み込んで、作り笑いで周りのご機嫌とってるの、見てるだけで嫌な気分になったんだよ」

「……うん、ごめん」

「謝るなよ」

俯いた頭を、ぽんぽん、と撫でられる。

「そうなったのには事情があったんだってわかったし。それに、美術室とか屋上にいるときの茜は昔のままだったから、俺にだけは本当の自分見せてくれてんだって、嬉しかったよ」

それなら、と反射的に言葉がこぼれた。

「それならどうして……私から離れていったの？」

思わず言ってしまった。

青磁の手が止まり、息をのんだ気配がしたから、私は我に返って顔を上げた。

「あ、ごめん……言わなくていいよ。言いたくないなら言わなくていい」

彼は遠い目をして、窓の外の冬景色を見つめていた。

それから細く息を吐いて、少し困ったように微笑んで口を開く。

「いや、いいよ。話すよ。黙ってるの、ずるいよな。お前は俺に、話したくない過去も打ち明けてくれたんだし……」

どこか頼りなさげな表情で、今にも震えそうに聞こえる声で、青磁が言った。

こんな表情の青磁は、こんな声音の青磁は、初めてだった。

「茜の兄貴から聞いてるかもしれないけど……中学のとき、病気になったんだ」

私はどんな言葉を返せばいいかわからず、ただ小さくうなずいた。

「けっこう大きな病気でさ……」

青磁は膝の上に置いた指先を見つめながら、確かめるように、ぽつりぽつりと話す。

なんの病気か気になったけれど、私からは訊けない。でも彼は自ら教えてくれた。

「……小児がんってやつ」

思わず肩が震えてしまった。心臓が嫌な音を立てる。

がん、という言葉は、あまりにも重かった。テレビのドキュメンタリーで見た患者の闘病の様子を思い出す。すっと背筋が寒くなった。

青磁は眉を下げて笑っていたけれど、とても苦しそうに見えた。

「がんにも色々あるけど……俺の場合は、ここ」

彼が指差したのは、自分のこめかみのあたりだった。

「脳腫瘍だよ」

青磁が病気だったとお兄ちゃんから聞いて、どんな病気だったのか、何度か考えた。でも、脳腫瘍という病名は、私の予想をはるかに超える圧倒的な重さを持っていた。

その病気で長年闘病していた芸能人が亡くなったという最近のニュースが頭に浮かび、慌てて打ち消す。

大丈夫。だって、青磁の病気は過去の話だ。今はこんなに元気なんだから。

でも、彼の表情の暗さがどうしても気になった。

「中学に入ったあたりから頭痛がひどくて、痛くて痛くて眠れない、飯も食えないときもあって。これは普通じゃないってことになって、親に病院に連れて行かれた。何時間もかけて検査して、とりあえず検査入院ってなって、今度は何日もかけて検査して。結果、脳腫瘍です、って。すぐに治療を開始します、って」

ははっ、と青磁が乾いた笑いを洩らした。

「母親はぼろぼろ泣いて気絶しかけるし、親父は親父でフリーズするしさ、もう大変だったよ。そのせいで逆に俺は落ち着いて……」

そこまで言って、彼はふいに言葉を切る。

「……ごめん。今の、嘘」

私は「え？」と彼に目を向けた。

「今のは外向けの嘘。他のやつには虚勢張ってそう言ってたけど、お前には……お前にだけは本当のこと言うよ」

私は黙って続きを待つ。

ふうっと息を吐いてから、彼が呟いた。

「本当は、めちゃくちゃショックだった。脳腫瘍って言われて、目の前が真っ暗になって、へこみまくって、絶望した」

青磁は寂しそうに笑った。

「本格的に入院して、腫瘍があったのは手術できない位置だったから、放射線治療と抗がん剤治療。副作用が、信じられないくらいつらくてさ……それまでの人生で経験した苦痛を全部集めても足りないくらい、苦しくてつらくて、病気よりそっちで死ぬかと思った」

彼の口から次々と零れ落ちてくる弱音。

　私は唇を何度も噛みしめながら聞いていた。そうしないと泣いてしまいそうだった。

「でも、あんなに苦しい思いしたのに、一回目の治療ではほとんど腫瘍が小さくならなくて。しばらく体を休ませたらまた二回目の治療を始めるって言われたんだ。あれは堪えたな……」

　いつも自信に満ち溢れていて、誰よりも強く輝いていて、太陽みたいな青磁の姿からは想像もできない、苦しみに満ちた横顔。

「なんで俺がこんな目にって叫びたくなったし、俺死ぬのかな、明日の朝は目が覚めないかもって、毎晩ベッドの中でそんなこと思いながら、眠れなくて丸くなってた」

　気がついたら、私は青磁の手を両手で包み込んでいた。

　彼が驚いたようにこちらを見る。そういえば私から触れたのは初めてかもしれない。

　でも、触れずにはいられなかった。

　私の手に力なんてあるとは思えなかったけれど、でも、恐怖に震える子どものような顔をした彼を、どうしても包み込んであげたかった。

　青磁の顔が少しずつ歪んでいく。

「本当に、死ぬかもって……めちゃめちゃ怖かった。震えが止まらないことも何回もあった」

　声が今にも消えそうにかすれる。

「たぶんそのせいなんだろうな、抗がん剤治療が終わって、抜けきってた髪が生えてきたとき、全部真っ白になってたんだ。あまりにも怖がってたせいだと思う……情けないよな」

硝子玉の瞳が潤んでいる気がしたけれど、確かめる前に彼は顔を背けた。その代わりに、手を握り返される。愛おしさが込み上げてきて、私はさらに指に力を込めた。

「情けなくなんかない。誰だってそう思うよ。普通のことだよ」

私の言葉に青磁が小さく笑って、それから顔を覆った。

「茜にだけは知られたくなかったのにな……」

え？と首を傾げると、彼は困ったように微笑んで私を見てきた。

「お前にだけは、こんな情けない自分、知られたくなかった。だって、お前の中での俺はたぶん、いつだって自分に自信があって、強くて、悩みなんかないやつだろ」

「そんな……」

青磁が私から離れていく直前に、私が彼にぶつけてしまった言葉。

『なんにでも恵まれてて、悩みなんかひとつもないでしょ？　思い通りにならないこと、ひとつもないでしょ？　そんな幸せなやつに、私みたいな人間の気持ちがわかるわけないじゃない』

なんてひどい、無神経な言葉をぶつけてしまったんだろう。彼をどれだけ傷つけたか、考えるのさえ怖かった。

「お前には、俺はなんにも怖れるものなんかない強い人間に見えてるんだろうなって思って……そしたら、弱くて情けないところなんか見せたら嫌われるって思ったんだ」

「……そんなわけないじゃない。私は……」

「だから、お前から逃げたんだよ」

　青磁は静かに言った。

「二回目の抗がん剤治療は運よく合ってたみたいで、どんどん腫瘍が小さくなっていって、半年後には退院できた。でも、再発の可能性があるから、定期的に病院で検査を受けなきゃいけなくてさ」

　青磁がときどき学校を休んでいたのはそういうことだったのか、と合点がいった。

「お前と美術室で言い合いになった次の日も、検査で病院に行ったんだ。そのちょっと前に何日間か頭痛が続いたことがあって、もしかしたらって内心びくびくしながら検査を受けた」

　そういえば、あの出来事のあと彼が連続で欠席したことを思い出した。

あのとき彼は、再発の不安に怯えていたのだろうか。能天気にメールを送ったりしていた自分を殴ってやりたい。

「そしたら案の定、腫瘍らしき影が映ってるって言われて……」

え、と呼吸が止まる。再発、という言葉が頭をよぎり、私は呆然と目を見開いて青磁を見た。

「そんな顔すんな」

彼がくすりと笑う。

「そのあと入院して詳しい検査受けて、大丈夫だって診断されたからさ」

その言葉に、全身が脱力しそうなほどの安堵を覚えた。

よかった。よかった、本当に。

「でも、結果はよかったけど……」

青磁が笑顔を消してぽつりと呟いたので、私の鼓動がまた速まる。

「結果待ちの間、俺はまた、中学のときみたいに、馬鹿みたいに怯えながら過ごしてたんだ。再発は死亡率が上がる、もうだめかも、今度こそ死ぬかもって、がたがた震えながら……」

私の手の中にある彼の手が、徐々に力を失っていくのがわかった。

だから、つなぎとめるように強く、強く握りしめる。

「再発はしてないって言われても、百パーセントは喜べなかった。だって、またいつ再発しないとも限らない。もしかしたら来年、再発するかもしれない。そう思ったら、俺は一生こうやって病気に怯えながら生きるんだなって気がしてきて……」

太陽はいつの間にか空高く昇っていて、頭上からの光が青磁の顔に濃い陰影を作っていた。

「……こんな情けない自分は嫌なんだ。茜に幻滅されて嫌われるのが怖い……だからお前から逃げたんだよ」

彼は前を見つめたまま、静かに言葉を紡いだ。

その真剣な表情を見ながら、私は唇に笑みが浮かぶのを自覚する。

「そんなわけないじゃない」

青磁とは正反対の明るい声が弾けた。怪訝そうな顔で彼がこちらを向く。

「幻滅なんてするはずないでしょ」

「…………？」

「だって、私は青磁のこと、好きだから」

きっぱりと言い切った。彼に信じてもらうために、少しもぶれてはいけない。

「きらきらしてる青磁のことも好きだけど、私だけに見せてくれる弱さも好きだよ。それってすごく特別って感じがして、嬉しいから」

青磁は戸惑うような顔をしていた。

その手を両手で捧げもって、自分の額に当てる。

「……ねえ、青磁。青磁はね、私の世界を変えてくれたの。青磁の絵に出会って、暗くて狭くて息もできなかった私の世界が、すっごく綺麗なものになった。青磁に貰ったたくさんの言葉で、私は生まれ変わって自分の気持ちを外に出せるようになったの」

できれば、青磁を蝕む不安や恐怖を、ひとつ残らず、全て消し去ってあげたい。

でも、きっとそれは無理なことだから。

だから、私は。

「青磁、大好きだよ」

なぜか涙が溢れてきて、止まらなくなった。

「本当に、本当に、大好き。青磁がいない毎日なんて、もう考えられない。青磁と離れてる間、寂しくて悲しくて、どうにかなりそうだった。私はもう青磁から離れられないの。だから……」

言葉も涙も、とめどなく私の中から湧き上がって、溢れ出していく。

胸がいっぱいだった。愛しさでいっぱいだった。

大切な彼を、私の力では、病気や死の恐怖から守ることはできない。

だから、せめて、私にできる精いっぱいのことを。

「……側にいさせて」

見開かれた硝子玉の瞳の中に、涙をぽろぽろ零しながら笑う私がいた。

「それだけでいいの。ただ、隣にいて、青磁の絵を見ていたい。何気ない話をしたい。

それだけでいい。青磁の側にいたい」

大きすぎる恐怖を消してあげることはできないとしても、ほんのひとかけら貰ってあげることすらできないとしても。

ただ側に寄り添って、一緒に不安を感じ、恐怖に震え、怯えながら耐えることは、私にだってできるはずだから。

青磁がゆっくりと瞬きをして、それから私の手を強く握った。薄い唇が開いて、は、と微かな息が洩れた。

「……馬鹿だな、お前は。俺なんか好きになって」

むっとして、彼の手を握る手にぎゅうっと力をこめる。

「なんか、ってなによ。青磁は〝なんか〟じゃないよ。私の全てなんだから」

真剣に言い返したのに、彼はおかしそうに噴き出した。

「ねえ、返事は？　側にいたいって言葉の返事は？」

「……ははっ」

「青磁は、私のことどう思ってるの？」

彼がふいに立ち上がり、私の手をつかんだまま歩き出した。

懐かしい感覚だった。行き先も聞かされないまま否応なしに彼に振り回されて、でも、どこかとても素敵なところに連れて行ってくれるのだと確信できる。

だって、青磁はいつも惜しげもなく、自分が見つけた綺麗なものを、私に見せてくれたから。

「中学のとき、治療のために入院してるころにさ」

手をつないで階段を下りながら、彼が口を開いた。

「好きだったサッカーができなくなって、なんか、生きがいまで奪われたって思ってたんだ。毎日なんにも楽しいことがなくて。体より先に心が死んだみたいな……」

回廊を巡って、美術展の会場に戻る。

「……でもさ。ベッドに横になって、窓の外を何気なく見たら、空がさ……すげえ綺麗だったんだよ。もう本当、息が止まるんじゃないかってくらい、心が揺さぶられたんだ」

たくさんの絵の間を抜けて、そこへと向かう。

「あの空がほしい、って強烈に思った。どうやったら留めておけるか考えて、写真撮ってみたけど、全然思ったような色にならなくて。じゃあどうするって考えて、絵なら、自分が見たままの、感じたままの色を出せるって思ったんだ。そのとき初めて、空の絵を描いた」

たくさんの絵が並んだ廊下を抜けて、広い部屋に入る。

「それから俺は毎日毎日、ベッドの上で、窓から見える空を描いた」

文化祭で見た青磁の絵を、まだ覚えている。いろいろな空の絵。どれもとても綺麗だった。

その中でひとつだけ、悲しくて切ない感じのする絵があった。真っ白な部屋の無機質なアルミサッシに四角く切り取られた空の絵。

あれは、入院していたころに彼が見ていた空だったんだ。

「病室だから油絵の具なんて無理で、初めてだから使い方もわからないし、入院中はずっと水彩で描いてた。だから俺は今でも水彩画が多いんだ。絵の具を買ってきてくれた母親は、空ばっかり描いて飽きないのって笑ってたけど。でも、空は毎日違ってたから、ずっと病室にいる生活の中で、飽きることなんかなかったよ。いつも綺麗で、見るたびに絵に残しておきたくなった」

いちばん最後の部屋に入る。

その奥の壁を占領するように展示された、圧倒的な存在感を放つ青磁の絵。その中で優しい光に包まれている私。

「俺は、綺麗だと思ったものを、ほしいと思ったものを、自分の手に入れるために絵を描くんだ」

美しい朝焼けの空と桜の花びらに彩られた私を見つめながら、青磁が言った。

「……意味、わかるだろ？」

その横顔は、かすかに赤く染まっていた。

ふっと微笑んで、私は「わかる」とうなずいた。

それから、絵の下のプレートを見つめて呟く。

「夜が明けたら、いちばんに君に会いにいく」

つないでいた青磁の手がぴくりと反応した。

「……この絵は、再発の可能性があるって言われて検査して、その結果を待ってるときに描いた」

青磁がぎゅっと私の手を握る。

「再発だったらどうしようって、死ぬほど怖くて。ひとりだけ真夜中に取り残されたみたいな気分だった」

私はその手を握り返す。結果を待つ間の彼の気持ちを思うと、じんと目の奥が熱くなった。

「そのときに思ったんだ……もしも再発じゃないってわかったら、再発への恐怖とか不安を乗り越えられたら」

青磁が柔らかく微笑んで私を見る。

「この真っ暗な夜が明けたら、いちばんに茜に会いたいって」

鼓動が高鳴る。

青磁が絵に込めた思いが、痛いくらいに伝わってきた。

「まあ、いざ再発じゃないって言われても、結局逃げたんだけど。また同じようなことがあるかもって、また真夜中になるかもって思って、そんなやつが会いにいく資格なんてないし、茜を幸せにはできないと思ったから……」

彼は少し笑って、それから続けた。

「でも、置いてけぼりの夜の中で俺が会いたいと思ったのは、一緒に朝焼けを見たいと思ったのは、茜だったよ」

あまりにもストレートな言葉に、私のほうが恥ずかしくなってきた。だから、照れ隠しに笑う。

「なにそれ。青磁は私のことめちゃくちゃ好きってこと？」

冗談めかして言ったのに、彼は真剣な顔で「そうだよ」と答えた。

「俺はお前が好きだ。小学生のときからずっとだよ。この絵を見たらわかるだろ」

偉そうに胸を張って言う姿があまりにも青磁らしくて、私は堪えきれなくなって声を上げて笑った。

笑いながらも、真夜中にひとり震える彼の姿が頭から離れなくて、再び込み上げてきた涙がぽろりと零れた。

青磁が少し困ったような笑みを浮かべて、

「なんで泣くんだよ……」

と言った。私は「嬉し泣きだよ」と答えた。

そのあと、思わず上げてしまった笑い声に周囲の来場客たちが怪訝そうな視線を送っていることに気づいた私は、「すみません」と小声で謝り、青磁の手を引っ張って会場をあとにした。

そのまま美術館を出て、駅へと向かう並木道を歩く。

「なあ、茜」

青磁が空を見上げながらのんびりと言った。

「お前は、俺がお前の世界を変えたって言ってたけど」

「うん」

「本当は、お前が俺の世界を変えたんだよ」

意味がわからなくて見つめ返す。

「あの試合のとき、物怖じしないお前の姿を見て、俺もこんなふうになりたいって思った。病気のときもお前のこと何回も思い出して、俺もあの子みたいに頑張らなきゃって、苦しいの我慢してた」

今度は恥ずかしくなって、私も青磁と同じように空を見上げる。

「お前が美術室に来るようになったとき、やばいくらい嬉しかったよ。やっと近づけたって思った。お前が俺の絵を好きだって言ってくれて、描くところ見ててくれるの、めちゃくちゃ嬉しかった」

そんなふうに思ってくれているなんて、彼の顔には全く出ていなかったから、驚きを隠せない。

どうしようもない高揚をごまかすように、じっと空を見つめる。

今日はやけに寒いと思っていたら、粉雪がはらはらと舞い降りてきた。まるで桜の花びらのように。

「茜」

「うん」

「側にいてほしい」

雪がふわりと青磁の頬に触れて、すうっと溶ける。それから私の頬にも。

「……うん。側にいる」

溢れたひと雫の涙が、雪に混じって頬を濡らした。

「綺麗な空だな」

青磁が呟いた。いつものセリフだけれど、今は彼なりの照れ隠しなのだとわかった。

ぎゅっと手を握ると、ぬくもりに満たされる。

思わず微笑んだら、いきなり視界が塞がれた。

そして、ほんの一瞬、唇にぬくもりが触れる。

えっ、と声を上げたら、青磁がにやりと笑った。

「マスク卒業記念だよ」

ぽかんとしていたら、青磁の目が優しく細まり、そして今度はひどくゆっくりと、
唇が降ってきた。

「卒業、おめでとう」

からかうような言葉だけれど、溢れるほどの優しさが伝わってきて、全身が幸福感
に満たされた。

「うん……ありがとう」

やっぱり青磁が大好きだ、と噛みしめるように思った。

つないだ手のぬくもりに、ひっそりと誓う。

愛しいこの手が、夜の冷たさにひとり凍えてしまわないように、私はいつまでも、
彼の隣にいよう。

番外編　この美しい世界で、いつまでも君と生きていく

雪の夜は、どうしてこんなに静かなんだろう。

あまりにも静かなので、カーテンを閉めきった中にいても、その静寂（せいじゃく）だけで外は雪が降っているらしいとわかるくらいだ。

真夜中の深海に沈んだような部屋の片隅で、俺は膝を抱えている。

明かりをつけているのに、妙に薄暗い。

暖房もついているのに、いつまでも寒い。

他の部屋に家族がいるとわかっているのに、ひどく孤独だ。

頭の奥のほうがずきりと痛んだ――気がした。立てた膝に顔を埋ずめて、ゆっくりと呼吸をする。冷えきった空気に背中が震えた。

少しだけ目を上げて、手に持った絵筆をじっと見つめる。

油絵の具の汚れが、柄にこびりついている。部屋中に充満する溶き油独特のにおいが、息を吸い込むたびに胸に満ちる。

この汚れもにおいも、俺の中に棲（す）みついている暗い感情に、とてもよく似ている。

再発への不安と恐怖は、心の奥深くまで充満して、染み込んで、きつく根を張っている。どんなに忘れようとしても、振り払おうとしても、こびりついて取れない。

洗っても落ちない汚れと同じように、染みついて消えないにおいと同じように、きっとこの感情は、もう二度と俺から離れてはくれないのだろう。

顔を上げると、描きかけのキャンバスが目に入った。筆で絵の具をすくう。絵を描いているときだけは、不安も恐怖も少しだけ気配が薄くなる。まだ下塗り状態の絵に色をのせようとしたとき、筆の先がかすかに揺れていることに気がついた。――手が、震えているのだ。

俺は自分に呆れ、ため息をついて窓に目を向けた。座り込んだままで、カーテンを細く開ける。

窓の外には、深い藍色の夜空が広がっていた。ガラスに映る自分と見つめ合う。夜の暗さの中でもはっきりと分かる、色の脱けきった真っ白な髪。

この髪の色も、描き続けてきた空の絵も、弱さの証だった。彼女が綺麗だと言ってくれたものは全て、自分の弱さからきたものだというのは、皮肉なことだと思う。

手はまだ震えていた。でも、無視して筆をぐっと握り直す。少しずつ絵の具を加えて、キャンバスの中の空に、幾重にも色を重ねていく。白、水色、青、紫。

絵は、ごまかせない。この心の弱さも、指の震えも、完成した絵にはきっと全て、そのまま表れてしまうだろう。

情けないけれど、仕方がない。どんなにみっともなくても、それでも俺は描かずにはいられない。

無心に手を動かしながらも、脳裏には、今まさに描き出そうとしている彼女の姿が浮かんでいた。

何者にも囚われない奔放さを持った天真爛漫な女の子の、弾けるような笑顔。

それから十年後の、脆くて、でも優しくて誠実な頑張り屋の彼女の、少し不器用な笑顔。

どちらも俺にとってはかけがえのない大切なものだった。

そして、その笑顔から零れ落ちた涙。こんなに綺麗なものは見たことがない、と思った。

まだ幼さの残る女の子が、なんの力にもなれなかった俺に、痛みをこらえながらも「ありがとう」と満面の笑みを浮かべて、それでも堪えきれないように零した涙。

高校生になって色々なしがらみに縛られた彼女は、怒りも悔しさも、苦しみも悲しみも、なにもかも飲み込んで自分の中に閉じ込めていた。周囲を心配させないようにと下手くそな笑顔を貼りつけて、それでもときどき溢れ出してしまう涙。

そんな強さと弱さに、その心の美しさと脆さに、俺は惹かれたのだ。同じ女の子に、二度も。

朝焼けの美しい空と、風に舞い踊る桜の花びらと、彼女の綺麗な涙、そして澄んだ笑顔。

それらを描こうとすると、勝手に筆が動くようだった。何度も何度も記憶をなぞるように思い浮かべた光景だから、息をするように描くことができた。

今まで生きてきていちばん苦しくて怖かったときに、彼女の笑顔を、擦りきれるほどに思い出していた。それだけで恐怖と闘う力が湧き上がってくるように思えたのだ。彼女の涙と笑顔は俺にとって、真っ暗闇に射し込む光のような存在だった。

成長した分つらい思いもしてきて、生きづらさや息苦しさを抱えている彼女に、また昔のような笑顔を浮かべてほしい。もう一度あんなふうに、自分の思いのままに笑えるようになってほしい。彼女の笑顔を曇らせたものから守ってあげたい。

でも、病気の不安から逃れられない弱くて臆病な自分では、そんなことは到底無理だから、せめて、彼女に贈るこの絵だけでも完成させたい。

そんな祈りをこめて、描く。

彼女に見てもらえるかはわからない。俺は自分のことで精いっぱいで、自分を守ることに必死で、彼女にひどい態度をとってしまった。もう二度と会いたくない、顔も見たくない、と拒絶されても仕方がない。

でも、たとえ見てもらえなくてもいい。それでも彼女への想いの全てを筆にのせて、今の俺の全てを懸けて描いた絵だった。

何日もかけて完成させた絵を壁に立てかけて、真正面からじっと見つめる。

今までいちばんの出来だった。

俺はもしかしたら、弱っているときほど、心が折れそうなときほど、いい絵が描けるのかもしれない。

その皮肉さに、思わず自嘲的な笑みを浮かべる。

この絵を見せたい相手は、ひとりだけだ。

俺は携帯電話を取り出し、彼女に連絡をとろうとした。

でも、指がどうしても動いてくれない。

今まで彼女からの接触を頑なに拒んできた自分の不甲斐なさを思うと、今さら平然と電話をかけることなんて、できるわけがなかった。

カーテンを開けて、外を見る。

夜明け前の、世界で最も暗い空。いつになったら朝が来て、光が射してくれるのか、わからない。

でも、この真っ暗な夜が明けたら。

俺がこの恐怖や不安に打ち勝つことができたら。

今度こそ君に会いたい。
いちばんに君に会いたい。会いにいきたい。
夜が明けたら、いちばんに君に会いにいく。
だから、どうか。
情けない俺だけれど、どうかもう少しだけ、待っていてほしい。

＊

スマートフォンが軽く震動して、俺はふと我に返った。
ポケットの中から取り出して、画面を確認する。
彼女からのメッセージが届いていた。
【今どこ？】
【いつものとこ】
返事を送ると、すぐに【了解】と返ってきた。
俺は抱えていたスケッチブックを傍らに置き、芝生の上に寝転んだ。
いつものくせで、空を見つめる。明るい青が降ってくる。
今日の空は、晴れているけれど、全体に薄い雲が流れていた。

この空を描くなら、どの色をどう混ぜて、どれくらいの水分量で、どんなふうに筆を動かせばいいだろう。

空を見るたびに無意識に考えることを、今日もまた思う。

少し目線を落とすと、川の水面に青空が映っていた。空よりも川面をメインに描くほうがいいかもしれない。

川の両側に広がる河川敷には、色々な人がいる。散歩をする老夫婦や、犬を連れた中年の女性、ランニングをする若い男性、サッカーボールを蹴っている少年たち、野花を摘んで花冠を作る少女たち。

ここは、初めて彼女と言葉を交わした場所だった。

二年前まではいつもひとりで、週に何度も訪れていた。

二年前からは、彼女と一緒に来ることが増えた。

大学生になってからは、待ち合わせはいつもここだった。

俺は都内の美大に通っていて、彼女はこの近くの大学の文学部に在籍している。

高校生のころはほとんどの時間を一緒に過ごしていたのに、今はそれぞれの授業やサークル、バイトで忙しくて、なかなか時間も合わない。週に一回も会えたらいいほうだ。

入学してすぐに、俺は携帯電話をスマートフォンに替えた。

『私と連絡とりやすいように？』

と彼女がからかうように言ってきたので、

『そうだよ、悪いか』

と答えたら、自分から訊いてきたくせに彼女は頬を赤らめていた。

画像アルバムを開いて、画面を下へ下へとスクロールする。

いちばん最初に撮った写真。あのとき描いた、朝焼けの空と桜と、彼女の涙と笑顔の絵。思わず口許が緩んだ。

専門的なことを学び始めた今になって見てみると、技術的には未熟なところも多くて呆れてしまうけれど、込められた想いはやっぱり強い。

じっと見つめていたとき、ふと、頭の奥が疼いたような気がした。思わず眉を寄せて目を細める。

不安は今も俺の中に巣食っていて、強くこびりついて離れない。

病気は俺の事情も気持ちも少しも察してなんかくれず、忘れたころに心に暗い影を落とそうとする。

目を閉じて両手で顔を覆い、軽く頭を振った。

「青磁」

ふいに声が降ってきて、俺は瞼を上げた。

その顔を見た瞬間、光が射したように一気に気持ちが軽く、明るくなった。

「茜」

「なに見てるの?」

茜が俺の手の中のスマートフォンを見て小首を傾げる。その拍子に、背中まで伸びた彼女の髪がさらりと音を立てた。

「これ」

画面を向けると、途端に茜は「うわっ」と声を上げた。

「ちょっと待ってよ、急に見せないでよ恥ずかしい!」

俺は思わず噴き出した。

彼女は自分が描かれた絵を見るたびに、やけに恥ずかしそうな顔をする。

腹を抱えて笑っていると、彼女は仕返しのように悪戯っぽい笑みを浮かべた。

「ていうか、相変わらずナルシストだね。自分の絵を恥ずかしげもなくにやにや見返してたなんて」

照れ隠しの悪態が飛んでくる。

「うるせえ、悪いか」

俺も悪態をつき返し、それから続けた。

「この絵を描いてたときのこと、急に思い出して、懐かしくなって見てたんだよ」

「ふうん……」

茜はかすかに顔を紅潮させたまま、今度は芝生の上に転がっているスケッチブックを覗き込んで、ふふっと笑った。

「青磁の絵って、本当に綺麗だよね。繊細で優しくて、本当に綺麗。絵だけ見たら、こんな横柄なやつが描いてるなんて誰も思わないだろうな」

彼女の指が、ふいに俺の髪に触れた。

微笑む顔を見つめ返すと、その頬が今度ははっきりと赤くなる。

「あ、ごめん。光に透けて綺麗だったから……」

恥ずかしそうに笑う茜の顔を見ていると、さっきまで感じていた不安は、いつの間にかすっかり鳴りをひそめていた。

大丈夫だ。俺はまだ生きられる。まだ絵を描ける。

そう確信する。

描きたいものが、まだたくさんあるのだ。

だから、まだまだ生きないといけない。

時間は永遠ではないけれど、思ったよりもずっと早く終わりが来てしまうかもしれないけれど。

でも、一瞬一瞬を積み重ねていけば、人生はそんなに短くもないのだ。

突然、ぱらぱらと雨が降ってきた。

「わっ、急に……」

茜が手で頭を覆う。

「濡れたら風邪ひいちゃう。あっちで雨宿りしよう」

慌てた様子で俺の手を引っ張って立ち上がらせ、桜の木の下まで走る。

病気はもう治った、再発の心配も今のところはないと診断されている、と伝えてあるのに、彼女はいつも俺の体調をひどく気にする。軽く咳でもしようものなら、早く帰って寝ろと大騒ぎだ。

そんなふうに心配されるのは情けなくもあるものの、俺のことをそれだけ大切に思ってくれているのだと考えると、それはそれで嬉しい。もちろん口には出さないけれど。

それに、彼女が俺と一緒に不安や恐怖を感じて、共有してくれているというのが、とても心強くて、そして温かかった。それももちろん口には出せない。

「びっくりしたね。通り雨かな」

雨宿りをしながら、茜が空を見上げて言った。俺もそれに倣って、枝葉の向こうへ視線を向ける。

初夏の桜の木には青々とした新緑が生い繁り、生命力の塊のようだった。春の儚げな姿とはまた違う美しさだ。

晴れの雨は、明るい陽射しを受けて一滴一滴がきらきらと光り輝いている。

しばらくすると雨は上がり、薄い雲も風に流れた。

そして、空気中に浮かぶ細かな水滴に太陽の光が屈折して、空一面に大きな虹が架かった。

「わあ、綺麗！」

なんとなく離しがたくてつないだままの手の先で、笑顔が弾ける。俺も自然と笑みを浮かべていた。

「……青磁、覚えてる？　高校生のとき、青磁が傘に描いてくれた虹の絵」

茜がふいに呟いた。

俺は「忘れるわけねえだろ」と答える。

「俺が描いたんだから。けっこう大変だったんだからな」

「ふふ、ありがと。……あのね、私、あのときに――」

そこで彼女は言葉を切った。

「ん？」と隣を見ると、薔薇の花みたいに真っ赤な顔があった。

「……あのときに、青磁のこと、好きになった」

そんなに恥ずかしがるくらいなら言わなくたっていいのに、茜は声を絞り出すように言った。

「そっか、そりゃどうも」と俺はうなずく。

口許が緩むのを見られないように、何気ないそぶりでまた虹に目を向けた。

雨上がりの空のきらめきと、虹に包まれる街を、深呼吸しながら見つめる。

次に描くのは、絶対にこの景色にしよう、と思った。

あのころの俺は、自分は苦しいときほどいい絵が描けるのかもしれない、と思っていた。

でも、嬉しいとき、楽しいときはもっといい絵が描けるということを、この二年で俺は知った。

この世界は、なんて綺麗なんだろう。

病室から朝焼けを見たときと同じ、深い感慨が胸に満ちる。

神様はきっといる、と思った。

この先、自分がどうなるかはわからない。

もしかしたら病気が再発して、またあの苦しくてつらい治療を受けないといけないかもしれない。

でも、きっとそのときには茜が隣にいてくれる。

もしも彼女が苦しむときが来たら、そのときは俺が彼女の隣にいる。

それだけでいい。

俺は、この命が尽きる最後の一瞬まで、生き抜いてみせる。

ひとつでも多くの美しいものを見て、茜と一緒に見て、人生の終わりを迎えるその瞬間に、決して後悔したりしないように、ただひたすら生き抜くのだ。世界の美しさを、俺を救ってくれた美しさを、味わい尽くし、描き尽くすのだ。

この美しい世界で、いつまでも君と生きていくのだ。

強い覚悟を胸に、俺は茜の手を強く握った。

【完】

あとがき

この度は、数ある書籍の中から『夜が明けたら、いちばんに君に会いにいく』を手に取ってくださり、誠にありがとうございます。本作は、二〇一七年に単行本として刊行されたものです。約三年の時を経て今回このように文庫化していただける機会を得たのは、ひとえに応援してくださった方々のおかげです。心より感謝いたします。

単行本が発売されてから、スターツ出版の皆様のご尽力だけでなく、読者様によるご感想や応援のお声、書店様での展開など、たくさんの方からお力添えをいただきました。その結果、自分が思っていたよりもずっと多くの方に手に取っていただくことができ、驚きとともに喜びに震えるような思いでした。それがなければきっと今回の文庫化はなかったのではないかと思います。本当にありがとうございました。

また、単行本をすでに持っていらっしゃるのに、こちらの文庫もお買い上げくださったという読者様もいらっしゃるかもしれません。作家として、これ以上に嬉しいことはございません。お礼と言っては語弊があるかもしれませんが、番外編という形で文庫限定のショートストーリーを書き下ろさせていただきました。短いお話なのですが、お楽しみいただけましたら幸いです。

約四年前にこの作品を書き始めたときには、世間で問題になり始めた『マスク依存症』を主軸に、本心を外に出すことが苦手で、そのために人間関係の悩みや葛藤を抱えている中高生の読者様の心に、昔同じように思い悩んでいた大人のひとりとして自分なりのメッセージを届けることができれば、という思いで筆を執りました。

マスクは確かに自分の脆い部分や触れられたくない部分を覆い隠してくれて、まるで毛布に包まれているような安心感を与えてくれますが、その分息苦しさや閉塞感、身動きのとれなさのようなものも感じさせることがあり、いつかは卒業したいと思っている方も多いと思います。卒業したいのだけれどなかなかできない、という方にとって、本作がそのきっかけになれたらいいな、と思っております。

ところで、このあとがきを書いている今、マスクというものの意味が執筆当時とはずいぶん変わってしまいました。新型コロナウイルスが世界中で猛威をふるい、多数の死者が出て、マスクは命を守るために必須のものとなって皆が一斉に買い求めたため、今や全国で不足してしまっています。どうかこれ以上の犠牲者が出ることなく、本作を数ヶ月後に読み返したときには、すっかり流行が落ち着いていますように。

二〇二〇年五月　汐見夏衛

この物語はフィクションです。実在の人物、団体等とは一切関係がありません。

本作は二〇一七年六月に単行本『夜が明けたら、いちばんに君に会いにいく』として刊行されたものを、一部加筆・修正して文庫化したものです。

汐見夏衛先生へのファンレターのあて先
〒104-0031　東京都中央区京橋1-3-1　八重洲口大栄ビル7F
スターツ出版（株）書籍編集部 気付
汐見夏衛先生

夜が明けたら、いちばんに君に会いにいく

2020年5月28日　初版第1刷発行
2024年8月28日　　　第27刷発行

著　者　　汐見夏衛　

発 行 人　菊地修一
デザイン　フォーマット　西村弘美
　　　　　カバー　ナルティス（粟村佳苗）
発 行 所　スターツ出版株式会社
　　　　　〒104-0031
　　　　　東京都中央区京橋1-3-1　八重洲口大栄ビル7F
　　　　　出版マーケティンググループ　TEL 03-6202-0386
　　　　　（ご注文等に関するお問い合わせ）
　　　　　URL　https://starts-pub.jp/
印 刷 所　大日本印刷株式会社

Printed in Japan

ISBN　978-4-8137-0910-7　C0193